FAMA DE GAROTA MÁ

Elle Kennedy

FAMA DE GAROTA MÁ

Tradução
ALEXANDRE BOIDE

pa ra le la

A Editora Paralela é uma divisão da Editora Schwarcz S.A.

Grafia atualizada segundo o Acordo Ortográfico da Língua Portuguesa de 1990, que entrou em vigor no Brasil em 2009.

TÍTULO ORIGINAL Bad Girl Reputation

CAPA E ILUSTRAÇÃO DE CAPA Vi-An Nguyen

PREPARAÇÃO Paula Marconi de Lima

REVISÃO Natália Mori e Fernanda França

Dados Internacionais de Catalogação na Publicação (CIP)
(Câmara Brasileira do Livro, SP, Brasil)

Kennedy, Elle
Fama de garota má / Elle Kennedy ; tradução Alexandre Boide. — 1ª ed. — São Paulo : Paralela, 2023 — Avalon Bay ; 2.

Título original: Bad Girl Reputation.
ISBN 978-85-8439-313-8

1. Romance canadense I. Título. II. Série.

23-147149 CDD-C813

Índice para catálogo sistemático:
1. Romances : Literatura canadense em inglês C813

Henrique Ribeiro Soares — Bibliotecário — CRB-8/9314

EDITORA SCHWARCZ S.A.
Rua Bandeira Paulista, 702, cj. 32
04532-002 — São Paulo — SP
Telefone: (11) 3707-3500
editoraparalela.com.br
atendimentoaoleitor@editoraparalela.com.br
facebook.com/editoraparalela
instagram.com/editoraparalela
twitter.com/editoraparalela

FAMA DE GAROTA MÁ

1

GENEVIEVE

Todo mundo que tenha qualquer remoto parentesco comigo está aqui nessa casa. Todos vestidos de preto e reunidos em rodinhas de conversas constrangidas, em meio a tábuas de queijos e pratos de cozidos. Fotos minhas quando bebê estão penduradas nas paredes. De tempos em tempos, alguém bate com um garfo numa garrafa de Guinness ou num copo de uísque para fazer um brinde e contar uma história bem pouco apropriada sobre a minha mãe, como a do feriado do Dia da Independência em que ela apareceu de topless no desfile de jet skis. Enquanto meu pai olha pela janela, sem graça, eu continuo aqui sentada com meus irmãos, fingindo que já ouvimos falar desses episódios sobre a nossa mãe, a sempre divertida e impulsiva Laurie Christine West... sendo que, na verdade, nós mal a conhecíamos.

"A gente estava indo pra Flórida, todo mundo espremido na traseira de um velho caminhão de sorvete", começou Cary, um dos primos da minha mãe. "E, em algum lugar depois de Savannah, começa um barulho, alguma coisa se mexendo lá atrás..."

Segurei firme a garrafa d'água, com medo de ficar sem nada para fazer com as mãos. Não foi fácil conseguir ficar sóbria. Todo mundo que passa por mim deixa um drinque por não saber o que falar para a pobre garota que ficou sem mãe.

Eu até pensei a respeito: poderia me fechar no meu antigo quarto com uma garrafa de qualquer coisa e beber até o dia terminar. O problema é que ainda estou arrependida da minha última escorregada.

Mas, com certeza, beber ajudaria a tornar tudo isso um pouco mais tolerável.

Minha tia-avó Milly anda em círculos pela casa, como um peixe no aquário. Toda vez que passa diante de mim no sofá, bate de leve no meu braço e diz que eu sou a cara da minha mãe.

Que ótimo.

"Alguém precisa falar pra ela parar com isso", murmura meu irmão mais novo, Billy, ao meu lado. "Ela vai acabar caindo. Com esses tornozelos fraquinhos..."

Ela é boazinha, mas está começando a me irritar. Se me chamar pelo nome da minha mãe mais uma vez, vou estourar.

"Então falei pro Louis desligar o rádio", continua o primo Cary, cada vez mais empolgado com a história. "Eu queria saber de onde vinha aquele barulho. Pensei que alguma coisa podia estar enroscada no caminhão."

Minha mãe já vinha se sentindo mal antes de ser diagnosticada com câncer no pâncreas. Segundo o meu pai, ela tinha dor nas costas e na barriga o tempo todo, mas achava que era porque estava ficando velha — e então, um mês depois, morreu. Mas, para mim, tudo isso só começou na semana passada. Primeiro, meu irmão Jay me ligou no meio da tarde me pedindo para vir para casa, e logo em seguida foi meu pai, avisando que minha mãe não ia durar muito mais tempo.

Eles não me contaram nada durante esse tempo todo porque ela não queria que eu soubesse.

Existe absurdo maior do que esse?

"Tipo, já fazia um bom tempo que aquele barulho de coisa batendo tinha começado. E estava todo mundo chapado, né? Isso é importante. A gente tinha cruzado com um velho hippie doidão em Myrtle Beach, que descolou uma erva da boa..."

Nessa hora alguém tosse e resmunga alguma coisa baixinho.

"Não precisa entrar em tantos detalhes", pede o primo Eddie. Os outros primos trocam olhares e risadinhas conspiratórias.

"Enfim", Cary recomeça, silenciando os demais. "A gente estava ouvindo alguma coisa e não sabia o que era. Tony estava no volante, e a mãe de vocês", ele diz, apontando para nós, "foi até o freezer empunhando um *bong*, como se pretendesse dar com ele na cabeça de um guaxinim."

Minha cabeça está bem longe dessa história idiota, perdida em pensamentos sobre a minha mãe. Ela passou semanas na cama, se preparando para morrer. Seu último desejo foi que sua filha só descobrisse a doença no último instante. Até meus irmãos foram proibidos de ficar ao lado dela nos longos e agonizantes últimos dias. Como sempre, minha mãe preferiu sofrer em silêncio e manter os filhos à distância. À primeira vista, poderia até parecer que ela fez isso para o nosso bem, mas desconfio que não: que ela só queria evitar os momentos de emoção e intimidade que sua morte iminente com certeza traria à tona, da mesma forma que sempre evitou esses momentos em vida.

No fim, ela devia estar aliviada por ter um pretexto para não precisar ser nossa mãe.

"Ninguém queria abrir o freezer, e alguém gritou pro Tony encostar, mas ele estava surtando, porque viu uma viatura um pouco mais atrás e... bom, a gente finalmente lembrou que tinha passado pela fronteira estadual com contrabando, então..."

E eu consigo perdoá-la. Ela continuou sendo ela mesma até o último suspiro. Nunca fingiu ser outra coisa. Desde que éramos pequenos, ela sempre deixou bem claro que não tinha muito interesse em nós, que não deveríamos esperar muita coisa. Mas meu pai e meus irmãos... eles tinham que ter me contado sobre a doença. Como esconder uma coisa dessas da própria filha, da própria irmã? Mesmo se eu morasse a mais de cem quilômetros de distância. Eles tinham que ter me contado, poxa. Eu poderia ter coisas para dizer a ela. Mas isso só se tivesse tido tempo para pensar.

"Aí a Laurie falou: 'Você abre o freezer, eu abro a porta lateral e o Tony diminui a velocidade pra gente jogar essa coisa no acostamento, seja lá o que for'."

As pessoas riem.

"Então, contamos até três, eu fechei os olhos e abri o freezer, esperando que um bicho pulasse na minha cara com as garras de fora. Só que, em vez disso, tinha um cara dormindo lá dentro. Tinha entrado sabe-se lá quando. Em Myrtle Beach, talvez. Simplesmente entrou e tirou um cochilo."

Não foi assim que imaginei minha volta para Avalon Bay, com um monte de gente de luto na casa onde cresci. Arranjos de flores e cartões de pêsames cobrem todas as mesas. Saímos do funeral já faz horas, mas essas coisas vieram junto e vão ficar. Durante dias. Semanas. Ninguém sabe quando é hora de dizer: *Certo, já deu, podem retomar suas vidas que eu vou cuidar da minha*. Aliás, como faz para jogar fora um coração de flores de quase um metro de altura?

Quando a história de Cary termina, meu pai me dá um tapinha no ombro e aponta com o queixo para o corredor, me puxando de lado. Ele está usando terno pela terceira vez na vida, no máximo, e ainda não me acostumei. Essa é outra coisa que não faz sentido: voltar para uma casa que eu já não reconheço, como se tivesse despertado numa realidade alternativa onde tudo parece familiar, mas não é. Tudo está meio deslocado. Eu também devo ter mudado.

"Queria falar com você um minutinho", ele diz, enquanto nos afastamos da celebração sombria. A todo momento ele mexe na gravata ou afrouxa o colarinho da camisa, que ajeita logo em seguida, talvez para se sentir menos culpado. "Olha, eu sei que não vamos ter um bom momento pra falar sobre isso, então vou pedir logo de uma vez."

"O que foi?"

"Bom, eu queria saber se você pretende ficar por aqui um tempinho."

Merda.

"Não sei, pai. Ainda nem parei pra pensar nisso." Eu não esperava ser enquadrada tão cedo. Pensei que teria algum tempo, talvez uns dois dias, pra ver como as coisas ficavam, e só então decidir. Eu saí de Avalon Bay um ano atrás por um motivo e teria preferido me manter longe, não fossem as circunstâncias. Tenho uma vida em Charleston: um emprego, um apartamento, entregas da Amazon que devem estar se empilhando na frente da minha porta.

"Bom, eu preciso de uma ajudinha com os negócios. Sua mãe era quem cuidava de toda a papelada, e as coisas ficaram de pernas pro ar desde que..." Ele se interrompe. Ninguém sabe como falar sobre isso — sobre ela. Parece errado, não importa a maneira. O silêncio se prolonga um pouco, e balançamos a cabeça, como se quiséssemos dizer: *Pois é, também não sei como lidar, mas entendo.*

"Eu pensei que, de repente, se você não estivesse com muita pressa, poderia dar uma organizada nas coisas", ele continua, finalmente.

Eu imaginei que meu pai ficaria deprimido e talvez precisasse de um tempo para se situar de novo, pôr a cabeça no lugar. Quem sabe ficar longe por alguns dias, ir pescar ou algo assim. Mas isso é... um pedido e tanto.

"E o Kellan ou o Shane? Qualquer um deles está muito mais por dentro das coisas do que eu. E duvido que eles vão me querer por lá, me metendo em tudo."

Meus irmãos mais velhos trabalham com meu pai já faz anos. Além da loja de materiais de construção, ele também tem uma marmoraria que fornece pedras para paisagistas e reformas. Desde que eu era criança, minha mãe sempre cuidou da burocracia — pedidos, notas fiscais, pagamentos —, e meu pai se preocupava apenas com o trabalho pesado.

"Kellan é o melhor supervisor que eu tenho e, com todas as reformas que estão acontecendo no litoral sul, não posso tirá-lo das obras. E Shane passou o último ano com a carteira de motorista vencida porque não consegue nem abrir a correspondência. Eu iria à falência em um mês se deixasse as contas nas mãos dele."

Errado ele não está. Eu amo meus irmãos, mas, na única vez em que nossos pais deixaram Shane cuidando da gente, ele deixou Jay e Billy subirem no telhado com uma caixa de bombinhas. O corpo de bombeiros foi chamado porque os três estavam bombardeando a piscina do vizinho com um estilingue. Crescer com dois irmãos mais novos e três mais velhos foi interessante, para dizer o mínimo.

Mesmo assim, eu não tenho o menor interesse em virar a substituta da minha mãe.

Mordo o lábio. "Por quanto tempo você está pensando?"

"Um mês, talvez dois?"

Puta merda.

Penso a respeito por um momento e dou um suspiro. "Com uma condição", digo a ele. "Você vai começar a procurar alguém pra contratar já nas próximas semanas. Vou ficar até você achar a pessoa certa pra cuidar de tudo, não vai ser uma coisa definitiva. Entendido?"

Meu pai envolve meus ombros com o braço e me dá um beijo na cabeça. "Obrigado, menina. Você está me salvando de uma enrascada."

Eu nunca consigo dizer não para ele, mesmo quando sei que estou entrando numa fria. Ronan West pode parecer um cara durão, mas sempre foi um ótimo pai. Sempre tivemos liberdade para fazer bobagem, mas, se a coisa ficasse feia, ele estava lá para resolver. Mesmo se estivesse puto com a gente, ele se importava.

"Você pode chamar seus irmãos? Temos outras coisas pra conversar."

Ele me dá um tapinha nas costas, e logo sinto um mau pressentimento. Pela minha experiência, reuniões de família nunca são coisa boa. Sinal de problemas à vista, o que é assustador para mim. Afinal, pedir para eu deixar minha vida de lado e voltar para casa por um tempo já não é o suficiente? Ainda tenho que decidir, por exemplo, se encerro meu contrato de aluguel ou arrumo alguém para ficar no meu apartamento enquanto estou fora; se peço demissão ou licença do emprego. E meu pai diz que ainda tem mais?

"Ô cabeção!" Jay, que está sentado no braço do sofá da sala de estar, me dá um chute na canela quando passo. "Pega outra cerveja pra mim."

"Pega você, folgado."

Ele já tirou o paletó e a gravata, e está com a camisa social branca com os botões de cima abertos e as mangas enroladas até os cotovelos. Os outros não estão muito diferentes, cada um num estágio diferente de desalinho depois de terem voltado todos de terno do cemitério.

"Você viu a srta. Grace? Do colégio?" Billy, que ainda nem tem idade para beber, me oferece uma garrafa, mas eu recuso com um gesto de mão. Jay aceita. "Ela acabou de aparecer agorinha com o Corey Doucette e com aquele cachorrinho ridículo na bolsa."

"O Bigode Doucette?", pergunto, rindo ao lembrar. No primeiro ano do ensino médio, Corey deixou crescer uns pelinhos bizarros em cima da boca e se recusava a raspar, apesar de ficar parecendo um *serial killer* com aquilo. Ele só desistiu quando veio uma ameaça de suspensão. O cara estava deixando até os professores com medo.

"A srta. Grace deve estar com o quê, uns setenta anos?"

"Acho que setenta ela já tinha quando me deu aula no oitavo ano", Shane comenta, estremecendo.

"Então, tipo, eles tão transando?" Craig pergunta, contorcendo o rosto, horrorizado. Ele foi da última turma para quem ela deu aula antes de se aposentar. Até meu irmão mais novo já se formou no colégio. "Credo."

"Vamos lá", eu chamo. "O papai quer falar com a gente na sala de TV."

Depois de reunir todo mundo, meu pai começa a mexer de novo na gravata e no colarinho, até Jay entregar uma garrafa na mão dele, e ele dar um gole aliviado. "Certo, é melhor dizer de uma vez: vou colocar a casa à venda."

"Porra, como assim?" A reação perplexa de Kellan, meu irmão mais velho, representa todos nós diante do anúncio. "De onde veio essa ideia?"

"Estamos só eu e o Craig aqui agora, e ele vai pra faculdade daqui a alguns meses", meu pai responde. "Não faz sentido ficar nessa casa enorme e vazia. Está na hora de procurar um lugar menor."

"Ô pai, qual é", Billy intervém. "Onde o Shane vai dormir quando esquecer onde mora de novo?"

"Só aconteceu uma vez", Shane esbraveja, dando um soco no braço dele.

"Só uma vez, o caralho." Billy dá um empurrão nele. "E quando você dormiu na praia porque esqueceu onde tinha estacionado o carro, a menos de cinquenta metros de lá?"

"Querem parar com isso? Vocês estão agindo como idiotas. Ainda tem gente de luto pela sua mãe aqui."

Todo mundo fica em silêncio na hora. Por um momento, nós esquecemos. Já aconteceu outras vezes: nós esquecemos, até que, de novo, o baque dessa realidade estranha nos arrasta de volta para o presente.

"Como eu falei, é muito espaço pra uma pessoa só. Já está decidido." O tom de voz do meu pai é bem firme. "Mas, antes de pôr a casa à venda, precisamos arrumar umas coisas. Dar uma ajeitada."

Tudo está mudando em uma velocidade que não consigo acompanhar. Mal tive tempo de absorver a notícia de que a minha mãe estava doente e logo em seguida já tivemos que enterrá-la. Agora, deixo minha vida de lado para voltar para casa e descubro que a casa também não vai durar muito mais. Estou atordoada, mas ainda de pé, vendo tudo girar à minha volta.

"Não faz sentido esvaziar tudo antes do Craig ir pra faculdade, então ainda vai levar um tempo", meu pai avisa. "Mas é isso. Achei melhor avisar vocês o quanto antes."

Ele sai da sala. O estrago está feito: nós ficamos no meio dos escombros deixados pelo anúncio, em choque e paralisados.

"Puta merda", Shane comenta, como se tivesse acabado de lembrar que deixou as chaves na praia em dia de maré alta. "Vocês fazem ideia de quanta pornografia e maconha velha estão escondidas nessa casa?"

"Certo." Tentando manter uma cara séria, Billy bate as mãos. "Quando o papai for dormir, a gente começa a procurar embaixo das tábuas do assoalho."

Enquanto eles discutem quem vai ficar com a muamba que conseguirem achar, eu tento respirar um pouco. Acho que nunca me dei bem com mudanças. Ainda estou tentando me acostumar com o que a minha vida virou desde que deixei a cidade.

Engolindo em seco, deixo meus irmãos e vou para o corredor, onde encontro provavelmente a única coisa que não mudou nada por aqui.

Meu ex-namorado, Evan Hartley.

2

GENEVIEVE

Ele tem muita coragem de aparecer aqui desse jeito. Esses olhos escuros e penetrantes ainda assombram fundo a minha memória. Ainda sinto esses cabelos castanhos, quase pretos, entre os meus dedos. Ele está tão lindo que chega a doer, como o vejo na minha cabeça quando fecho os olhos. Faz um ano que o vi pela última vez, mas minha reação a ele ainda é a mesma. Quando ele aparece, meu corpo sente a sua presença antes de mim. É como uma perturbação estática ao redor da minha pele.

É irritante, isso, sim. E meu corpo tem a audácia de reagir a ele justo *agora*, no funeral da minha mãe, o que é ainda mais perturbador.

Evan está com seu irmão gêmeo, Cooper, esquadrinhando a sala com os olhos até me ver. Os dois são idênticos, a não ser por ocasionais cortes de cabelo diferentes, mas a maioria das pessoas consegue distingui-los pelas tatuagens. Cooper tem os braços cobertos de desenhos, enquanto Evan tem a maioria nas costas. Eu o identifico pelos olhos, faiscando de malícia ou de alegria, desejo, frustração... Eu sempre reconheço Evan quando ele olha pra mim.

Nossos olhares se encontram. Ele acena com a cabeça. Eu faço o mesmo, sentindo minha pulsação acelerar. Literalmente três segundos depois, Evan e eu estamos no fim do corredor, longe de todos.

É estranha a familiaridade que sentimos com certas pessoas, por mais que o tempo passe. As lembranças de nós dois me envolvem como uma brisa leve. Caminhar por esta casa com ele é como estar de volta ao tempo de colégio. Entrando e saindo a qualquer hora. Apoiando as mãos nas paredes para não ir para o chão. Rindo histericamente, mas baixinho, para não acordar a casa toda.

"Oi", ele diz, estendendo os braços de forma hesitante, mas eu aceito, para não deixar a situação ainda mais constrangedora.

Os abraços dele sempre foram bons.

Eu me forço a não ficar muito tempo em seus braços, não sentir seu cheiro. Seu corpo é quente e musculoso e tão familiar para mim como o meu. Conheço cada centímetro de seus contornos esguios e deliciosos.

Dou um passo apressado para trás.

"Bom, eu soube. Claro. Vim pra dizer que eu sinto muito." Evan parece acanhado, quase tímido, com as mãos nos bolsos e a cabeça baixa, me olhando por sob as pálpebras. Não consigo nem imaginar o quanto precisou criar coragem para vir até aqui.

"Obrigada."

"Ah, sim, claro." Ele tira um pirulito azul do bolso. "Trouxe isso aqui pra você."

Eu não chorei nenhuma vez desde que fiquei sabendo que minha mãe estava doente. Mas receber esse doce das mãos dele me deixa com um nó na garganta e lágrimas nos olhos.

De repente, sou transportada de volta para a primeira vez que um pirulito trocou de mãos entre nós. Em outro funeral. De outra pessoa da família. Foi quando Walt, o pai de Evan, morreu num acidente de carro. Estava dirigindo bêbado, porque Walt Hartley sempre foi o tipo de sujeito impulsivo e autodestrutivo que faz essas coisas. Felizmente, ninguém mais se machucou, mas a vida de Walt terminou naquela noite, no meio de uma estrada escura quando ele perdeu o controle do carro e bateu numa árvore.

Eu tinha doze anos na época, e não fazia ideia do que levar a um funeral. Meus pais levaram flores, mas Evan era só um menino. O que ele ia fazer com um buquê de flores? Eu só sabia que o meu melhor amigo, o garoto de quem sempre gostei, estava sofrendo muito, e eu não tinha mais que um mísero dólar para gastar. A melhor coisa que encontrei no mercadinho por esse preço foi um pirulito.

Evan chorou quando coloquei o pirulito em sua mão trêmula e me sentei em silêncio ao lado dele, no deque dos fundos da casa. E falou: "Obrigado, Gen". Nós ficamos lá por mais de uma hora, sem falar nada, só olhando as ondas quebrando na praia.

"Fala sério", eu resmungo, segurando o pirulito com força na mão. "Que coisa ridícula." Apesar das minhas palavras, nós dois sabemos o quanto estou abalada.

Evan abre um sorriso malicioso e ajeita a gravata com a mão. Ele está impecável, mas algo me diz que esse cara de terno ainda é um perigo.

"Você tem sorte por ter me encontrado primeiro", digo, assim que consigo falar de novo. "Não sei se os meus irmãos iam te receber tão bem."

Com um sorriso despreocupado, ele dá de ombros. "O Kellan não derruba nem uma mosca."

Uma resposta bem típica. "Vou contar pra ele que você disse isso."

Alguns primos olham na nossa direção, com cara de que estão procurando um motivo para vir falar comigo, então agarro Evan pela lapela e o empurro para dentro da lavanderia. Bloqueio a porta com o corpo, para garantir que a barra vai continuar limpa.

"Não aguento mais ouvir falar o quanto eu lembro a minha mãe", resmungo. "Tipo, cara, da última vez que você me viu, eu ainda mamava no peito."

Evan ajeita a gravata de novo. "As pessoas acham que estão ajudando."

"Mas não estão."

Todo mundo quer falar que a minha mãe era ótima e muito importante para a família. É quase assustador ouvir os outros falarem assim sobre uma mulher que não tem nenhuma semelhança com a pessoa que conheci.

"Como você está?", ele pergunta com a voz rouca. "Tipo, de verdade?"

Eu encolho os ombros. Porque é justamente essa a questão, né? Já me perguntaram isso de várias maneiras nos últimos dois dias, e ainda não sei a resposta. Ou pelo menos não a que as pessoas querem ouvir.

"Não sei nem se estou sentindo alguma coisa. Sei lá. Pode ser que ainda esteja em choque ou algo assim. A gente sempre acha que essas coisas vão rolar de uma hora pra outra ou se arrastar por meses e meses antes de acontecer. Mas do jeito que foi? Parece que eu não fui avisada com antecedência suficiente. Cheguei em casa e, uma semana depois, ela tinha morrido."

"Eu entendo", ele diz. "Você mal tem tempo de digerir e, quando vê, já foi."

"Fiquei perdida por vários dias." Eu mordo o lábio. "Estou começando a me perguntar se não tem alguma coisa errada comigo."

Ele me encara com uma expressão incrédula. "Estamos falando de morte, Fred. Não tem nada de errado com você."

Eu rio quando escuto esse apelido. Fazia muito tempo que ninguém me chamava assim, já nem me lembrava mais. Mas houve um tempo em que eu mal atendia pelo meu próprio nome.

"Mas é sério. Estou esperando o luto chegar, mas nada acontece."

"É difícil ter qualquer sentimento por uma pessoa que não demonstrava sentir muita coisa por você. Mesmo sendo sua mãe." Ele faz uma pausa. "Talvez principalmente por ser a sua mãe."

"Verdade."

Evan entende, sempre entendeu. Uma das coisas que temos em comum é uma relação não ortodoxa com nossas mães. Em resumo: uma relação não existente. Enquanto a mãe dele nunca estava presente — aparecendo poucas vezes na cidade para curar uma ressaca ou pedir dinheiro —, a minha era emocionalmente ausente, embora estivesse fisicamente presente. Ela era tão fria e distante que, mesmo nas minhas primeiras lembranças, mal parecia existir na minha vida. Eu cresci sentindo inveja dos canteiros de flores que ela cuidava no jardim da frente.

"Estou quase aliviada por ela não estar mais aqui." Sinto um nó se formar na garganta. "Não, não só quase. Que coisa horrível de se dizer, eu sei. Mas parece que... agora eu posso parar de tentar, sabe? Posso parar de tentar e me sentir um lixo porque nada muda."

Durante a vida toda eu me esforcei para tentar criar uma conexão com ela. Para entender por que a minha mãe parecia não gostar muito de mim. Nunca tive resposta. Talvez agora eu não precisasse mais perguntar.

"Não é horrível", Evan responde. "Algumas pessoas são pais e mães péssimos. Não é culpa nossa se não sabem amar os filhos."

Fora o Craig — minha mãe sempre soube como amá-lo. Depois de cinco tentativas malsucedidas, ela finalmente acertou a mão com ele. Para o filho perfeito, ela tinha o amor de uma vida toda. Eu amo meu irmão caçula, mas é como se tivéssemos sido criados por pessoas diferentes. Ele é o único aqui em casa com os olhos vermelhos e inchados.

"Posso te dizer uma coisa?", Evan pergunta com um sorriso que me deixa desconfiada. "Mas você precisa prometer que não vai me bater."

"Ah, isso eu não posso fazer."

Ele dá risada e passa a língua nos lábios, essa mania involuntária que sempre me deixou louca, porque sei do que essa boca é capaz.

"Eu estava com saudade de você", ele confessa. "Estou até meio contente porque alguém morreu, sou um babaca por isso?"

Dou um soco no ombro dele, que finge dor. Eu não o machuquei. Não de verdade. Mas, por algum motivo estranho, aprecio o gesto, no mínimo porque me faz sorrir por um instante. Respirar um pouco.

Começo a mexer na minha pulseira de prata, sem olhar nos olhos dele. "Eu também senti saudade. Um pouco."

"Um pouco?", ele provoca.

"Só um pouco."

"Ã-ham. Então você só pensou em mim, o quê? Umas duas vezes por dia enquanto estava longe?"

"Tá mais pra duas vezes *no total*."

Ele dá uma risadinha.

Na verdade, depois que saí de Avalon Bay, passei meses me esforçando muito para deixar de pensar nele. Para afastar as imagens que vinham quando eu fechava os olhos à noite ou saía com alguém. Com o tempo, ficou mais fácil. Quase consegui esquecê-lo. Quase.

E agora ele está aqui, e parece que o tempo não passou. Ainda existe uma energia latente entre nós. Isso fica evidente na maneira como ele inclina o corpo na direção do meu ou como eu apoio a mão no braço dele por mais tempo do que o necessário. No incômodo que sinto quando não posso tocá-lo.

"Não faça isso", digo quando percebo sua expressão. Me deixo capturar pelos olhos dele. Como se a minha blusa estivesse enroscada numa maçaneta, que, nesse caso, é uma memória que toma conta de mim.

"Isso o quê?"

"Você sabe."

Os lábios de Evan se curvam de leve. Só um pouquinho. Porque ele sabe como está me olhando.

"Você tá linda, Gen." Ele faz isso de novo, sugerindo e insinuando coisas com o olhar. "Esse tempo fora te fez bem."

Esse moleque. Isso não é justo. Sinto ódio dele, apesar de os meus dedos tocarem seu peito e deslizarem por sua camisa.

Não, o que eu odeio é a facilidade com que ele consegue me ter na palma da mão.

"É melhor a gente não fazer isso", eu murmuro.

Estamos escondidos, mas qualquer um que vier aqui e olhar de relance vai nos ver. As mãos de Evan encontram a bainha do meu vestido e se enfiam por baixo do tecido. Ele passa os dedos de leve na curvatura da minha bunda.

"Pois é", ele murmura no meu ouvido. "É melhor não."

Então, obviamente, é isso que fazemos.

Escapulimos para o banheiro ao lado da lavanderia e trancamos a porta. Meu coração vai parar na boca quando ele me coloca sobre a pia.

"Isso é uma péssima ideia", eu digo, enquanto ele me agarra pela cintura e eu me ajeito melhor.

"Eu sei." E então ele cobre a minha boca com a dele.

É um beijo ávido, cheio de urgência. Nossa, como eu senti falta disso. Do beijo e do toque da língua dele, dessa falta de autocontrole. Nossas bocas se devoram de maneira quase selvagem, e ainda assim não é o bastante.

A ansiedade e o desejo são absurdos. Eu puxo os botões e abro sua camisa, passando as unhas no peito dele até a dor o obrigar a prender meus braços atrás das costas. É tudo quente e bruto, talvez até um pouco furioso. Há muitas questões não resolvidas entre nós. Fecho os olhos e me preparo para o que vem pela frente, me deixando levar pelo beijo, pelo seu sabor. Ele me beija com mais força, indo mais fundo, até me deixar louca de vontade.

Eu não aguento mais.

Solto meus braços para abrir seu cinto. Evan me observa. Meus olhos. Meus lábios.

"Eu senti falta disso", ele murmura.

Eu também, mas não consigo dizer em voz alta.

Solto um suspiro quando as mãos dele deslizam entre as minhas pernas. Minha mão está trêmula quando se enfia em sua cueca boxer e...

"Tudo bem aí?", alguém pergunta de fora e bate à porta. Minha família inteira está nesta casa.

Fico paralisada.

"Tá, sim", Evan responde, com os dedos a míseros centímetros do local exato onde preciso deles.

Eu desço da pia, tiro a mão de sua cueca e afasto as suas mãos de mim. Antes mesmo que minha sapatilha toque o chão de cerâmica, já estou com raiva de mim mesma. Não fiquei nem dez minutos com ele e já perdi totalmente o controle.

Puta que pariu, eu quase transei com Evan Hartley na recepção do funeral da minha mãe. Se ninguém tivesse interrompido, com certeza eu teria deixado ele me comer aqui mesmo. Isso é um novo fundo do poço, até para mim.

Droga.

Passei o último ano inteiro tentando minimamente chegar perto de ser uma adulta funcional. Tentando não me render a todo impulso destrutivo que cruza a minha mente e ter algum autocontrole. E então Evan Hartley passa a língua nos lábios e eu me entrego.

Sério mesmo, Gen?

Enquanto ajeito o cabelo no espelho, vejo que ele está me observando com uma pergunta na ponta da língua.

E, por fim, resolve fazê-la. "Tudo bem com você?"

"Não acredito que a gente quase fez isso", resmungo, sentindo a vergonha embargar minha garganta. Mas logo recupero a compostura e ergo as minhas barreiras. Levanto a cabeça. "Só pra deixar bem claro, isso não vai rolar."

"O que você está dizendo?" O olhar indignado dele encontra o meu no espelho.

"Estou dizendo que vou precisar ficar na cidade um tempo pra ajudar meu pai, mas, enquanto estiver aqui, não vai rolar nada entre nós."

"Sério mesmo?" Quando percebe a minha expressão determinada, ele fecha a cara. "Como assim, Gen? Você enfia a língua na minha garganta e depois me manda passear? Isso não se faz."

Me virando para encará-lo, dou de ombros, fingindo indiferença. Ele quer me provocar porque sabe que existe muita bagagem emocional entre nós e que, quanto mais eu me exaltar, melhores são suas chances. Mas não vou entrar nessa de novo. Isso foi um lapso. Uma perda temporária de juízo. Já estou melhor. Com a cabeça no lugar. Expulsei toda essa tensão acumulada de dentro de mim.

“Você sabe que a gente não consegue ficar longe um do outro”, ele diz, cada vez mais frustrado com a minha decisão. “Nosso relacionamento inteiro é uma prova disso. Não tem jeito.”

Ele não está errado. Até o dia em que fui embora da cidade, nós terminamos e voltamos muitas vezes, desde o primeiro ano do ensino médio. Uma alternância incessante de amor e brigas. Às vezes eu sou a mariposa, às vezes a chama.

Mas a conclusão a que cheguei no fim das contas foi que minha única chance de vencer é não entrar nesse jogo.

Destranco a porta e dou uma olhada rápida por cima do ombro. “Existe uma primeira vez pra tudo.”

3

EVAN

É isso o que eu ganho por tentar ser um cara legal. Ela precisava esquecer um pouco isso tudo — tudo bem, eu entendo. Nunca, jamais vou reclamar de beijar a Genevieve. Mas ela podia ter sido um pouquinho mais agradável depois. *A gente pode se encontrar mais tarde pra beber alguma coisa, pôr a conversa em dia.* Me dispensar daquele jeito foi demais, mesmo para ela.

Gen sempre foi difícil. Aliás, isso é uma das coisas que mais me atraem nela. Mas ela nunca tinha me olhado com tanto desinteresse antes. Como se eu não fosse ninguém para ela.

Doeu.

Quando vamos embora da casa dos West, andando na direção da picape de Cooper, ele me olha desconfiado. Fora a aparência, nós somos bem diferentes. Se não fôssemos irmãos, duvido até que fôssemos amigos. Mas somos irmãos — e gêmeos, para piorar —, o que significa que conseguimos ler o pensamento um do outro com um olhar.

"Você só pode estar de brincadeira", ele comenta, com um suspiro e uma cara de julgamento que já virou habitual. Há meses que ele pega no meu pé por qualquer coisa.

"Desencana." Sinceramente, não estou a fim de ouvir nada.

Ele sai com a caminhonete em meio às fileiras de carros estacionados na rua. "Inacreditável. Você transou com ela." Cooper me olha de canto, o que eu ignoro. "Minha nossa. Você ficou dez minutos lá dentro. E fez o quê? Sinto muito pela sua perda, toma aqui o meu pau?"

"Vai se foder, Coop." Falando desse jeito, parece mesmo que foi uma coisa meio errada.

Meio?

Tá. Tudo bem. Talvez quase transar depois do enterro da mãe dela não tenha sido uma boa ideia, mas... eu estava com saudade, poxa. Encontrar Gen de novo depois de quase um ano foi como um soco no estômago. Meu desejo de grudar nela, de beijá-la, beirou o desespero.

Talvez isso signifique que eu seja um fraco, mas fazer o quê.

"Acho que você já fez sexo o suficiente por nós dois."

Eu cerro os dentes e olho pela janela. O problema maior é que, quando o nosso pai morreu e a nossa mãe basicamente sumiu do mapa quando éramos crianças, por algum motivo Cooper meteu na cabeça que eu queria que ele assumisse o papel dos dois. Um pentelho resmungão que está sempre decepcionado comigo. Por um tempo, as coisas melhoraram, depois que ele se ajeitou com a namorada, Mackenzie, que conseguiu deixar o cara um pouco mais maleável. Mas, agora que finalmente conseguiu ter um relacionamento estável pela primeira vez na vida, acha que tem o direito de julgar tudo o que eu faço.

"Não foi nada disso", respondo. Dá pra sentir que ele está espumando do meu lado. "Tem gente que chora quando está de luto. Gen não é assim."

Ele meio que sacode a cabeça, contorcendo as mãos no volante e rangendo os dentes, como se eu não pudesse ouvir o que ele está pensando.

"Não vai ter um aneurisma por causa disso, irmão. Fala logo o que você quer."

"Ela voltou não faz nem uma semana e você já está arrumando sarna pra se coçar. Eu avisei que não era uma boa ideia ir até lá."

Jamais vou dar a Cooper a satisfação de admitir isso, mas ele tem razão. É só Genevieve aparecer que eu perco a linha. Sempre foi assim. Nós somos dois produtos químicos razoavelmente inofensivos que, quando se misturam, viram uma combinação explosiva e destruidora.

"Parece até que eu assaltei alguém. Relaxa. Foi só um beijo."

Cooper não consegue esconder a desaprovação. "Hoje foi só um beijo. Amanhã a história pode ser outra."

E daí? Não fizemos mal para ninguém. Eu fecho a cara para ele. "Cara, qual é o seu problema?"

Ele e Genevieve se davam bem. Eram até amigos. Eu entendo que o cara guarde um ressentimento por causa do jeito que ela foi embora, mas a coisa não teve nada a ver com ele. Enfim, já faz um ano. Se eu não estou incomodado com isso, por que ele deveria estar?

No sinal vermelho, ele se vira para me encarar. "Olha, você é meu irmão, e eu te amo, mas só faz merda quando está com ela. Nos últimos meses você finalmente conseguiu se ajeitar. Não vai jogar tudo pro alto por causa de uma garota que nunca vai deixar de ser encrenca."

Alguma coisa nessa conversa — sei lá, o tom de desprezo na voz dele, de condescendência — fica entalada na minha garganta. Cooper pode ser um imbecil arrogante quando está a fim.

"A gente não está namorando de novo, ok? Pode parar com o drama."

Chegamos em casa, um sobrado estilo chalé de praia onde a minha família vive há três gerações. Estava caindo aos pedaços antes de começarmos a reforma, uns meses atrás. Já consumiu a maior parte do nosso dinheiro, mas está dando certo.

"Ah, tá, vai nessa." Cooper desliga o motor e bufa, irritado. "É a mesma história sempre: ela cai fora quando dá na telha, daí reaparece do nada e você volta abanando o rabo. Isso não lembra alguma outra mulher que você conhece?" Depois de dizer isso, ele desce da picape e bate a porta.

Bom, isso foi bem desnecessário.

De nós dois, Cooper é quem guarda mais rancor da minha mãe, a ponto de se ressentir porque eu não a odeio tanto quanto ele. Mas, na última vez, eu fiquei do lado do meu irmão. Disse inclusive que ela não era mais bem-vinda, não depois de fazer o que fez. Shelley Hartley finalmente tinha ido longe demais.

Mas acho que ficar do lado do Cooper não bastou para ele pegar leve comigo. Ultimamente parece que todo mundo anda disposto a pegar pesado.

Na hora do jantar, Cooper ainda não desencanou da história. Ele simplesmente não consegue.

É irritante. Só estou tentando comer o meu espaguete em paz, e o cara continua no meu pé, contando para a Mackenzie, que mora com a gente faz uns meses, que eu transei com a minha ex praticamente em cima do caixão da mãe dela.

"Ele falou que só ia ficar um minuto, mas me deixou sozinho pra falar com o pai e os cinco irmãos dela, que aliás acham que ela foi embora da cidade por culpa dele", Cooper resmunga, espetando uma almôndega com o garfo. "E eles me perguntando onde ele estava. Enquanto isso, o cara estava com a queridinha do sr. West na banheira ou sei lá onde."

"Foi só um beijo", eu respondo, irritado.

"Coop, qual é", diz Mac, desviando os olhos do garfo. "Estou tentando comer."

"Pois é, tenha um pouco de noção, seu cuzão", reclamo.

Quando eles não estão olhando, dou um pedaço de almôndega para Daisy, a Golden Retriever, que está no meu pé. Cooper e Mac a resgataram no píer no ano passado, e ela praticamente dobrou de tamanho desde então. A princípio não gostei da ideia de cuidar de um bicho que a namorada nova do meu irmão trouxe para casa, mas aí a Daisy passou a noite aninhada no pé da minha cama, dormindo como um bebê, e eu não resisti. Ela me tem na palma da patinha desde então. É a única garota da minha vida que com certeza não vai dar no pé. Por sorte, Coop e Mac se entenderam, então não precisamos encarar uma batalha pela guarda dela.

A vida é engraçada às vezes. No ano passado, Cooper e eu criamos uma trama assumidamente mal-intencionada para sabotar o relacionamento de Mac com o namorado dela na época. Em nossa defesa, o cara era um babaca. Só que aí o Coop estragou tudo e acabou se apaixonando pela riquinha da faculdade. No começo, eu não suportava a garota, mas no fim entendi que estava errado sobre Mackenzie Cabot. Pelo menos fui homem o bastante para assumir meu erro. Cooper, por outro lado, não consegue esconder a opinião que tem da Gen. Como sempre. E em tudo.

"Então, qual é a real de vocês dois?", Mac pergunta, com os olhos verde-escuros brilhando de curiosidade.

A real? Como eu posso responder isso? Genevieve e eu temos muitas histórias. Algumas são ótimas. Outras, nem tanto. As coisas entre nós sempre foram complicadas.

“A gente começou a namorar no primeiro ano do ensino médio”, eu conto. “Ela era a minha melhor amiga. Estava sempre a fim de se divertir e topava qualquer parada.”

De repente, me vem à cabeça nós dois de moto de trilha às duas da manhã, depois de tomar várias tequilas. Surfando mesmo com um furacão chegando e depois fugindo da tempestade no jipe do irmão dela. Gen e eu sempre desafiamos os limites do perigo, de um jeito que até hoje não sei como não acabou mal. Não havia um adulto na relação, então ninguém nunca dizia quando era a hora de parar. Estávamos sempre perseguindo a adrenalina.

E Gen tinha adrenalina de sobra. Era ousada e destemida. Não estava nem aí para o que os outros pensavam ou diziam. Ela me deixava louco; mais de uma vez, quebrei a mão brigando com algum babaca que deu em cima dela num bar. Sim, talvez eu fosse meio possessivo, mas não mais do que ela, que uma vez arrastou uma garota pelos cabelos só porque olhou muito para mim. Na maioria das vezes, isso era parte da nossa dinâmica — sentir ciúmes, brigar e depois provocar ciúmes no outro. Era uma coisa meio maluca, mas a gente se entendia. Eu era dela, e ela era minha. Éramos viciados naquele tipo de sexo de reconciliação.

E os momentos mais tranquilos eram viciantes também. Deitar no nosso lugar favorito da praia, com a cabeça dela no meu pescoço, e o meu braço envolvendo seu corpo, olhando as estrelas. Contando nossos piores segredos um para o outro, sabendo que não seríamos julgados. Fora o Cooper, ela é a única pessoa que já me viu chorando.

“Teve muita briga e muita volta”, eu admito. “Mas esse era o nosso lance. E aí, no ano passado, ela sumiu do nada. Simplesmente juntou as coisas um dia e se mandou da cidade. Não contou nada pra ninguém.”

Sinto um aperto no coração só de lembrar. No começo, pensei que fosse algum tipo de brincadeira. Que Gen tivesse ido viajar com as amigas para me ver surtar e ir atrás dela, sei lá, até a Flórida, brigar um pouco e fazer as pazes transando. Mas as meninas garantiram que não faziam a menor ideia de onde ela estava.

“Mais tarde eu descobri que ela estava em Charleston, e tinha começado uma vida nova.” Engulo o gosto amargo que me sobe até a garganta.

Mac me observa por um momento. Nós ficamos bem próximos desde que ela se mudou para cá, então sei que ela está tentando encontrar alguma forma gentil de dizer que eu sou uma lástima. Não que eu já não saiba.

"Vai lá, princesa. Pode falar o que está pensando."

Ela baixa o garfo e afasta o prato. "Parece que era uma relação bem tóxica para os dois. Talvez Gen tivesse razão em querer acabar tudo de vez. Pode ser melhor vocês manterem distância um do outro."

Cooper me dá uma encarada, porque não existe nada no mundo que ele goste mais do que se gabar quando tem razão.

"Eu falei a mesma coisa para o Cooper sobre você", lembro a ela. "E olha vocês agora."

"Cara." Cooper joga os talheres no prato, e a cadeira dele se arrasta com força sobre o assoalho de madeira. "Não dá pra comparar as duas. Nem de longe. Genevieve é o caos. A melhor coisa que ela fez pra você foi parar de atender suas ligações. Desencana, cara. Ela não está aqui por sua causa."

"Ah, sim, você deve estar adorando isso", eu digo, limpando a boca com o guardanapo e jogando na mesa. "Porque é a sua vingança, né?"

Ele suspira e esfrega os olhos como se eu fosse um cachorrinho que dá para adestrar. Esse arrogante do caralho. "Estou tentando cuidar de você, que está pensando com o pau e não consegue ver como isso vai acabar. Que é o que sempre acontece, aliás."

"Quer saber", eu digo, levantando da mesa. "Acho melhor você parar com isso de projetar todas as suas frustrações em mim. A Genevieve não é a Shelley. Vê se para de querer atrasar a minha vida só porque a mamãezinha te abandonou."

Eu me arrependo assim que termino de dizer isso, mas não olho para trás ao abrir a porta da cozinha e ir para a praia, com Daisy atrás de mim. A verdade é que ninguém sabe tão bem quanto eu a quantidade de merdas que já rolaram comigo e com a Gen. Nós somos incorrigíveis mesmo. Mas não tem jeito. Agora que ela está de volta, eu não consigo ignorar.

Essa coisa entre nós, essa atração... não tem como escapar.

4

GENEVIEVE

Eu já estou arrependida. O primeiro dia no escritório da marmoraria do meu pai está pior do que eu imaginava. Por semanas, talvez meses, os caras só entraram aqui para empilhar um monte de faturas aleatoriamente sobre uma mesa vazia. A correspondência ficou jogada sem ninguém se dignar a ver do que se tratava. Tem uma caneca com uma gosma que um dia foi café em cima do arquivo. E a lixeira está cheia de sachês de açúcar que as formigas já se encarregaram de esvaziar há muito tempo.

Shane não ajuda em nada, claro. Enquanto tento entender o sistema de organização da minha mãe para registrar contas pagas e em aberto no computador, meu segundo irmão mais velho está hipnotizado no TikTok.

"Ei, cabeção", digo, estalando os dedos. "Tem seis faturas aqui com o seu nome. Já estão pagas ou não?"

Ele não se dá ao trabalho de tirar os olhos da tela. "Como eu vou saber?"

"São das suas obras."

"Esse não é meu departamento."

Ele não vê que faço um gesto de estrangulá-lo com as mãos. Cretino.

"Tem três e-mails do Jerry sobre o pátio do restaurante dele. Você precisa ligar e marcar um horário para ir lá fazer um orçamento."

"E estou cheio de coisas pra fazer", ele responde, mal articulando as palavras, ainda vidrado na tela. Parece que tem cinco anos.

Com um elástico, acerto um clipe nele. Bem no meio da testa.

"Porra, Gen, que merda é essa?"

Finalmente consigo chamar sua atenção.

"Toma aqui." Empurro as faturas para o outro lado da mesa e anoto o telefone do Jerry. "Como você já está com o celular na mão, liga pra ele."

Incomodadíssimo com meu tom de voz, ele olha feio para mim. "Você sabe que é só a secretária do papai, né?"

Shane está testando seriamente minha capacidade de amá-lo e meu desejo de mantê-lo vivo. Eu tenho mais quatro irmãos. Não sentiria falta se perdesse um.

"Você não está aqui pra ficar mandando em ninguém", ele reclama.

"O papai falou que, enquanto ele não contratar outra pessoa, sou eu que mando no escritório." Me levanto da mesa, coloco os papéis na mão dele e o expulso da sala. "Então o que eu mandar você fazer é uma ordem divina. Vai se acostumando." Em seguida, bato a porta na cara dele.

Eu sabia que isso ia acontecer. Em uma família com seis filhos, a disputa por hierarquia é uma constante. Todo mundo quer mostrar que tem autonomia e afirmar sua independência se impondo sobre os outros. E agora a minha situação é pior: sou a filha do meio com vinte e dois anos, dando ordens para os mais velhos. Mas meu pai tinha razão — o lugar está uma zona. Se eu não der um jeito nisso logo, ele vai falir bem rápido.

Mais tarde, depois do trabalho, vou com meu irmão Billy beber alguma coisa no Ronda's, o ponto de encontro dos aposentados adeptos de swing, que passam o dia em carrinhos de golfe, apostando o carro e a casa no pôquer. O clima mais quente de maio significa a volta dos turistas que lotam Avalon Bay e dos riquinhos nojentos que entopem o calçadão, então precisamos ser mais criativos ao procurar um lugar para beber.

Billy sorri para o barman de rosto enrugado para descolar uma cerveja — ninguém na cidade exige a carteira de identidade dos locais —, e eu peço um café. Lá fora está um calor anormal para essa época, mesmo no fim da tarde, e minha roupa gruda na pele como papel machê, mas eu nunca recuso uma caneca de cafeína fumegante. Não tem nada mais sulista do que isso.

"Eu vi você e o Jay trazendo mais caixas ontem à noite", Billy comenta. "São as últimas?"

"Sim, vou deixar a maior parte das coisas num depósito lá em Charleston. Não faz muito sentido trazer um monte de móveis só pra ter que levar tudo de volta daqui a alguns meses."

"Você ainda quer voltar?"

Faço que sim com a cabeça. "Só vou precisar de outro lugar pra morar."

O proprietário do apartamento foi bem sacana e não me deixou encerrar o contrato com alguns meses de antecedência, então vou continuar pagando aluguel enquanto moro no meu antigo quarto de infância. Sair do emprego também não foi muito melhor. Meu chefe na imobiliária só faltou rir da minha cara quando propus um período de licença. Espero que meu pai esteja pensando em me dar um bom salário. Ele pode ser um viúvo enlutado, mas não vou trabalhar de graça.

"Adivinha só quem apareceu lá na loja esses dias?", Billy pergunta com uma cara de quem tem uma boa para contar. "O Oficial Desgraçado veio encher o saco por causa da placa na calçada. Tem alguma norma da prefeitura, e ela bloqueia a passagem de pedestres."

Minhas unhas se cravam no balcão desgastado do bar. Mesmo depois de um ano, a menção ao policial Rusty Randall ainda me enche de uma raiva especial.

"Essa placa está lá faz o quê? Uns vinte anos, no mínimo", Billy comenta.

Desde que eu me entendo por gente, com certeza. É uma marca registrada da nossa calçada, um cavalete com o desenho de um trabalhador com uma chave inglesa na mão que diz: SIM, ESTAMOS ABERTOS! Do outro lado, tem uma lousa para escrever as promoções da semana ou avisar sobre a chegada de novos produtos. Quando eu era pequena e adorava ir com o meu pai para o trabalho, ele gritava para mim lá de dentro para eu não ficar desenhando na lousa. Eu apagava tudo às pressas e começava a fazer minhas obras-primas na calçada, só faltando morder o tornozelo dos turistas que passavam com seus *docksides*.

"O cara não foi embora enquanto eu não recolhi a placa", resmunga Billy. "Ficou lá uns quinze minutos, enquanto eu fingia que atendia uns clientes e reclamava dessa norma idiota. Ia até ligar para o papai dar um esporro nele, mas ele pegou as algemas como se fosse me prender, então pensei: foda-se, então tá. Esperei um tempo depois que ele foi embora e coloquei a placa de volta lá fora."

"Idiota", murmuro, tomando meu café. "Ele deve gozar quando faz isso."

"Estou até surpreso que ele não esteja no seu pé. Achei que fosse ficar de plantão à noite na frente de casa."

Eu não duvidaria. Mais ou menos um ano atrás, o oficial Randall virou uma espécie de pesadelo para mim. Uma noite, em particular, ele foi o fundo do poço pra mim, o momento em que me dei conta de que não dava mais para viver daquele jeito: bebendo demais, saindo toda noite, deixando os piores impulsos me dominarem. Eu precisava fazer alguma coisa — assumir as rédeas da minha vida — antes que fosse tarde demais. Então elaborei um plano e, dois meses depois, juntei tudo de que precisava e me mandei para Charleston. Billy foi o único que soube o que aconteceu naquela noite com Rusty. Apesar de ser dois anos mais novo que eu, ele sempre foi um grande amigo.

"Eu ainda penso nela", digo para o meu irmão. Mesmo depois de tanto tempo, uma culpa sem tamanho ainda me consome quando penso em Kayla e nos filhos. Ouvi dizer que ela largou Rusty um tempo atrás e levou as crianças. "Preciso pedir desculpas."

Mas a ideia de encará-la e o medo de sua reação me lançam em uma espiral de ansiedade. É um sentimento novo para mim, que surgiu naquela noite. Houve um tempo em que nada era capaz de me intimidar. Coisas que faziam as outras pessoas roer as unhas não me abalavam em nada. Agora, me lembro com pavor desses dias mais loucos. E alguns deles não fazem tanto tempo assim.

"Pode fazer o que quiser", Billy responde, dando um gole na cerveja como se tentasse ocupar a boca para não precisar falar. "Mas você não tem por que pedir desculpas. O cara é um babaca, um pentelho. Sorte dele nunca ter cruzado com a gente em uma estradinha de terra por aí."

Eu obriguei Billy a manter segredo; caso contrário, ele com certeza contaria para o meu pai e os nossos irmãos tudo o que tinha acontecido. Ainda bem que não falou. Não faz sentido algum que um deles fosse para a cadeia por espancar um policial. Isso seria uma vitória para Randall.

"Eu vou cruzar com ele em algum momento", digo, mais para mim mesma do que para ele.

"Bom, se precisar sair correndo da cidade, ainda tenho uns oitenta paus escondidos na minha cama na casa do papai." Billy sorri, o que ajuda a desfazer o aperto no meu peito. Ele é bom nisso.

Quando estamos fechando a conta, recebo uma mensagem da minha melhor amiga, Heidi.

HEIDI: *Fogueira na praia hoje à noite.*

EU: *Onde?*

HEIDI: *No lugar de sempre.*

Ou seja, na casa de Evan e Cooper. Um campo minado emocional.

EU: *Não sei se é uma boa ideia.*

HEIDI: *Qual é. Só bebe alguma coisa com a gente rapidinho.*

HEIDI: *Não me obriga a ir te buscar.*

HEIDI: *A gente se vê lá.*

EU: *Tá bom. Vaca.*

Engolindo um suspiro e exausta, penso em como lidar com mais uma armadilha. Quando voltei para a cidade, estava animada para reencontrar minhas amigas e passar mais tempo com o pessoal, mas tentar evitar Evan dificulta tudo. Não tenho como impedir que ele apareça nos lugares. E não quero que meus amigos passem o verão inteiro tendo que demostrar lealdade a um ou outro, ou tendo que escolher com quem sair. Isso não seria justo com nenhum de nós. Afinal, por mais que me reaproximar de Evan não traga nada de bom para mim, também não quero magoá-lo. Esse é um castigo para mim, não para ele.

5

EVAN

Tudo quanto é louco aparece à noite. Na lua cheia, somos as imagens que escondemos de nós mesmos, reveladas sob a luz prateada. A cidade enlouquece e deixa de lado as inibições e o bom comportamento — está todo mundo com calor e entediado e ansioso por diversão. Qualquer coisa é desculpa para cair na farra.

Na praia, nossos amigos e alguns intrusos aleatórios estão reunidos em volta de uma fogueira. Nossa casa fica bem atrás das dunas, e o gramado da frente tem várias árvores, deixando-a visível apenas graças às luzes alaranjadas da varanda. Estamos nos divertindo, tomando cerveja e fumando um. Algumas pessoas com violão tentam dar conta dos pedidos de música, enquanto um grupo ali perto joga strip frisbee. Vale tudo para transar esses dias, eu acho.

"Então, o clone estava bebaço", conta Jordy, um velho amigo nosso do colégio, sentado em um tronco de árvore enquanto enrola um baseado. O cara podia fazer isso de olhos fechados, e ainda assim seria o beque mais bem apertado que você já viu na vida. "E apareceu cambaleando na nossa mesa. Tipo, quase caiu em cima da gente. E ficava me chamando de Parker."

Nós rimos, porque é um nome muito de clone. Esses riquinhos de camisa social pastel que estudam no Garnet College são mais do que previsíveis. Não sabem beber sem encher o saco dos outros.

"Ele ficou uns vinte minutos falando com a gente, se apoiando na mesa para não cair de cara no chão. Nem sei que tanto ele falava. Aí de repente ele diz: 'Ei, vamos lá, brothers, encerrar a noite lá em casa'."

"Não brinca", Mackenzie diz, arregalando os olhos com o pavor marcado na voz. "Você não fez isso." Cooper está de bom humor hoje à noite, com ela no colo, o peito bem na cara dele. Isso o deixa ocupado, o que é um alívio. Eu já estava de saco cheio dos sermões.

Jordy dá de ombros. "O cara insistiu. Então nós quatro meio que arrastamos o sujeito pra fora do bar. Depois ele me deu as chaves e falou: 'Você dirige, é aquele azul'. Apertei o botão do chaveiro e as lanternas de uma Maserati SUV piscaram pra mim. Tipo, inacreditável, né? Um carro de cem mil dólares. Eu tinha quase certeza de ter pisado numa poça de mijo em algum momento no banheiro imundo do bar, mas beleza."

"Só me diz que ele ainda tem os dois rins", eu digo com um sorriso.

"Ah, sim, sim. A gente não picotou o cara pra vender", responde Jordy com um gesto de mão antes de acender o baseado. "Enfim. Do nada, o cara fala: 'Carro, me leva pra casa'. E o bagulho responde: 'Ok, Christopher, este é o caminho até a sua casa'. Nessa hora eu pensei: puta merda. Então, liguei o motor e saí dirigindo. Meia hora depois nós chegamos numa mansão gigantesca na beira da praia. Com portão de ferro, árvores ornamentais e o caralho. Conseguimos chegar vivos lá, e aí o cara falou: 'Ei, querem ver uma coisa bem louca?'."

As famosas últimas palavras antes de fazer uma grande cagada. Como o nosso amigo Wyatt, que tentou fazer aquele truque com a faca do filme *Alien* e acabou levando trinta e sete pontos e fazendo uma cirurgia de reconstrução do tendão. Lembrando bem, foi uma das últimas vezes que Genevieve e eu saímos juntos. Até o sangue começar a jorrar, estava divertido. Não sei como nós terminamos numa lancha de pesca esportiva Hatteras de sessenta e cinco pés no meio da baía, mas foi um pesadelo voltar com aquela coisa para o cais e, de alguma forma, ainda conseguir atracar a uns quinze quilômetros de onde a gente queria. Navegar fica bem mais difícil no escuro, depois de tomar uns Fireballs.

Não acredito que quase não me lembrava mais dessa noite. Mas acho que esqueci bastante coisa no último ano. Ou tentei, pelo menos. Por um tempo, pensei que Gen fosse voltar como se nada tivesse acontecido. Como se tivesse passado seis meses dormindo. Então sete, oito meses... um ano inteiro, até que finalmente me convenci a parar de pensar nela toda vez que uma ou outra coisa me fazia lembrar do passado. Mas, obviamente, quando estava quase superando tudo, ela reaparece. Uma dose pesada de Genevieve na veia, quando o meu organismo estava quase limpo. Agora só consigo sentir o gosto da boca dela. Sinto suas unhas deslizando pelas minhas costas toda vez que me deito. Acordo ouvindo sua voz. É irritante.

"O desgraçado entrou numas de que era o Gavião Arqueiro ou qualquer coisa assim", Jordy continua, passando o baseado na roda. "Saiu correndo com um arco na mão, jogando flechas em chamas pelo quintal. E eu pensando: putz, branquelo, eu já vi esse filme antes. A gente até pensou em cair fora, mas tinha ido até lá no carro do cara e o portão estava fechado."

Não paro de olhar para a casa. Fico achando que Gen vai surgir das sombras a qualquer momento. Sinto que Mackenzie está de olho em mim, e ela me pega espiando. Ou melhor, me pega *torcendo*. Porque eu sei que a Heidi ou alguma das meninas deve ter convidado a Gen e, se ela não vier, é porque prefere ficar enfiada em casa a correr o risco de me ver de novo. E essa ideia me incomoda demais.

"A gente precisava dar o fora de lá, porque o cara tinha pirado, e começamos a escalar aquela merda de cerca viva; ficamos cheios de arranhões. Deixei o Danny se apoiar no meu ombro pra pular a grade. O Juan tentava chamar um Uber, mas o sinal do celular estava uma bosta, e o aplicativo não carregava. No meio da fuga, dava pra ouvir um barulhão lá atrás, e eu já pensando que um ricaço daqueles ia achar que a casa estava pegando fogo e chamar a polícia. E, obviamente, uns dez minutos depois, a gente estava voltando a pé pela rua principal quando vem um carro bem devagar atrás da gente."

Escuto uma voz e olho por cima do ombro. É Gen, a alguns passos de distância, com a Heidi e outras garotas. Está com uma camiseta de manga comprida que cai no ombro e mal deixa ver o short minúsculo, que de tão apertado parece até ter sido pintado na bunda dela. Os cabelos pretos e compridos escorrem pelas costas. Puta merda.

Gen tem um jeito só dela. Confiante e tranquila, mas com uma aura de ameaça de terror absoluto, como se, a qualquer momento, fosse te mandar um beijinho e passar a faca no seu paraquedas, antes de te empurrar do avião. Não tem nada mais sexy do que o brilho naqueles olhos azuis quando a ideia de espalhar o caos cruza a sua cabeça.

"Aí o carro parou. Cara, meu coração disparou. Então um cara enfiou a cabeça pela janela e gritou: 'Entrem aí, seus merdas. Tem um Lannister bêbado à solta e uma Batalha de Blackwater rolando ali atrás'."

Todo mundo cai na risada. O fogo brilha como se alguém tivesse cuspido uma boca cheia de cerveja nas chamas. Reparo que Gen faz questão de não olhar na nossa direção.

Jordy pega o baseado de volta e dá um pega. "No fim, o Luke tinha ido pra casa de alguma clone na mesma rua e viu o cara atirando as flechas incendiárias, que acertaram pelo menos dois barcos na marina. Os vizinhos começaram a sair e soltar sinalizadores navais. Tipo, virou uma loucura total."

Cooper me pega olhando para Gen. Mesmo sem dizer nada, consigo ouvir a bronca. Ele balança a cabeça, o que, para mim, é mais um desafio do que qualquer outra coisa. Ele pode ter sossegado, mas eu ainda pretendo me divertir. E conheço a Gen. Ela pode ter se acostumado com a distância forçada, mas estando aqui, nem adianta fingir que a gente consegue ficar longe um do outro. É química.

Me afasto da fogueira e vou até ela. Já estou com o pau quase duro, só de me lembrar da última vez que a vi. Com as pernas em torno de mim. Os dentes cravados no meu ombro. A marca que ela deixou ainda está na minha pele. Só de olhar para ela já sinto vontade de levá-la para a cama e compensar o tempo perdido.

Ela sente a minha presença antes que eu possa abrir a boca, olhando por cima do ombro. Seus olhos brilham de leve por um instante — de desejo e tesão —, mas em seguida sua expressão se torna impassível.

"O que você está bebendo?", pergunto, tentando o jeito mais fácil de engatar uma conversa.

"Não estou."

A coisa fica estranha logo de cara. Toda aquela intimidade lá na casa dela — já era. A ponto de Heidi e Steph fazerem uma careta de constrangimento.

"O que você vai querer?", pergunto, ignorando sua postura. Se aquela reação dela funcionasse comigo, a gente não teria voltado tantas vezes. "Posso ir rapidinho lá em casa e fazer alguma coisa."

"Nada, obrigada." Gen se vira para as ondas que quebram na praia.

Eu me seguro para não bufar. "A gente pode conversar? Vamos dar uma volta."

Ela joga o cabelo por cima do ombro num movimento que eu conheço bem. É seu gesto de recusa absoluta. Uma forma de mostrar que não está mais prestando atenção no que estou falando. Como se fôssemos desconhecidos.

"Ah, não", ela responde, com um tom de voz inalterado, mas irreconhecível. "Eu nem vou ficar muito tempo. Só passei pra dar um oi."

Mas não para mim.

"Então vai ser assim?" Tento me controlar para não mostrar meu incômodo, mas não consigo. "Você volta pra cá e finge que nem me conhece?"

"Certo", Heidi intervém, revirando os olhos. "Obrigada por vir, mas hoje cueca não entra na conversa. Se manda, Evan."

"Cai fora, Heidi." Ela sempre dá um jeito de piorar as coisas.

"Ah, sim, com prazer." Então ela e Steph levam Gen para mais perto da fogueira e me deixam sozinho, feito um idiota.

Tudo bem. Que seja. Eu é que não estou a fim dessa palhaçada. Se Genevieve quer ficar fazendo joguinho, tudo bem. Pego uma cerveja do cooler e percebo um grupo de garotas chegando à festa como se tivessem acabado de descer do Bentley do papai. Estão todas vestidas com o mesmo tipo de blusinhas bufantes e saias curtas — clones recém-saídas da linha de montagem. Com certeza alunas do Garnet, e aposto que fazem parte de alguma irmandade. O oposto perfeito de Gen em todos os sentidos. Parecem perdidas e confusas por um instante, mas então uma delas crava os olhos em mim.

Ela faz de tudo para parecer tranquila, andando com dificuldade pela areia. Com brilho labial demais na boca, ela sorri para mim. "Posso pegar uma bebida?"

Abro uma cerveja de bom grado para ela e pego outras para suas amigas. Quando as riquinhas saem de seus castelos para vir ficar com os locais, é bem fácil entretê-las. É só contar umas histórias exageradas de grandes perigos e fugas da polícia que elas acreditam em tudo. Isso mexe com sua vontade de desafiar os pais, de viver perigosamente a uma distância segura e através de outra pessoas, além de render uma boa fofoca para contar para as amigas. Normalmente, me sentir como uma atração do zoológico me irrita, mas hoje não sou eu quem vai ficar de cara fechada.

As garotas deixam a mão no meu braço por mais tempo do que precisam ao rir das minhas piadas, e tiram minha camisa quando conto que tenho tatuagens. Gen está cuspindo marimbondo perto da fogueira, com um olhar que diz: *sério mesmo?* Não dou a satisfação de uma resposta, porque, se ela quer fingir que eu não existo, é assim que vai ser.

"Eu também tenho uma", diz a mais abusadinha das garotas. Ela é bonitinha, pelo menos para quem saiu de um molde que faz sempre o mesmo tipo de clone. "Fiz nas férias no México, no ano passado. Quer ver?"

Antes que eu responda, ela levanta a saia e mostra o interior da coxa para mim. O desenho é uma água-viva, que parece estar subindo na direção de sua calcinha de renda. Sei lá se a ideia era ser uma coisa sexy. Mas Gen me pega olhando, então até que é, sim.

"E doeu?", pergunto, espichando um olhar para Gen por cima do ombro da garota.

"Um pouco. Mas eu gosto de sentir dor."

"Ah, entendi." Chega a ser fácil demais. A garota está praticamente implorando para ir comigo para casa. "É a dor que ensina o que é o prazer. Ou então, como a gente ia saber a diferença?"

No fim, as amigas desistem de tentar me dividir e saem para procurar suas próprias aventuras casuais. Não demora muito para ela me beijar e eu começar a passar a mão na sua bunda. É uma rotina familiar, que eu repeti várias vezes no último ano. Me deixar levar por uma língua faminta e um corpo ávido era uma forma de esquecer Gen por um tempo, de não precisar lembrar que ela me largou sem dizer uma palavra.

Mas, no momento, ela é a única coisa na minha cabeça. Quando paro um pouco para respirar, Gen está mordendo o lábio, com cara de quem cortaria a minha garganta se não tivesse tantas testemunhas por perto. Há! Bem feito. Foi ela que começou.

"Filho da puta!"

Quando percebo, tem um babaca de camisa polo parado bem na minha frente. Está vermelho de raiva, parecendo um camarão invocado. Ele chama a garota de Ashlyn, que sai de perto com cara de culpada. Do nada, o cara me dá um soco. Não é uma porrada bem dada e mal mexo a cabeça.

"Ei, isso não foi legal", eu comento, ajeitando o queixo. Já apanhei tanto na vida que mal sinto dor a essa altura.

"Fica longe dela, porra!" Ele entrou numas de machão, e está com os amiguinhos logo atrás para dar cobertura.

Procuro por Ashlyn, mas ela não está mais do meu lado. Se afastou para perto das amigas e nem olha para mim. A expressão presunçosa com que observa o sr. Camisa Polo me diz que ela não queria só uma diversão saudável esta noite. Queria vingança.

"Calma aí", digo para o cara. Algumas pessoas se viram para ver, e logo boa parte da festa já está de olho na briga rolando. "Sua irmã e eu, a gente só estava se conhecendo."

"Ela é minha namorada, seu babaca."

"Você está comendo a sua irmã? Cara, que coisa mais doente."

O segundo soco é mais forte. O gosto de sangue enche a minha boca, e passo a língua no corte que se abriu no meu lábio. Cuspo um melado vermelho na areia.

"Qual é, bonitão", eu provoco, sorrindo com os dentes manchados de sangue. Uma energia ansiosa começa a percorrer os meus braços. "Você pode fazer melhor que isso. Eu vi até a tatuagem dela."

Ele vem para cima de novo, mas dessa vez eu me esquivo e o mando para o chão com o nariz sangrando. Nós nos atracamos, e a areia se gruda no sangue nas nossas camisas. Trocamos uns golpes, rolando no chão até que os amigos dele e os meus vêm apartar. Meus amigos mandam os clones caírem fora. E eles são minoria. Mesmo assim, enquanto o bonitão e sua turma estão indo embora, sinto que fui interrompido cedo demais — meus músculos ainda não estão cansados, e a adrenalina ainda está rolando.

"Podem voltar quando quiserem", grito para eles.

Então me viro e sinto uma onda de água salgada atingir o meu rosto.

Quando limpo os olhos, Gen está na minha frente com um copo vermelho vazio na mão. Dou um sorrisinho para ela. "Valeu, eu estava com sede."

"Seu idiota."

"Foi ele que me bateu primeiro." Meus lábios estão ardendo, e minha mão está dolorida, mas fora isso estou intacto. Estendo o braço na direção dela, que se afasta.

"Você não mudou nada mesmo." Depois disso, joga o copo no chão e sai com Heidi e Steph, me olhando com um desprezo que me atinge com mais força que qualquer soco do intruso que estragou a festa.

Eu não mudei nem um pouco? Por que *deveria*? Sou o mesmo cara que ela conheceu a vida toda. A única diferença é que ela desapareceu um ano inteiro e voltou com algum tipo de complexo de superioridade. Fingindo ser o que não é. Porque eu senti isso naquele dia na casa dela. A verdadeira Genevieve. Essa nova garota é só uma fachada, e não é das melhores. Não sei quem ela pensa que está impressionando, mas não vou me sentir mal por ser sincero. Pelo menos um de nós está sendo honesto.

"O que foi isso?" Cooper vem atrás de mim na minha casa e me alcança quando chego ao deque dos fundos.

"Não estou a fim de papo", respondo, deslizando a porta de vidro da cozinha.

"Ei." Ele me segura pelo ombro. "Estava todo mundo se divertindo até você começar a fazer merda."

"Não fui eu que comecei." Isso é bem típico. Um cara qualquer vem levar uma comigo e Cooper acha que a culpa é minha. "Foi ele que veio atrás de mim."

"Ah, sim. A culpa é sempre dos outros. E de alguma forma, sempre escolhem você. Por que será?"

"Pura sorte, eu acho." Tento me afastar de novo, mas Cooper entra no meu caminho e me dá um empurrão no meio do peito.

"Você precisa cair na real. A gente não é mais criança. Arrumar briga por aí porque está nervosinho já virou uma coisa cansativa, Evan."

"Só pra variar, seria legal se você ficasse do meu lado."

"Então para de ficar do lado errado."

Foda-se essa merda. Eu o afasto e subo para tomar um banho. Cooper sempre se recusou a ver o meu lado em qualquer assunto. Deve ser ótimo esse delírio de ser o Gêmeo Bonzinho, mas já estou de saco cheio disso.

Enquanto espero a água esquentar, olho o meu reflexo no espelho e tenho uma espécie de choque. Meu lábio está meio inchado, mas nada sério. Não, é o olhar perturbado no meu rosto que me assusta. E combina perfeitamente com a sensação devastadora que venho tentando ignorar desde que a minha melhor amiga sumiu da cidade sem falar comigo. De verdade, espero que não tenha sido isso que Gen viu quando olhou para mim. Ela sabe que enfiou uma faca no meu peito quando foi embora, mas não quero de jeito nenhum mostrar o estrago que isso causou.

6

GENEVIEVE

Já está escuro quando desligo o computador do escritório no fim da tarde de sexta-feira. Não pretendia trabalhar até tão tarde — todo mundo já foi para casa faz tempo —, mas eu entrei num transe de organizar planilhas e só parei quando Heidi me mandou uma mensagem lembrando que eu tinha marcado de encontrar as meninas mais tarde. Demorei quase duas semanas, mas finalmente aprendi a mexer no sistema de processamento das faturas. Na semana que vem, devo conseguir pôr todas as contas em dia, bem a tempo de gerar a folha de pagamento. Precisei aprender na marra a usar o software, com ajuda do Google, mas felizmente minha mãe já tinha deixado a maior parte do processo automatizado. A última coisa de que preciso é um bando de funcionários furiosos reclamando porque o salário veio errado. Embora uma parte de mim tenha medo de que fazer um trabalho bom demais me torne indispensável, espero que essa eficiência motive meu pai a contratar alguém para assumir a função o quanto antes.

Enquanto estou trancando tudo, uma picape que conheço bem aparece no estacionamento. Meus ombros ficam tensos quando Cooper desce e se aproxima de mim com a determinação de quem tem uma missão.

"E aí, Coop."

Ele é idêntico ao irmão, com cabelos escuros e os olhos castanhos intimidadores. Alto e forte, com os dois braços cobertos de tatuagem. Mas, estranhamente, nunca senti nenhuma atração por ele. Quem chamou minha atenção foi Evan, e consigo diferenciar os dois até no escuro, como se cada um tivesse uma aura diferente.

"Precisamos conversar", ele me diz com irritação na voz.

"Beleza." Esse tom abrupto me deixa em alerta. Sou a filha do meio com cinco irmãos homens. Absolutamente ninguém é capaz de me intimidar. Então abro um sorriso tranquilizador. "Algum problema?"

"Fica bem longe do Evan." Pelo menos ele é direto.

Eu sabia que não era uma boa ideia aparecer na fogueira naquela noite. Todos os meus instintos me diziam que uma aproximação com Evan não ia terminar bem, mas eu achei que, se mantivesse alguma distância e não desse bola para ele, não seria tão ruim. Mas claramente não foi o bastante.

"Acho melhor você conversar sobre isso com ele, Coop."

"Prefiro falar com você", ele retruca, e por um instante fico um tanto incomodada. Nunca consegui superar essa sensação estranha de estar discutindo com Evan, mas ouvindo as palavras de Cooper. Conheço os dois desde que éramos crianças, mas, por ser tão próxima de Evan, é difícil não projetar a mesma intimidade em uma pessoa completamente diferente, mas com a mesma aparência. "Ele estava bem até você voltar. Então, em questão de semanas, já encheu um babaca da faculdade de porrada porque você fodeu a cabeça dele de novo."

"Isso não é justo. A gente mal se falou desde que eu voltei."

"E olha só o tamanho do estrago que já foi feito."

"Eu não sou babá do Evan", lembro, me sentindo desconfortável com a animosidade dele. "Seja lá o que o seu irmão esteja aprontando, eu não sou responsável pelo comportamento dele."

"Não, você é só o motivo pra isso." Cooper está praticamente irreconhecível.

Ele era o irmão gente boa. O que tinha bom senso. Bom, pelo menos o máximo de bom senso de que um Hartley é capaz. Me encurralar num estacionamento vazio não é a cara dele.

"O que está acontecendo? Pensei que estivesse tudo bem com a gente. Que fôssemos amigos." Nós três já formamos um trio parada dura no passado.

"Vai se foder", ele retruca com um risinho de deboche. Isso me pega de surpresa. É como se ele tivesse cuspido na minha cara. "Você destroçou o coração do meu irmão e foi embora sem nem se despedir. Que tipo de gente faz uma coisa dessas? Por acaso você tem ideia de como ele ficou? Não, Gen. Nós não somos amigos. Você perdeu esse status. Ninguém tem o direito de fazer isso com o Evan."

Fico sem saber o que responder, imóvel, com a boca seca e a cabeça travada, vendo uma pessoa que conheço quase a vida toda me olhar como se eu fosse um lixo. A culpa faz minha garganta queimar, porque sei que em parte ele está certo. O que fiz foi cruel *de verdade*. Sem aviso, sem despedida. Foi como se eu tivesse pegado toda a minha história com o Evan, jogado no lixo e tacado fogo. Mas nunca pensei que Cooper fosse se importar por eu ter abandonado seu irmão. No máximo, achei que ficaria aliviado.

Pelo jeito, estava errada.

"É sério, Gen. Deixa ele em paz." Com um último olhar de desprezo, ele entra na picape e vai embora.

Mais tarde, no Joe's Beachfront Bar, ainda estou abalada pelo encontro com Cooper. Em meio à música ruim, aos perfumes e sprays que disputam o cheiro de maresia no pátio aberto, repasso a conversa na cabeça. Ele me procurou basicamente para me mandar ficar longe, em tom de ameaça. Se eu não conhecesse Cooper, até me sentiria intimidada. Mas eu conheço. E o irmão dele também. Então, quanto mais penso nessa conversa, mais me irrito pela audácia que ele teve de vir até mim e me dar uma bronquinha. Como se Evan não fosse um homem adulto com vários problemas que não têm nada a ver comigo. Coop quer bancar o protetor? Tudo bem, que se dane. Mas, apesar da culpa que ainda sinto por ter sumido de repente, saber que Evan ainda causa problemas por aí só fortalece a minha convicção de que ter ido embora foi a coisa certa a fazer. Ele teve tempo de sobra para se emendar e entrar na linha. Se não fez isso, foi por culpa dele mesmo.

"Ei." Heidi, que está sentada na minha frente na mesinha alta, estala os dedos perto da minha cara, me distraindo das ruminações amarguradas. De todo mundo do nosso grupo, ela é a mais próxima de mim e provavelmente a mais parecida comigo. Com seu cabelo chanel platinado e sua língua afiada, Heidi é durona, meu tipo de garota. E me conhece bem até demais.

"Você está viva aí?", ela pergunta, me encarando desconfiada.

Respondo com um sorriso não muito convincente, lembrando a mim mesma que preciso estar mais presente. A gente se falou com alguma frequência enquanto estive fora, mas fazia muito tempo que não saía com as minhas amigas.

"Desculpa", digo, envergonhada, mexendo com o canudo os cubos de gelo do meu coquetel sem álcool. Em noites como esta, bem que eu precisava de um drinque de verdade.

"Tem certeza de que não quer alguma coisa mais forte?", Alana pergunta, levantando tentadoramente seu copo de tequila com um toque de limão e açúcar.

"Deixa ela em paz." Steph, a eterna defensora dos mais fracos, interrompe a tentativa de persuasão. "Você sabe que se ela beber não vai ser aceita de volta no convento."

Tá, vai, ela nem é tão boazinha assim.

"Ah, sim, irmã Genevieve", Heidi diz com um risinho sarcástico, falando bem devagar, como se eu fosse uma estudante de intercâmbio estrangeira ou coisa do tipo, fazendo piada do tempo que passei fora. "Deve ser atordoante ficar no meio de tantas luzes e música alta. Você ainda lembra o que é música?"

"Eu mudei para Charleston", respondo, mostrando o dedo do meio. "Não para uma colônia amish."

"Ah, sim." Alana dá mais um gole em sua bebida, e o cheiro adocicado com um toque de salgado me deixa com água na boca. "A notoriamente sóbria cidade de Charleston."

"Ah, nossa, que engraçado", retruco. "Vocês são hilárias."

Elas não entendem. Não de verdade. Mas não posso culpá-las. Essas garotas são as minhas melhores amigas desde criança, então para elas nunca teve nada de errado comigo. Mas tinha: um impulso autodestrutivo incontrolável que contaminava todas as minhas decisões quando eu bebia. E não eram boas decisões. Não havia um meio-termo entre a moderação e o apagamento completo. A não ser por uma recaída lamentável no mês passado numa viagem à Flórida, quando acordei na cama de um desconhecido, estou conseguindo me manter sóbria. Mas não sem uma boa dose de esforço.

"Então, um brinde à Gen." Heidi levanta seu copo. "Que pode ter esquecido como se divertir, mas a gente aceita ela de volta mesmo assim."

Heidi sempre foi boa nesse tipo de elogio, que parece um insulto. É sua maneira de demonstrar amor. Se não insultar você nem um pouquinho, é porque ela simplesmente ignora a sua existência. Eu admiro isso nela, porque Heidi sempre deixa bem claro o que pensa. É um jeito de ser muito honesto.

Mas ela me deixa sem jeito quando volta a amenizar o tom. "Seja bem-vinda de volta, Gen. Eu estava com saudade, sério mesmo." E então, percebendo que demonstrou — imagina só! — um fiapo de sentimento, ela fecha a cara para mim e acrescenta: "Não ouse abandonar a gente de novo, sua vaca".

Eu contenho um sorriso. "Vou tentar."

"Seja bem-vinda", Steph e Alana dizem também, levantando os copos.

"Então, me contem tudo", eu peço, porque prefiro falar sobre qualquer outro assunto. Com a minha volta para casa e a morte da minha mãe, só o que as pessoas fazem é perguntar sobre mim. Estou cansada. "O que anda rolando?"

"A Alana está transando com o Tate", Steph diz logo, entusiasmada, como se estivesse esperando para fazer essa revelação a noite toda. Heidi e Alana são reconhecidamente discretas, mas Steph sempre foi a maior fofoqueira, desde que éramos pequenas. Ela se diverte com esse tipo de drama — desde que não esteja envolvida nele, claro.

"Minha nossa, Steph." Alana joga um porta-copos na direção dela. "Não quer falar mais alto, não?"

"Que foi? É verdade." Steph dá um gole no seu drinque com um brilho nos olhos, nem um pouco arrependida.

"Como isso aconteceu?", pergunto, curiosa. Nosso amigo, Tate, gosta de pular de galho em galho, para dizer o mínimo. Mesmo entre as pessoas mais promíscuas do nosso círculo ampliado de amigos, ele se destaca. Em geral, não é o tipo da Alana. Ela é... bem criteriosa, por assim dizer.

Ela dá de ombros. "Uma desgraça. Eu saí cambaleando no escuro uma noite dessas e, acredite se quiser, tropecei e caí bem em cima do pau dele."

Interessante. Estamos na temporada do sexo casual de verão. Bom para ela, eu acho.

Heidi revira os olhos para a resposta evasiva de Alana. "Desde o segundo semestre do ano passado."

Eu levanto uma sobrancelha. Desde o ano passado? Que eu saiba, nenhum dos dois nunca se interessou por um relacionamento de longo prazo. "Então é um lance sério ou...?"

Ela balança a cabeça de um jeito nada convincente.

"É uma sequência irregular de sexo aleatório. Com periodicidade bem esporádica, aliás."

"E tem também o Wyatt", Steph acrescenta como se fosse um segredo, com um sorrisinho e as sobrancelhas erguidas.

"Wyatt?", eu repito, surpresa. Essa revelação é ainda mais surpreendente que a do Tate. "E a Ren?"

"Você lembra que eles viviam brigando e voltando fazia três anos, né? Um dando um pé na bunda do outro toda semana? Enfim, a coisa finalmente azedou", Heidi conta com uma risadinha. "Ela terminou o namoro por uma bobagem qualquer, e ele partiu pra outra."

Uau. Eu definitivamente não esperava por isso. Lauren e Wyatt eram como Evan e eu nesse sentido, sempre rompendo e fazendo as pazes, mas eu nunca imaginei que fossem terminar de vez.

"E essa outra é você?", pergunto, me virando para Alana. "A Ren é nossa amiga... Isso não é contra as regras?"

"Eu não sou a outra coisa nenhuma." Alana bufa depois de responder. "Nós não estamos juntos, por mais que essa aqui pense que sim..." Ela olha feio para Steph. "Por algum motivo bizarro, ele enfiou na cabeça que gosta de mim." Ela joga os cabelos acobreados por cima do ombro, parecendo irritada. "Estou tentando dar um jeito nisso, ok?"

Por solidariedade a ela, trato de mudar logo de assunto. "Me fala mais sobre o Cooper e essa garota nova", peço para Heidi. Não muito tempo atrás, ela estava num "vai, não vai" com ele. Mas, no caso deles, a amizade colorida azedou. "Qual é a dela?"

"Mackenzie", ela responde, sem o tom de irritação que antes marcava suas mensagens ocasionais para reclamar de Cooper e sua nova namorada riquinha. "Ex-aluna do Garnet. Basicamente virou as costas para os pais e o dinheiro deles."

"Foi uma baita história", Steph comenta. "Ah, e ela comprou aquele antigo hotel do calçadão. O Beacon. Está reformando e vai reinaugurar em breve."

Poxa. Ela é cheia da grana *mesmo*. Deve ser bom. Eu já me contentaria só com um rumo na minha vida. Preencher planilhas e perseguir meus irmãos para perguntar sobre faturas não é exatamente meu trabalho dos sonhos. E, por mais que eu seja grata por tudo o que o meu pai construiu para sustentar os filhos, os negócios da família me parecem mais uma prisão do que uma oportunidade. Não é o meu lance. E o grande problema é que eu também não sei qual é o meu lance.

"Ela até que é legal, na verdade", Heidi admite, meio a contragosto. "No começo, eu não ia com a cara dela. Mas eles se dão bem, e Cooper está menos mal-humorado desde que ela apareceu, o que é bom."

Até parece. Qualquer que seja o efeito que essa garota tenha sobre ele, não é infalível.

"Que cara é essa?", Alana pergunta.

"Ele meio que me emboscou hoje na saída do trabalho."

"Oi?" Heidi se ajeita na cadeira, meio chocada.

Dizer isso em voz alta parece meio ridículo. Cooper tem fama de ser meio encrenqueiro, mas com certeza é o mais pacífico dos irmãos Hartley. Me ameaçar no estacionamento não é nem um pouco a cara dele. Mas, quando o assunto é o irmão, ele sempre foi meio pavio curto também. Evan provoca isso nas pessoas.

"Pois é, sei lá", digo. "Ele tentou me intimidar, dizendo para ficar longe do Evan. Falou que não me considera mais uma amiga, depois do que eu fiz com o irmão dele."

"Tenso", Steph comenta, solidária.

"Acho que nessa parte ele tem razão." Dou de ombros, tentando disfarçar o incômodo. "Mas ele também me culpou pelo descontrole do Evan, o que não é justo. Ele já é bem crescidinho e responsável pelos próprios atos."

Alana desvia o olhar, como se estivesse se segurando para não dizer nada.

Eu estreito os olhos para ela. "Que foi?"

"Não, nada." Ela balança a cabeça, mas claramente tem mais a dizer.

Nós três ficamos em silêncio olhando para ela, que resolve falar finalmente. "É que... bom, o Evan arrumou aquela confusão toda pra te fazer ciúmes. E o Cooper deve ter percebido e não gostado nem um pouco."

"Então você tá do lado dele também? É tudo culpa minha?"

"Não. Só estou dizendo que, na cabeça do Cooper, você é um mau presságio, um sinal de um monte de problemas à vista. Vamos ser bem sinceras, ele nunca conseguiu manter o Evan na linha. E deve achar que, se você estiver longe, a vida dele vai ficar mais fácil."

"Isso é uma merda da parte dele", Steph comenta.

"Ei, eu só estou especulando." Alana termina a bebida e põe o copo vazio na mesa. "Mais uma rodada?"

Todo mundo faz que sim com a cabeça, e ela e Steph vão ao banheiro antes de fazer o pedido.

Depois de terminar seu drinque, Heidi me olha com um pouco de receio e começa a falar de um jeito cheio de cerimônia. "Então, escuta só. Isso é meio constrangedor e tal... mas, hã, não sei se você sabe que eu e o Jay meio que estamos saindo."

Eu arregalo os olhos. "Jay? O meu irmão Jay?"

"É."

"Humm. Não. Eu não sabia."

"Pois é... é um lance meio recente. Sendo bem sincera, ele já estava me chamando pra sair desde o ano passado, mas eu não sabia se seria uma boa ideia. Mas ele finalmente me convenceu uns dois meses atrás. Eu queria que você encarasse isso numa boa. Não quero que as coisas fiquem esquisitas entre nós."

Esquisito é ver a Heidi envergonhada desse jeito. Quase nada atravessa sua pose de durona e a deixa na defensiva. Ela é capaz de intimidar até um tubarão. Então é bonitinho, eu acho, ela vir pedir a minha permissão para sair com o meu irmão.

"Você quer o meu consentimento, é isso?", pergunto meio brincando, sugando o fundo do meu copo, que tem mais gelo derretido do que qualquer outra coisa, só para fazê-la esperar. "Sim, tudo bem. Essa cidade é tão pequena que era questão de tempo até uma de vocês acabar se envolvendo com um dos irmãos West. Só estou surpresa por ter sido o Jay."

Jay é o mais bonzinho dos meus irmãos. Quer dizer, depois do Craig, mas ele não conta, porque estava no colégio até outro dia. Jay já tem vinte e quatro anos e nem um pingo de maldade na cabeça. É o oposto de Heidi, que é quase cem por cento veneno.

"Pode acreditar que eu também estou surpresa", ela responde com um tom um tanto ácido, passando a mão pelos cabelos loiros. "Juro que nunca na vida saí com alguém tão gentil. Tipo, qual é o problema dele?"

Eu caio na risada. "Né?"

"Outro dia, no caminho do drive-in, ele parou o carro do nada pra ajudar uma velhinha a atravessar a rua. Quem faz isso, porra?"

"Por favor, não me diga que você transou com o meu irmão num drive-in."

"Tudo bem, não vou dizer."

"Caramba, essa eu pedi pra ouvir, né?"

"Hã, oi, Genevieve", uma voz masculina interrompe.

Heidi e eu nos viramos quando um cara simpático e apreensivo chega à nossa mesa, com uma camisa social de manga curta e calça cáqui. É bonitinho, com um estilo meio escoteiro, cabelos castanhos e rosto sardento. Se não fosse a vaga impressão de conhecê-lo de algum lugar, eu diria que era um turista que se perdeu no calçadão e entrou aqui por acaso.

"Eu sou o Harrison Gates", ele diz. "Nós estudamos juntos no colégio."

"Ah, claro, oi." O nome não me diz quase nada, mas me lembrei mesmo dele. "Tudo bem?"

"Tudo, sim." Ele sorri para Heidi também, mas sua atenção continua em mim. "Eu não queria incomodar. Só queria dizer que sinto muito pela sua mãe."

"Obrigada", respondo com sinceridade. Qualquer que seja o sentimento confuso que a morte dela me provoca, a parte boa de voltar para uma cidade pequena é que as pessoas em geral se importam com você. Muita gente que já deve ter tido vontade de me atropelar há uns anos foi gentil comigo desta vez. "Eu agradeço, de verdade."

"Ah, sim." O sorriso dele se alarga e parece menos ansioso, e sua postura também relaxa um pouco. "Queria aproveitar pra te dar boas-vindas também."

Heidi me olha com um aviso para encerrar logo o papo, mas não entendo o motivo para o alarmismo. Ele parece ser um cara legal.

"Então, o que você anda fazendo?", pergunto, porque seria grosseiro não conversar nem um minutinho com o cara.

"Bom, eu acabei de entrar no Departamento de Polícia de Avalon Bay, acredite se quiser. Eu mesmo ainda estranho quando digo em voz alta."

"Sério mesmo? Hã... você parece gente boa demais para ser polícia."

Ele ri. "Um monte de gente já me disse isso."

Mesmo antes do incidente do ano passado, eu já tinha tido vários problemas com os policiais daqui. Quando éramos mais novos, nenhum deles parecia ter nada melhor para fazer do que nos seguir pela cidade e atormentar nossa vida. Faziam isso por esporte. Era tipo bullying no colégio, só que com caras armados e usando distintivo. E o babaca do Rusty Randall sempre foi o pior de todos.

"Cuidado com essa daí, novato. Ela dá mais dor de cabeça do que qualquer outra coisa."

Como se tivesse me ouvido xingá-lo mentalmente, o oficial Randall aparece fardado e dá um tapinha no ombro de Harrison.

Eu gelo na hora.

Heidi responde algo que eu nem consigo ouvir, por causa da fúria que toma conta de mim. Mordo a bochecha para não gritar.

"Se você não se importa", Randall diz para Harrison, "preciso ter uma palavrinha com ela."

Ele ganhou peso desde a última vez que o vi. Perdeu ainda mais cabelo. E, se antes ainda conseguia esconder quem era atrás de um sorriso simpático, agora tem o rosto contorcido em uma carranca permanente de ressentimento e maldade.

"Na verdade, nós estamos ocupadas aqui", Heidi responde, erguendo o queixo como quem está a fim de encrenca. "Mas, se quiser marcar um horário, de repente conseguimos encaixar você na nossa agenda."

"Foi o seu carro que eu vi estacionado lá do outro lado da rua?", ele me pergunta com sarcasmo. "Acho melhor puxar a placa para ver se não tem nenhuma multa atrasada." Até Harrison fica claramente incomodado com a ameaça e me olha confuso. "O que você acha, Genevieve?"

“Tudo bem”, eu respondo antes que a coisa saia de controle. Heidi está prestes a voar no pescoço dele. E o coitado do Harrison nem imagina onde se meteu. “Podemos conversar, oficial Randall.”

Afinal de contas, o que mais ele pode fazer contra mim?

7

GENEVIEVE

Eu sempre tive um mau pressentimento em relação a Rusty Randall. Quando era babá dos quatro filhos dele, no colégio, o cara dizia umas coisas, fazia uns comentários abusados que me deixavam constrangida. Mas eu nunca retruquei, preferia o dinheiro e, de qualquer forma, só precisava vê-lo por alguns minutos, na hora de chegar e de ir embora, então não era nada de mais. Pelo menos não até aquela noite no ano passado.

Eu tinha ido com um pessoal até um bar nos arredores da cidade. Todo mundo sabia que era um ponto de encontro de policiais, mas, depois de algumas horas de esquenta antes da balada, Alana enfiou na cabeça que ia ser divertido. Pensando bem, não foi uma das melhores ideias que ela já teve. Estávamos virando doses de tequila e rum quando Randall se aproximou da nossa mesa. Ele estava pagando nossas bebidas, o que não era problema. Só que começou a ficar com a mão boba, e isso, sim, era problema.

Agora, de volta ao Joe's, o oficial Randall se encosta na viatura estacionada junto ao meio-fio. Não sei por que, mas essa mania dos policiais de ficar com a mão no cinto, com os dedos sempre roçando as armas, me dá uma raiva instintiva. Cravo as unhas na palma das mãos enquanto me preparo para o que vai vir. Tomo o cuidado de ficar sob a luz do poste, de onde as pessoas na entrada do bar ainda são visíveis.

"Muito bem, é o seguinte", Randall diz, levantando o queixo para falar comigo de cima para baixo. "Você não é bem-vinda aqui. Enquanto estiver na cidade, trate de ficar bem longe de mim e da minha família."

Não é mais a família dele, pelo que ouvi dizer. Mas eu guardo para mim o comentário engraçadinho, junto com a onda de desprezo que sobe pela minha garganta. Esse cara não tem o direito de falar comigo nesse tom de nojo, não depois da maneira como *ele* se comportou comigo no ano passado.

Estávamos assumidamente bêbadas naquela noite, eu e as meninas, enquanto Rusty tentava me convencer a entrar no carro dele e ficar de bobeira no estacionamento. Eu levei numa boa, no começo. Dava risada e ia para o outro lado do salão, para longe dele. Fiquei o tempo todo grudada nas minhas amigas, para ficar mais segura. Até que ele me encurralou contra a jukebox, tentou me beijar e enfiar a mão dentro da minha blusa. Eu o empurrei e o mandei para a puta que o pariu, e o bar inteiro ouviu. Felizmente, ele foi embora, apesar de nervosinho e amargurado.

A coisa poderia ter terminado aí. Eu poderia ter voltado para onde estavam as minhas amigas e deixado quieto. Nem de longe era a primeira vez que eu era assediada de forma agressiva por um cara mais velho. Mas alguma coisa naquele dia me abalou até a medula. Fiquei muito puta. Espumando. Absolutamente revoltada. Bem depois que ele já tinha ido embora, continuei lá surtando por causa do que tinha acontecido, arrependida de não ter metido o pé no seu saco e a lateral da mão na sua garganta, num golpe bem dado. Eu sei muito bem brigar sujo. No fim, Steph e Alana foram embora, e ficamos só eu e Trina, provavelmente a única do nosso círculo de amigas com os mesmos instintos descontrolados que eu tinha. Ela não estava disposta a deixar barato o que Randall tinha feito, assim como eu. Era muito errado, e cabia a mim fazê-lo pagar por isso.

Na minha frente, Randall desencosta da viatura e se aproxima. Eu recuo na calçada, buscando a melhor rota de fuga. Sinceramente, não tenho ideia do que esse cara é capaz, então preciso me preparar para tudo.

"Olha só", digo. "Sei que dei uma de louca aparecendo na sua casa daquele jeito. Mas isso não muda o fato de que você me assediou lá no bar, mesmo depois de eu ter passado a noite inteira tentando manter distância. É você que precisa de um aviso pra ficar longe. Não sou eu quem está procurando encrenca."

"É melhor você se manter na linha, menina", ele avisa, rosnando para mim com uma voz úmida e catarrenta, cheia de raiva impotente. Ele está excitado com esse joguinho de poder. "Nada dessa bobagem de baladas. Se eu te pegar com drogas, você vai direto pro banco de trás dessa viatura. E, se você se meter em qualquer tipo de encrenca, é direto pra cadeia. Está me ouvindo?"

Ele está louco por um pretexto, por menor que seja, para dar o bote. Azar o dele, porque eu deixei essa Genevieve para trás faz tempo. Com o canto do olho, vejo Heidi e as meninas na porta do bar, me esperando.

"É só isso?", pergunto, de cabeça erguida. De jeito nenhum eu vou dar a Randall a satisfação de saber o quanto ele me afeta. "Ótimo."

Saio andando. Quando as minhas amigas perguntam, só aviso para elas tomarem cuidado. Neste verão, onde quer que a gente esteja, o que quer que a gente faça, com certeza ele vai estar de olho. Só esperando.

Eu é que não vou entrar nesse jogo.

Mais tarde, em casa, me deito na cama, ainda fervilhando de raiva. Os músculos do meu pescoço estão tensos. Uma pressão intensa faz meus olhos latejarem. Não consigo ficar parada. É por isso que, apesar de ser quase meia-noite, estou sentada no chão do meu closet, cercada de caixas, anuários e álbuns de fotos. Muito imprudente da minha parte, afinal, qual é a primeira foto que vejo logo no primeiro álbum? Uma minha com Evan. Com dezoito anos, talvez dezenove, na praia ao pôr do sol. Evan está me abraçando com os dois braços, segurando uma cerveja em uma das mãos. Eu estou de biquíni vermelho, apoiando a cabeça no seu peito largo e descoberto. Os dois com um sorriso feliz no rosto.

Eu mordo o lábio, tentando não ser invadida pelas memórias. Mas elas atropelam minhas defesas. Lembro desse dia na praia. Vimos o pôr do sol com nossos amigos e depois saímos sozinhos pela areia quente, em direção à casa de Evan, onde nos trancamos no quarto. Só saímos na tarde seguinte.

Outra foto: de uma festa na casa de Steph, e dessa vez nós tínhamos dezesseis anos. Eu estava com mechas loiras horrorosas no cabelo, que ganhei de presente de aniversário da Heidi. Ridícula. Mas, pelo jeito que o Evan me olhava, nem parecia. Não sei como, mas a foto capturou na expressão dele algo que eu só consigo descrever como adoração. E eu também pareço encantada.

Eu me pego sorrindo para essas nossas versões, mais jovens e apaixonadas. Não muito tempo depois dessa festa, ele disse que me amava pela primeira vez. Estávamos aqui no meu quintal, na piscina, no meio de uma conversa bem séria sobre nossas mães, que não davam a mínima para nós, quando ele me interrompeu e disse: "Ei, Genevieve, eu te amo".

Eu levei um susto tão grande por ouvi-lo falar meu nome, e não *Fred*, o apelido idiota que nem lembro mais de onde veio, que afundei como uma pedra. Nem registrei a segunda parte até voltar à superfície, tossindo e com os olhos ardendo.

Dei de cara com a expressão indignada dele. "Sério isso? Eu digo que te amo e você tenta se afogar? Como assim?"

Eu ri tanto que até deixei escapar um pouco de xixi e ainda *confessei* isso. Ele nadou até a escadinha e saiu da piscina, irritado, e esbravejou: "Esquece o que eu falei!".

Sinto até cócegas na garganta de tanto de rir. Estou a ponto de mandar uma mensagem para ele sobre esse dia, mas lembro que preciso manter distância.

Meu telefone vibra do meu lado.

Quando olho para a tela, solto um grunhido angustiado. Como é que ele faz isso?

Como sempre sabe quando estou pensando nele?

EVAN: *Me desculpa por aquela noite.*

EVAN: *Eu fui um idiota.*

Fico olhando as mensagens e, depois de um tempo, percebo que toda a tensão que estava sentindo por causa do Randall, toda a raiva e a vergonha desapareceram. Meus ombros estão leves, e a pedra de dez toneladas que comprimia meu peito finalmente foi retirada. Até a dor de cabeça passou. Sinto raiva dele por ainda ser capaz de fazer isso também.

EU: *Foi mesmo.*

EVAN: *Acho que estou com areia no olho até agora, se isso faz você se sentir melhor.*

EU: *Um pouco.*

Depois de uma longa pausa, de quase um minuto inteiro, ele volta a escrever. Os pontinhos aparecem na tela, desaparecem, e por fim reaparecem.

EVAN: *Eu senti sua falta.*

Começo a sentir a força que me puxa de volta para o lugar ao qual eu jurei que não ia mais voltar. Retroceder seria muito fácil. Fazer uma promessa a mim mesma e mantê-la é bem mais difícil.

Não é culpa dele — não é por causa de Evan que eu sou assim. Mas, dessa vez, vou escolher o que é melhor para mim.

EU: *Eu também senti sua falta. Mas isso não muda nada. O que eu falei continua valendo.*

Desligo o celular antes que ele responda.

Apesar da dor que isso provoca, eu me obrigo a ver o restante dos álbuns e das pilhas de fotografias soltas. Nosso relacionamento inteiro passa diante dos meus olhos, preservado em pequenas cenas de momentos perfeitos.

Você destroçou o coração do meu irmão e foi embora sem nem se despedir. Que tipo de gente faz uma coisa dessas? Por acaso você tem ideia de como ele ficou?

As acusações de Cooper fervilham na minha cabeça e me dão um aperto no coração. Ele tem razão, eu não me despedi de Evan. Mas só porque não ia conseguir. Se tivesse feito isso, sei que ele ia me convencer a ficar. Eu nunca soube dizer não para ele. Então fui embora sem avisar. Sem olhar para trás.

Já é mais de uma da manhã quando finalmente guardo as fotos de volta nas caixas, bem no fundo do closet, debaixo das roupas e dos sapatos velhos.

Só as coisas mortas ficam remoendo o passado. As coisas tristes. Eu posso estar triste, mas não estou morta. E pretendo viver a minha vida enquanto ainda posso.

8

EVAN

Cooper e Mac já estão sentados à mesa com o tio Levi quando chego no domingo à noite. As plantas do hotel estão espalhadas por toda parte. Ela está com o laptop aberto, inclinada sobre o teclado com uma caneta na boca. Daisy é a única que percebe a minha presença, pulando em mim enquanto tiro os sapatos.

"Oi, menina linda", digo para a cachorrinha empolgada.

"Você está atrasado", Cooper me avisa.

"Eu parei pra comprar o jantar." Deixo as sacolas de comida chinesa em cima do balcão. Meu irmão nem se dá ao trabalho de levantar os olhos. "De nada. O prazer foi meu."

"Obrigada", Mac diz, olhando para trás. "Sem ovo no arroz frito, certo?"

"Sim, eu lembrei." Puta que pariu, parece que eu sou um empregado nesta casa.

"Deixa tudo aí e vem cá", diz Levi. "Precisamos conversar sobre a semana que vem."

Ele é irmão do nosso pai. Foi meu tio quem nos acolheu quando meu pai morreu depois de bater o carro dirigindo bêbado, e também cuidou da gente enquanto a minha mãe caía no mundo, sem dar a mínima para os filhos. Ele é a única família de verdade que eu e Cooper temos e, apesar de ter sido difícil criar um vínculo no passado, agora estamos mais próximos. Ele é fechado e caladão, do tipo que considera que fazer companhia é ficar em silêncio no mesmo cômodo por um tempo.

Ele tem uma empreiteira há anos. Depois dos recentes furacões que destruíram Avalon Bay, está com muito mais trabalho de reforma e demolição do que consegue dar conta. E, desde que nos fez sócios da sua empresa, meu irmão e eu também estamos muito mais ocupados.

Nosso grande trabalho, e o mais urgente, é o Beacon, um hotel icônico do calçadão que Mac comprou uns meses atrás. O prédio foi destruído por uma tempestade e ficou alguns anos abandonado, até Mac decidir, meio impulsivamente, que ia restaurá-lo. A família dela é podre de rica, mas ela comprou o Beacon com seu próprio dinheiro — eu só soube pouco tempo atrás que ela ganhou milhões com seus sites onde as pessoas postam histórias ridículas sobre relacionamentos.

"Ronan West me ligou", Levi conta. "Ele quer reformar a casa antes de colocar à venda. Isso significa que precisamos de um de vocês para comandar uma equipe de trabalho lá."

"Manda algum dos outros caras fazerem isso", Cooper responde, incomodado só de ouvir o nome do pai da Gen. Ele é infantil assim mesmo. "Não quero arriscar que as coisas desandem no hotel, deixando outra pessoa lá."

Estamos nos últimos estágios da reforma do hotel, que tem uma pré-inauguração marcada para setembro. Uma lista exclusiva de hóspedes foi convidada para sentir o clima do lugar e criar um boca a boca na temporada de inverno. A inauguração de fato vai ser na primavera.

"Ronan é meu amigo", Levi insiste. "Não posso mandar qualquer um pra lá. Preciso ter certeza de que tudo vai ser feito direito."

"Eu posso fazer isso", me ofereço.

"Ah, claro", Cooper diz com irritação. "Eu não acho uma boa ideia, não."

"Ninguém perguntou pra você." Morrendo de fome, eu me afasto da mesa para pegar uma das caixas de *lo mein* e começo a comer.

"Está tudo indo bem lá no hotel." Mac vê o meu *lo mein*, pega sua caixa de arroz frito e se senta no balcão para comer. "Não vai ter problema nenhum."

Cooper olha feio para ela por contradizê-lo, mas Mac apenas dá de ombros. Talvez a melhor parte de tê-la por perto é que ela adora irritar o meu irmão, o que geralmente consegue quando fica do meu lado numa discussão.

"Você gosta de sofrer mesmo." Cooper olha para mim e balança a cabeça.

Pode até ser, mas ele não entende o lance que eu tenho com a Gen. Nós tivemos nossas fases tóxicas, é verdade, de brigas e noites malucas. Mas houve bons momentos também. Juntos, nós somos uma fusão perfeita de energia. Agora ela está com essa coisa de se redimir, mantendo a distância entre nós, mas só porque esqueceu como as coisas são quando estamos bem.

Eu só preciso lembrá-la. Mas, para isso, tenho que estar perto.

"Ei, certeza que você consegue manter o profissionalismo nesse caso?", Levi pergunta. "Não quero você fazendo bobagem no trabalho. Nós podemos ser a Hartley & Filhos agora, mas ainda é o meu nome que aparece no cartão de visitas."

"Não esquenta", prometo, com a boca cheia de macarrão. "Pode deixar comigo."

Cooper solta um suspiro.

Na segunda à tarde, Levi e eu vamos à casa dos West. Ronan deixou uma chave com meu tio para darmos uma olhada. A visita de hoje é para avaliar a casa e fazer uma lista do que precisa ser trocado, consertado e pintado. Ronan pediu um orçamento com tudo que meu tio considera que pode valorizar a casa para vender. Depois de vinte e tantos anos e seis filhos, o velho sobrado com certeza já teve dias melhores.

É estranho estar de novo aqui, considerando as circunstâncias. E ainda mais entrando pela porta da frente, depois de todas as vezes que Gen e eu entramos pela janela do quarto dela. Isso sem contar as festas na piscina quando os pais dela viajavam.

Meu tio e eu avaliamos a parte interna primeiro, anotando os problemas para resolver. Depois vamos para a parte de fora, conferindo o revestimento que precisa ser refeito, assim como a cerca bamba de madeira, que será trocada por uma de PVC. Anotamos mais alguns detalhes, seguimos para a piscina e... minha nossa.

Eu paraliso quando vejo a Gen tomando sol em uma das espreguiçadeiras.

Fazendo topless.

Puta merda.

"Pensei que tinham parado de fazer filmes pornô nesse estilo nos anos 1990", comento, fazendo meu tio grunhir, irritado.

Sem se abalar, Gen vira de lado: uma modelo de anúncio de biquíni, com suas pernas longas e a pele brilhando com o óleo de bronzear debaixo do sol. Os seios incríveis e empinadinhos que ela tem apontam bem para mim. Não que eu tivesse me esquecido de como eram, mas vê-la só de calcinha do biquíni e óculos escuros me traz lembranças dos velhos tempos.

"Você não bate mais na porta?", ela pergunta, estendendo a mão para pegar seu copo d'água.

"E alguma vez na vida eu fiz isso?" Meu olhar toda hora se volta para seus seios perfeitos. Preciso fazer um grande esforço para lembrar que meu tio está bem ao meu lado.

"Hã, seu pai chamou a gente aqui para fazer um orçamento da reforma", Levi explica, olhando para o chão, constrangido. "Ele disse que a casa ia estar vazia."

Eu seguro o riso. "Vai, Gen, esconde isso. Você vai fazer o cara enfartar desse jeito."

"Ah, o Levi não tem nenhum interesse aqui." Ela se senta na cadeira e pega a parte de cima do biquíni. "Como está o Tim?", ela pergunta para o meu tio.

"Está bem", ele responde com um grunhido, deliberadamente desviando os olhos. Meu tio não fala muito do seu companheiro, que é editor de periódicos acadêmicos. Ele é muito discreto com sua vida pessoal. Nem sempre foi fácil ser gay nessa cidade, e acho que ele considera mais simples deixar que cada um pense o que quiser. Mesmo seus amigos mais próximos não perguntam nada a esse respeito. Ele e Tim não saem muito juntos, principalmente porque seu parceiro é mais recluso. Eles preferem ficar mais na deles. O que combina com os dois, aliás.

"O que você está fazendo em casa?", pergunto. Ouvi dizer que ela estava trabalhando na marmoraria.

"Nós abrimos aos domingos", ela explica, cobrindo o peito com o braço enquanto desamarra os cordões do biquíni. "Então segunda é dia de folga. Vocês precisam de ajuda com alguma coisa?"

Levi volta a falar quando olha para a prancheta. "Seu pai vai querer algum tipo de paisagismo aqui no fundo?"

Gen encolhe os ombros. “Nem faço ideia.”

Aliviado, ele usa o pretexto para sair e ligar para Ronan, me deixando sozinho com Gen.

Depois de um momento de perceptível relutância, ela se mexe na cadeira. “Amarra aqui pra mim?” Segurando o biquíni na frente, Gen se vira de costas para mim.

“Ou... podemos deixar assim mesmo.”

“Evan.”

“Como você é sem graça.” Eu me sento na beirada da espreguiçadeira e pego os cordões do biquíni para amarrar. Com certeza já tive coisas piores para fazer na vida.

“Isso acontece muito? Surpreender donas de casa e universitárias riquinhas em diferentes estados de nudez?” O tom de voz dela é seco.

“É exatamente assim que todos os projetos começam”, respondo, amarrando o biquíni. “Mas foi a primeira vez que fiquei de pau duro na frente do meu tio, então é um novo nível de trauma familiar.”

“Você poderia ter avisado”, ela me acusa, virando para me encarar depois de ajeitar o biquíni. “Aparecer sem avisar foi bem sacana da sua parte.”

“Eu não sabia que você ia estar aqui”, lembro. “Eu ia só pegar uma calcinha e ir embora.”

Gen se limita a um suspiro.

“E, se você quer saber, esse seu truque do topless...”

“Que truque? Eu nem sabia que você vinha”, ela protesta.

Eu ignoro o comentário. “Me lembra daquela excursão do último ano de colégio”, continuo, nem tentando fingir não olhar as gotas de vapor condensado que caem do copo e descem por seu peito enquanto ela bebe.

“Que excursão?”

“Não se faça de boba. Você sabe exatamente do que estou falando.”

Esse passeio foi simplesmente inesquecível.

Os lábios dela se curvam de leve antes de se contraírem numa linha reta. “Que tal deixar isso pra lá?”, ela diz com mais um suspiro.

“Isso o quê?” Eu pisco algumas vezes, bancando o inocente. “O aquário?”

“Evan.”

"Estava chovendo e você estava brava comigo porque achava que eu tinha dado em cima da Jessica na aula de matemática. Aí apareceu de regata branca sem sutiã pra se jogar em cima daquele Andy sei-lá-o-quê. A gente saiu do ônibus na chuva, e todo mundo viu o seu peito."

Fico em silêncio, só vendo a determinação dela desmoronar.

"Você roubou uma camiseta na loja de presentes pra mim", Gen responde a contragosto.

Eu escondo meu sorriso de satisfação. É bem fácil fazê-la embarcar nessas lembranças. "Ou eu ia ter que quebrar o nariz do Andy cara-de-cu por não tirar os olhos de você o passeio inteiro."

Mais uma vez, ela fica um instante em silêncio. E então diz: "Vai ver eu só achei que ia fazer calor, e você ficou com ciúmes".

Eu abro um sorriso. "Por falar em ciúmes..."

A expressão dela parece confusa. "Que foi?"

"Eu vi a sua cara lá na praia naquela noite."

Ela não morde a isca, então jogo outra. "Quando eu estava conversando com aquela garota da faculdade."

"Conversando?", ela repete em um tom sinistro. Um brilho familiar de raiva se acende em seus olhos, e seus lábios se contorcem de irritação — com ela mesma.

Eu conheço Genevieve, e sei que ela está se repreendendo por ter mostrado fraqueza. Então, conforme o esperado, muda de assunto.

"Aquela garota que estava com o namorado que te bateu?" Ela dá um sorrisinho meigo para mim. "Aquela que só fingiu interesse em você pra fazer ciúmes?"

"Pra começar, você não pode sorrir assim depois de dizer que alguém me bateu. Além disso, eu não apanhei — o cara precisou ir embora carregado pelos amigos, caso você não tenha reparado. E, se eu quisesse alguma coisa com ela, teria conseguido."

"Sei. De onde eu estava, pareceu que você tentou a sorte, mas no fim ela foi embora com o namorado."

"Tentei a sorte? Nada disso." Levanto a cabeça com uma cara desafiadora. "Genevieve. Gata. Nós dois sabemos que eu não preciso de sorte pra fazer as mulheres tirarem a roupa pra mim."

"Que bom que você é modesto."

Dou uma piscadinha para ela. "Modéstia é coisa de quem não transa."

Fico satisfeito ao vê-la engolir em seco. Minha nossa. Como estou com vontade de transar com ela. Faz muito tempo. Tempo *demais*. Não importa com quantas garotas eu tenha ficado na ausência dela. Ninguém se compara a ela. Ninguém me deixa com tanto tesão nem tão fora de controle.

"Bom, se a sedução é sua especialidade, por que você não se manda e vai procurar alguém que esteja a fim de ser seduzida?" Erguendo a sobrancelha para me provocar, Gen dá mais um gole na água.

Solto um risinho de deboche. "Para de fingir que você não quer arrancar a minha roupa e transar comigo nessa piscina."

"Não quero mesmo." Seu tom de voz é convicto, mas eu percebo o brilho de excitação em seus olhos.

"Ah, não?", eu digo, passando a língua nos lábios.

"Não", ela repete, com um pouco menos de confiança.

"É mesmo? Nem uma partezinha mínima de você está tentada?"

Ela engole em seco de novo. Vejo que sua mão tremula quando baixa o copo.

Chego mais perto, com a respiração acelerada. O cheiro adocicado do óleo de bronzear preenche o ar úmido. Sinto vontade de arrancar esse biquíni com os dentes e agarrá-la pelos cabelos. Ela tenta fingir que não está nem aí, mas vejo sua pulsação disparada no pescoço, e sei que está sentindo o mesmo que eu.

"Me encontra mais tarde", digo sem pensar, mas acabo gostando da ideia. "No lugar de sempre. Hoje à noite."

Ela parece impassível por trás das lentes prateadas dos óculos escuros. Mas, quando morde o lábio e hesita em responder, percebo que está cogitando. E quer responder que sim. Seria bem simples, nós nunca precisamos nem pensar em ficar juntos, simplesmente acontece. Nossas marés sempre fluem na mesma direção.

Mas então ela se afasta, se levanta e enrola uma toalha na cintura. A barreira impenetrável se ergue, e eu fico preso do outro lado.

"Sinto muito", ela diz com desdém. "Eu não posso. Tenho um encontro."

9

GENEVIEVE

Três horas depois da minha conversa com Evan, ainda estou irritada comigo mesma. Em um momento de estupidez triunfante, a minha língua comprida foi longe demais, e agora preciso arrumar um encontro do nada. Depois que a mentira saiu da minha boca, Evan naturalmente ficou puto, apesar de fazer de tudo para agir como se não fosse nada de mais. Às vezes ele esquece o quanto eu o conheço. Todos os seus tiques e manias. Ele tentou fingir que não estava se remoendo, mas quis saber onde eu ia estar e quando, o que levou a outra mentira e depois a mais uma. Garanti que ele não conhecia o cara, me esquivando de responder com quem ia sair, mas não duvido que ele apareça, e esse é o problema.

Às oito da noite de hoje, preciso de alguém para sair comigo.

Como não estou disposta a entrar no Tinder só para arrumar um falso encontro para tirar o meu ex do pé, mando um sos no grupo das meninas. Vou até a casa de Steph e Alana para pensar num plano de emergência. Heidi está trabalhando, o que é bom, porque a resposta dela foi absolutamente inútil, bem daquele jeitinho direto: *mentiras idiotas, consequências idiotas*.

Argh. Bom... ela não está errada.

"Então você masturbou emocionalmente o Evan e depois se esquivou dele", Alana comenta quando explico tudo. Estamos sentadas na varanda dos fundos, e eu tento fazer de conta que tem vodca no meu chá gelado. "Quer dizer, não que eu esteja do lado dele, mas isso é meio que a definição de mandar sinais ambíguos."

"Acho que não contei direito. Ele chegou de surpresa."

Steph olha para mim, achando graça. "Sei. Mas acho que você gostou."

"Tudo bem se tiver gostado", Alana diz, se reclinando no balanço da varanda para mantê-lo em movimento. "Todo mundo tem uma tara."

"Não é uma tara."

Mas, pensando bem, acho que não está tão longe assim de ser. Sempre existiu essa tensão entre nós dois. Um jogo de puxa e empurra. De fazer ciúmes no outro para obter uma reação. Tudo isso é parte do padrão que estou tentando romper. Mas, ao fazer isso, acabo repetindo os mesmos erros. É a velha dança de sempre, apesar de a música ser diferente.

"É a magia do bad boy", Alana diz com seu tom de voz neutro, sem nenhum senso de humor. "Uma coisa enlouquecedora. Não é nossa culpa se os piores caras são os melhores na cama."

Ela não deixa de ter razão. No caso de Evan Hartley, são as coisas mais aleatórias que mexem com a minha cabeça. Coisinhas de nada que desencadeiam lembranças e causam reações involuntárias. Meu corpo foi programado para receber certos estímulos. É instintivo, uma segunda natureza. Ele passa a língua nos lábios e eu começo a imaginar o seu rosto no meio das minhas pernas. Hoje foi o cheiro do cabelo dele.

E me provocar com a ideia do sexo na piscina e depois sugerir que a gente se encontrasse no nosso antigo lugar secreto também não ajudou em nada.

Só dei essa desculpa esfarrapada porque estava muito perto de aceitar o convite. Afinal, que mal faria um pouquinho de sexo consensual entre amigos, certo? Mal nenhum... a não ser quando um pouquinho de sexo acaba levando a um montão de sexo, e depois a passar cada minuto juntos, criando caso e brigando, porque aventuras e conflitos são fonte de adrenalina para nós.

"Eu não respondo por mim quando estou perto dele. É um vício. Tento ficar indiferente, mas aí ele sorri e começa a se insinuar, e eu acabo entrando no jogo", confesso. "Mas, se não quebrar esse padrão, nunca vou conseguir recomeçar."

"Então vamos romper esse ciclo", Alana decide. "Só precisamos de alguém que seja tudo o que Evan não é. Uma terapia de choque, por assim dizer."

"Bom, isso elimina basicamente todo mundo que a gente conhece." Tirando os amigos dele e as pessoas que eu não suporto, não tem muita gente na cidade que não tenha alguma relação de parentesco comigo. E rondar os bares universitários em busca de um tonto qualquer do Garnet também não é uma ideia agradável.

"E o carinha daquele dia?", Steph pergunta. "O que foi falar com você e a Heidi?"

"Quem, o Harrison?" Ela não pode estar falando sério.

"Ei, boa ideia." Alana se ajeita no balanço. Seu rosto se ilumina com a possibilidade. Ela é a rainha dos esquemas. "Muito boa ideia."

Steph assente com a cabeça. "Pelo que a Heidi falou, parece que o cara é a fim de você."

"Mas ele é..." A palavra provoca um amargor na minha língua. "Da *polícia*. Usa calça cáqui. Como se fosse um turista."

"Exatamente", diz Alana, balançando a cabeça ao ver todas as peças se encaixando perfeitamente. Seu olhar determinado pousa sobre mim. "O Anti-Evan. Ele é perfeito."

"É só um encontro", Steph me lembra. "Pra tirar o Evan do seu pé. Tem coisa bem pior do que fazer um cara que não tem a menor chance de te comer pagar um jantar pra você."

É um bom argumento. Ela tem razão. Harrison foi bem legal comigo. Seria um encontro com baixíssimas expectativas, mas também pouquíssimo risco. A parte ruim é que vou ficar sem assunto e perceber que não temos nada em comum logo nos primeiros minutos. Por outro lado, no fim da noite, cada um vai para o seu canto com a perspectiva de nunca mais sairmos juntos. Simples assim. Se Evan aparecer, der uma olhada em Harrison e for embora rindo, com pena de mim, eu consigo suportar a humilhação, desde que isso o mantenha à distância.

"Certo", concordo. "Operação Escoteiro aprovada."

Como não conheço ninguém que tenha o telefone de um policial e de jeito nenhum vou ligar na delegacia só para bater papo, preciso dar uma stalkeada nas redes sociais para falar com Harrison por direct. O Instagram dele é adoravelmente — para não dizer pateticamente — sem graça. Mas eu preciso de um pretendente inofensivo, que reforce a ideia de que estou me regenerando. Já chega de bad boys.

EU: *Foi legal te ver aquele dia.*

EU: *Pena que interromperam a gente. Que tal um jantar hoje à noite?*

É uma abordagem ousada, mas tenho uma missão a cumprir. E um prazo. Felizmente, Harrison responde em poucos minutos.

HARRISON: *Agora você me surpreendeu. Sim, seria ótimo.*
HARRISON: *Posso te buscar lá pelas sete?*
EU: *Claro. Só deixa a viatura em casa.*
HARRISON: *Positivo. Até mais, então.*

Pronto. Não foi tão difícil assim.

Aprendi no último ano que mudança é uma escolha que se faz todos os dias, milhares de vezes por dia. A gente faz uma opção melhor. Depois outra. E outra. E mais outra depois dessa. Talvez atrair um cara bonzinho para um encontro fajuto só para afastar o meu ex não me deixe exatamente no caminho da santidade, mas é preciso dar um passo de cada vez. A questão é que a minha antiga versão preferiria morrer a ser vista com Harrison em público. E, quem sabe, de repente, até viramos bons amigos.

10

EVAN

Ela faz isso de propósito. Gosta de saber que ainda tem o poder de mexer com a minha cabeça, deixando a coisa rolar até o último instante e só então caindo fora. O que me preocupa é o tal cara. O filho da puta que achou que podia tentar alguma coisa com a Genevieve bem debaixo do meu nariz. É bom que ele fique esperto.

Desnecessário dizer que estou atordoado quando chego em casa depois do trabalho. Mal consigo passar pela porta e meu irmão já começa.

"Ei", ele grita da sala de estar, onde está vendo TV com a Mac. "Você falou com Steve sobre as conexões pro encanamento?"

"Quê?" Tiro os sapatos e jogo as chaves sobre a mesinha de canto com mais força que o necessário. "Não, eu estava na casa da Gen com o Levi."

"E depois disso era pra você passar no escritório e ligar pro Steve sobre o pedido pro hotel. Precisamos dessas conexões amanhã, pra trocar a tubulação do segundo andar."

"Então faz isso você." Vou até a cozinha e pego uma cerveja na geladeira. Daisy vem correndo abanar o rabo, mais animada que de costume.

"Acho que ela quer sair", Mac comenta. "Você pode dar uma volta com ela?"

"Você está pregada no sofá, por acaso?"

"Epa." Cooper se levanta, ainda capaz de usar as próprias pernas. "Por que a grosseria?"

"Eu acabei de passar pela porra da porta e vocês não esperaram nem dez segundos antes de voar na minha jugular." Jogo a tampa da cerveja no lixo e estalo os dedos para Daisy, que volta choramingando para Mac.

"E vocês fizeram o que hoje, exatamente? Em vez de reclamar do que não foi feito, por que não levantam daí e vão fazer alguma coisa?"

Como não tenho o menor interesse em continuar essa conversa, vou para a garagem.

O que mais me incomoda é que Gen nem curte essa coisa de encontro. A ideia de que ela vai pôr um vestido bonito, passar maquiagem e sentar toda comportada à mesa para jantar chega a ser risível. Ela prefere mastigar o próprio braço a jogar conversa fora enquanto come entradinhas. Então o que é isso? Uma tentativa de me convencer de que ela mudou? Nem fodendo. Gen é do tipo que roubaria uma moto na frente de um bar de motoqueiros só por diversão. E de jeito nenhum aceitaria que um cara puxasse a cadeira para ela sentar.

Mas talvez agora ela aceite.

A voz irritante na minha cabeça abala a minha convicção. E se vestidos bonitos e jantares forem o lance dela agora? Seria tão impossível assim? Talvez a garota que eu conhecia tão bem um ano atrás não seja a mesma que...

Afasto esse pensamento. Não. Apenas não. Eu conheço Genevieve West como a palma da minha mão. Sei o que a empolga, o que a faz sorrir e chorar. Conheço seus humores e as partes mais secretas da alma dela, caralho. Pode ser que ela até consiga enganar a si mesma, mas a mim não.

Com a cabeça rodando, tiro a camiseta, jogo de lado e começo a esmurrar o saco de pancadas no canto da garagem. A cada soco, mais poeira se levanta. Nuvens de um pó fino e cinzento. Os primeiros golpes já ajudam a aplacar a ansiedade, a sufocar o ruído na minha cabeça. Uma dor irradia das minhas mãos para os antebraços, cotovelos e ombros, até que quase não sinto mais nada. Mas ainda consigo senti-la. Em toda parte. O tempo todo, cada vez com mais insistência.

Ela me *abandonou*. Eu, que já passei a noite numa poltrona ao lado dela na cama de um hospital quando ela caiu de uma árvore numa competição de escalada com os irmãos e teve uma concussão. Eu, que abria os braços para ela chorar toda vez que a mãe dela não participava de alguma coisa importante da sua vida.

Ela me abandonou sem nem dizer nada.

Não. Pior: ela foi embora sem me chamar para ir junto.

"Daqui a pouco você não vai ter mais pele nenhuma se não enfaixar as mãos", Cooper comenta, se aproximando de mim de repente. Ele fica atrás do saco para mantê-lo no lugar enquanto eu basicamente o ignoro e continuo batendo. Já deixei pequenas manchas de sangue no couro sintético. Não estou nem aí.

Como não respondo, ele insiste.

"Qual é. O que foi? Aconteceu alguma coisa?"

"Se é pra ficar falando, melhor ir embora." Eu esmurro o saco. Ponho ainda mais força em cada soco. O mal-estar se dissipa a cada repetição e, à medida que paro de sentir dor com cada impacto, minha cabeça também começa a se acalmar.

"Então o problema é a Gen." O comentário tem partes iguais de desaprovação e decepção, como se eu tivesse chegado em casa com um boletim cheio de notas vermelhas. É cansativo ter um irmão que pensa que é meu pai. "Quando é que você vai desencanar? Ela sumiu sem falar com você, cara. Preciso dizer mais?"

"Lembra do quanto você gostava de ouvir minha opinião sobre a Mac no ano passado?", pergunto. Aprendi minha lição. Quando era eu que o criticava por ter se apaixonado por uma patricinha, ele me mandava à merda todas as vezes, e não foram poucas. E ele estava certo. "Então, é a mesma coisa."

"Só estou tentando ajudar", ele diz, como se eu não tivesse entendido nada. Ele percebe que estou perdendo a paciência e muda de tática. "Vamos cair fora daqui. Dar uma volta. Espairecer."

"Passo." O que aprendi há muito tempo é que não existe nada capaz de tirar a Gen da minha cabeça. Ela está entranhada no meu cérebro. Não tenho como arrancá-la sem me destruir no processo.

Encaro Cooper entre um soco e outro. Dá para ver que ele está infeliz. Mas não é minha função fazê-lo se sentir melhor, por isso nem tento. "Pode ir você, Coop."

Com os dentes cerrados, ele sai da garagem.

Não muito tempo depois, desisto de bater no saco. Minhas mãos estão ensanguentadas, com pele solta sobre as juntas. É nojento.

Meu celular vibra no bolso e, por um momento de estupidez, chego a pensar que é a Gen, mas solto um palavrão quando vejo que é a minha mãe.

SHELLEY: *Oi, amor. Queria saber como você está.*

Pois é, ela não está na minha lista de contatos como MÃE, mas como Shelley. Só isso já diz muita coisa.

Ela tem me mandado mensagens para tentar ressuscitar nossa relação, depois que Cooper a colocou na cadeia há uns meses, depois que ela roubou uma boa grana dele. Coop já não tinha mais paciência com ela fazia tempo, mas, para ele, foi a gota d'água. A última traição.

Não contei sobre as mensagens para Cooper porque, para ele, nossa mãe está morta e enterrada. Se soubesse que tenho falado com ela, ficaria furioso.

Eu também não sou tão compreensivo assim. Pelo menos, não mais. Durante anos, dei à minha mãe o benefício da dúvida, apesar de saber que ela não era digna de confiança. Cada visita era só um prólogo para mais uma promessa não cumprida e uma saída de cena sem despedida. Mas não consigo ignorá-la.

Com um suspiro, digito uma resposta rápida.

EU: *Tudo bem comigo. E com você?*

SHELLEY: *Estou em Charleston. Será que você consegue vir me visitar?*

Fico olhando para a tela por um bom tempo. Faz semanas que ela me garante que tudo mudou. Que começou uma vida nova e tal. Nas últimas mensagens, pediu uma chance de reconciliação, mas a quantidade de chances que já demos a essa mulher chega a ser cômica a essa altura. Houve um tempo em que Cooper e eu precisávamos de uma mãe, quando éramos crianças. Mas agora estamos muito bem sem uma. Porra, estamos até *melhor* sem uma. A vida é bem menos estressante sem uma pessoa que de tempos em tempos aparece com alguma mentira sobre uma oportunidade de mudar de vida, pedindo um teto e algum dinheiro, blá-blá-blá. Até que um dia nós acordamos e ela não está mais lá. E a lata de café de cima da geladeira está vazia. E o quarto de Cooper foi saqueado. Ou qualquer outro golpe que Shelley decida aplicar.

Como não respondo, outra mensagem chega em seguida.

SHELLEY: *Por favor? Podemos começar mais devagar? Que tal um café? Uma caminhada? O que você quiser.*

Minha demora rende outra mensagem.

SHELLEY: *Estou com saudade dos meus filhos, Evan. Por favor.*

Isso me faz cerrar os dentes. Eu é que não vou me sentir culpado. Ela não tem o menor direito de fazer chantagem emocional depois de tantos anos de negligência.

A mensagem seguinte vem com um endereço e um horário. Porque ela sabe que eu sempre dou uma chance. Shelley jamais ousaria tentar uma conversa dessas com o Cooper. O que só torna sua abordagem ainda mais traiçoeira e injusta.

Ainda assim, mesmo sendo capaz de entender tudo isso, uma parte de mim quer acreditar nela, dar uma chance de provar que pode ser uma pessoa decente. Se não por qualquer outro motivo, pelo menos por nós.

EU: *Vou pensar e te respondo.*

Mas reconciliação é pedir demais. Coop está disposto a levar o ressentimento para o túmulo. Com certeza ele seria mais feliz se nunca mais precisasse pensar nela na vida. Quanto a mim, sendo bem sincero, a ferida ainda não cicatrizou. Na última vez que apareceu, ela fez a melhor performance da sua vida. Me fez acreditar que tinha voltado para ficar e tentar ser uma mãe de verdade. Na medida do possível, pelo menos, considerando que somos dois homens adultos que mal a conhecem.

Nem preciso dizer que quebrei a cara e ainda tive que ouvir "Eu avisei" do meu irmão.

Como não estou a fim de ouvir isso de novo quando me sento para jantar, guardo para mim a notícia de que Shelley está em Charleston. Ela é a última das minhas preocupações, aliás. Gen e o tal encontro fazem muito mais barulho dentro de mim agora.

Enquanto Mac me passa o purê de batatas, imagino Gen rindo com algum babaca em meio a saladas e entradinhas. Cooper fala de trabalho, e só consigo imaginar o cara arquitetando um jeito de levar a Gen para casa hoje à noite. Imaginando como ela deve ser sem roupa, ou se um filé ou uma lagosta renderiam um boquete no primeiro encontro.

Cerro a mandíbula de um jeito que mal consigo comer.

Então, enquanto tiramos a mesa, uma pulga se aloja atrás da minha orelha: *e se a Gen gostar mesmo desse desgraçado?* Pode ser que ela tenha vestido uma roupa sexy com a intenção de tirá-la no quarto dele. Talvez ainda hoje ela passe as unhas nas costas dele.

Quase dou um murro na parede, com os punhos fechados sobre o balcão enquanto ajudo Mac a pôr a louça na máquina.

E o que vai acontecer se ela começar a namorar esse cara? Uma coisa seria arrumar um namorado em Charleston, porque eu não ia estar por perto para ver. Mas agora ela está aqui. Se arrumar outro cara, vou ser obrigado a ver os dois por aí, esfregando o relacionamento na minha cara enquanto eu trabalho na reforma da casa do pai dela? Pegar os dois na cozinha e fingir que está tudo bem mesmo vendo o rosto dela vermelho, como se os dedos dele tivessem acabado de sair de dentro dela? Ah, nem fodendo. Eu ia descer uma marretada na mão dele.

"A gente vai dar uma volta na praia com a Daisy", Mac avisa, dobrando o pano de prato perto da pia. "Quer vir?"

"Não. Estou bem."

Não estou bem coisa nenhuma. Longe disso.

Assim que Cooper e Mac pisam no deque dos fundos, pego a chave e saio pela porta da frente.

Num piscar de olhos, subo na moto a caminho da cidade para ver tudo com os meus próprios olhos. Nem fodendo vou ser o corno da história.

11

GENEVIEVE

"Acho que pisei na bola", murmuro para Harrison quando o garçom de camisa branca e colete vermelho estende o guardanapo de linho no meu colo. Já são três tipos de copos e taças diferentes sobre a mesa, e ainda nem pedimos nada. Quando ele me perguntou se eu preferia água com ou sem gás, respondi que queria a que fosse grátis. "Eu não tinha ideia de que esse lugar era tão chique."

Nem tão caro. O restaurante abriu há pouco tempo e me chamou atenção quando passei em frente outro dia. E me lembrei dele enquanto bolava meu plano infalível para enganar o Evan. Agora estou com o meu melhor vestido de verão, maquiada e com um penteado, mas ainda assim sinto que estou malvestida.

Harrison, por sua vez, parece até um daqueles sócios do iate clube que vêm passar as férias em Avalon Bay, de camisa social, a maldita calça cáqui e um cinto que combina com o sapato. O visual combina com ele.

"Eu não ligo." Harrison afasta algumas taças para abrir espaço para o cardápio. "Não tenho o costume de comer fora. É bom ter uma desculpa pra isso."

"Tudo bem, mas a gente vai dividir a conta, claro."

Com um sorriso de galã do Disney Channel, ele balança a cabeça. "Não posso deixar você fazer isso."

"Não, é sério. Eu não teria sugerido este lugar se soubesse. Por favor."

Ele deixa o cardápio de lado e me encara com uma seriedade que o faz parecer dez anos mais velho. "Se continuar tentando colocar dinheiro no meu bolso, vou acabar ficando ofendido." Ele dá uma piscadinha, as sardas se destacam em seu rosto, e eu percebo que ele só está me provocando.

"Essa é a sua cara de polícia, né?"

"Eu ando treinando no espelho", ele confirma, se curvando para a frente e baixando o tom de voz.

"Eu diria que você já pegou o jeito."

Harrison dá um gole na água como se tivesse acabado de lembrar que primeiros encontros deveriam ser ocasiões que deixam as pessoas nervosas. "Outro dia parei uma velhinha por passar no sinal vermelho. Cometi o erro de perguntar se ela não tinha visto que o sinal estava vermelho, o que ela encarou como uma ofensa, como se eu estivesse duvidando de que ela conseguia enxergar. Ela pegou o telefone, ligou para o delegado e falou que um garoto de colégio tinha roubado uma viatura e um uniforme e saído por aí aterrorizando a cidade."

Eu caio na risada.

"Enfim. Me disseram para dar um jeito de ser levado a sério", ele completa.

O garçom volta para pegar nossos pedidos de bebidas e oferece uma garrafa de vinho. Eu faço um gesto negativo quando Harrison me estende a carta. Minha experiência etílica se limita aos cinco grupos alimentares principais: uísque, vodca, tequila, rum e gim.

"Pode deixar comigo", Harrison diz, empolgado enquanto examina a lista. "Eu vi um documentário sobre vinhos na Netflix uma vez."

Um sorriso se abre naturalmente no meu rosto. "Nerd."

Ele dá de ombros, mas com um risinho satisfeito de orgulho de si mesmo. "Vamos querer duas taças do pinot grigio 2016, por favor. Obrigado."

O garçom assente em aprovação. Penso em recusar, mas que mal pode fazer uma taça de vinho? Não estou virando shots e drinques um atrás do outro. Não vou nem ficar bêbada. Além disso, não quero entrar no assunto do meu esforço para mudar de vida antes mesmo de pedirmos a comida. Não é um jeito muito bom de começar uma conversa. Encaro o vinho como um acessório para completar a aparência da Gen madura e adulta.

"Acho que você se saiu bem", digo a ele.

"Fiquei nervoso por um instante, mas acho que consegui me virar", ele concorda, rindo.

Sinceramente, considerando que se trata de um primeiro encontro, começou melhor do que eu poderia esperar. Acabamos nos encontrando aqui no restaurante, em vez de Harrison ir me buscar. Eu estava com medo de que ele fosse aparecer com flores ou coisa do tipo. Quando chegou, me deu um beijo no rosto e admitiu que até pensou em trazer um buquê, mas percebeu que não fazia o meu tipo, o que nos faria passar vergonha. Ele tinha razão, e só o fato de ter se dado conta já me faz vê-lo sob uma nova perspectiva. Agora o clima está bem tranquilo, e estamos nos dando bem. Sem nenhum silêncio desconfortável ou olhar ansioso para os lados para evitar contato visual e traçar uma rota de fuga. Ouso até dizer que estou curtindo o momento, por mais estranho que pareça.

A antiga Gen não viria a este lugar nem morta. E é justamente essa a questão. Estou me afastando da sombra que o meu passado lançou sobre a minha vida. E Harrison está fazendo muito bem seu papel nesse enredo. Um pouco tímido e reservado, mas meigo e engraçado, com um humor no estilo *sitcom* familiar dos anos 1990. Estou achando bom inclusive o fato de não sentir nenhuma atração sexual por ele. Evan e eu éramos definidos pela nossa química absurda, que nos dominava.

Mas, se vou mesmo virar uma boa garota agora, talvez precise de um cara bonzinho para me acompanhar.

"Enfim", ele diz assim que pedimos a comida, depois de explicar por que não consegue mais comer mexilhões. "Acho que estou sendo grosseiro aqui, monopolizando a conversa desse jeito. Às vezes acabo falando sem parar."

"Não, tudo bem", eu o tranquilizo. Até prefiro não ser o foco da conversa. "Me diz uma coisa, qual foi a ocorrência mais maluca que você já atendeu?"

Harrison pensa um pouco, girando a taça de vinho pela base. "Bom, teve uma na segunda semana de trabalho. Eu ainda tinha um parceiro me supervisionando, o Mitchum. Ele era tipo um professor de matemática mal-humorado com uma arma. Assim que nos conhecemos, tive a clara impressão de que o cara queria me matar."

Dou uma risada escandalosa demais, que interrompe a conversa das mesas em volta e me obriga a me esconder atrás do guardanapo.

"É sério", garante Harrison. "Não sei por quê, mas quando entrei na sala do meu chefe antes do primeiro turno no trabalho, Mitchum me olhou como se eu tivesse engravidado a filha dele."

Não consigo imaginar como Harrison poderia causar uma má primeira impressão em alguém. Por outro lado, eu nunca fui com a cara dos policiais desta cidade, provavelmente por um bom motivo.

"Fomos chamados até uma casa em Belfield", ele continua. "A central falou que era algum tipo de desentendimento entre vizinhos. Nós chegamos lá e vimos dois sujeitos mais velhos batendo boca no jardim da frente. Mitchum e eu levamos cada um para um lado pra entender qual era o problema e percebemos que os dois estavam enchendo a cara desde cedo naquele dia. Estavam discutindo por causa de um cortador de grama ou uma caixa de correio, dependendo de quem contava a história. Nada muito interessante, mas os dois estavam armados, e um deles até tinha feito uns disparos."

Tento adivinhar como a história vai acabar, mas Harrison faz que não com a cabeça, como quem diz que é melhor nem tentar.

"O Mitchum falou para um dos caras: 'Por que você não guarda a arma?'. Ele respondeu que só pegou a arma porque o vizinho estava armado. E o outro disse que só estava armado porque o primeiro cara pôs o jacaré no telhado dele."

"Oi?" Eu dou outra risada que chama a atenção do restaurante inteiro, mas a essa altura estou entretida demais com a história para me preocupar. "Tipo, um jacaré de verdade?"

"O outro estava atirando no bicho para derrubá-lo de lá, acredite se quiser. Metendo bala no próprio telhado, nas paredes, onde acertasse. Não sabíamos nem se todos os tiros tinham acertado alguma coisa, mas, pelo menos, não recebemos nenhum relato de balas perdidas."

"E como o bicho foi parar lá, pra começo de conversa?", quero saber.

"O cara trabalhava na companhia telefônica. Um dia, indo pro trabalho, viu um jacaré bem no meio da estrada. No almoço, decidiu ir pra casa com o caminhão da empresa e deixar o coitado do animal lá em cima, apesar de eu nem imaginar como ele fez isso. Os dois tinham discutido naquela manhã, o que motivou a retaliação."

"Me sinto quase obrigada a admirar esse cara", comento. "Nunca guardei tanto rancor a ponto de evocar uma praga bíblica. Acho que preciso de inimigos melhores."

"Mas escuta só. O Mitchum, como é um cara legal, disse que eu ia subir no telhado para tirar o bicho de lá."

"Não acredito."

"E era o meu primeiro turno na rua. Se o cara voltasse pra delegacia falando que eu não dava conta, iam me deixar atrás de uma mesa cuidando de papelada o resto da vida. Então eu não tinha muita escolha. Mesmo assim, perguntei: 'Não é melhor chamar o controle de zoonoses?'. E ele respondeu: 'Garoto, o pessoal da carrocinha só trabalha em terra firme'."

"Uau". Estou sinceramente chocada. Eu sabia que esses policiais são todos uns desgraçados, mas era muita sujeira. Fogo amigo pesado. "E o que você fez?"

"O resumo", ele responde com o olhar assombrado de quem viu coisas que não gostaria, "inclui uma escada, uma costela de boi, um pedaço de corda e umas quatro horas pra tirar o bicho de lá."

"Nossa, Harrison, você é o meu herói. Um brinde a quem respeita o lema de proteger e servir", digo, batendo a minha taça na dele.

Quando já estamos no prato principal, ele cansa de monopolizar a conversa e mais uma vez tenta falar de mim. Dessa vez, o tema é a minha mãe.

"Mais uma vez, sinto muito", ele diz. "Deve estar sendo bem difícil. Ainda mais voltando pra cá e tudo o mais."

O jeito que ele fala me lembra que estou no meio de uma encenação, representando o papel da pessoa que deveria ser: a filha de luto, ainda sofrendo pela perda da mãe, com uma história para encobrir a verdade sobre o nosso relacionamento inexistente, porque pega bem.

Isso é uma coisa que nunca precisei fazer com Evan.

Merda. Apesar do esforço, volto a pensar nele. É a única pessoa que entende o meu lado mais sombrio, que não me julga nem tenta me analisar. Que sabe que não sou uma má pessoa por ter um espaço vazio no coração, ali no lugar onde todo mundo guarda a própria mãe. Apesar de todos os nossos pesares, Evan nunca quis que eu fosse nada além do que sou.

"Ah, isso parece estar ótimo."

Por falar no diabo.

Se materializando do nada, Evan puxa uma cadeira entre mim e Harrison.

Em seguida pega uma vieira do meu prato e enfia na boca. Seu olhar desafiador se volta para mim com um sorriso de satisfação. "Oi."

Inacreditável.

Não sei se cerro os dentes ou se fico de queixo caído, então alterno entre os dois, o que deve estar me fazendo parecer ridícula. "Você pirou de vez", esbravejo.

"Trouxe uma coisa pra você." Ele põe um pirulito na mesa e me olha de um jeito quase obsceno. "Você está bonita."

"Não. Eu me recuso a aceitar isso. Vai pra casa, Evan."

"Que foi?", ele rebate com uma inocência fingida, lambendo o molho de manteiga com limão dos dedos. "Você já deu seu recado. Agora vim resgatar você desse inferno metido a besta."

Ele se destaca das demais pessoas do restaurante, de camiseta preta e calça jeans, cabelo bagunçado pelo vento e cheiro de fumaça de escapamento no corpo.

"Qual é." Harrison tem o mérito de não se deixar abalar pela interrupção. Parece um pouco confuso quando me questiona com o olhar, mas mantém um sorriso educado no rosto. "Nós estamos nos divertindo aqui. Deixa a moça terminar o jantar dela em paz. O que quer que vocês tenham pra resolver, podem fazer isso mais tarde."

"Puta merda." Aos risos, Evan inclina a cabeça para mim. "Esse cara, sério mesmo? Onde foi que você achou esse cara? Porra, Gen, você está basicamente saindo com o nosso professor de ciências do sétimo ano."

Isso apaga o sorriso do rosto de Harrison.

"Evan, para agora." Seguro seu braço. "Não tem graça nenhuma."

"Certo, eu já pedi com educação", Harrison diz, se levantando. Ele me faz lembrar de todas as vezes que Evan e eu fomos expulsos pela polícia de lojas de conveniência e prédios abandonados. "Agora estou mandando. Cai fora."

"Tudo bem", eu digo para Harrison. "Eu resolvo isso."

Aperto com mais força o braço de Evan. Não vou deixá-lo começar uma briga no meio do restaurante e ir parar na cadeia por quebrar o nariz de um policial.

"Por favor, Evan", digo, séria. "Vai embora."

Ele me ignora. "Lembra quando isso aqui era uma loja de roupas?" Evan se aproxima de mim, roçando os dedos pelo meu braço, que eu puxo na hora. "Você contou pra ele que a gente transou no provador enquanto as velhinhas da igreja estavam bem em frente à porta, experimentando chapéus?"

"Vai à merda." Minha voz está trêmula de raiva, gelada e quebradiça, e minha garganta se fecha logo em seguida. Eu daria um tapa na cara dele se não soubesse que isso só iria encorajá-lo. Quanto mais reações intempestivas eu tiver, mais ele vai ter motivos para continuar com esse assédio.

Afastando minha cadeira para me levantar, ainda tenho um breve vislumbre do olhar solidário de Harrison antes de virar as costas e ir embora.

Bato no gradil que separa o calçadão da praia lá embaixo como um carro que atinge uma mureta de proteção. Eu poderia ter continuado até o mar, cega de raiva, se isso não tivesse me parado. Sinto vontade de quebrar alguma coisa. Jogar um tijolo numa vitrine só para ouvir o vidro se arrebentar. Entrar com um taco de beisebol numa loja de louças. Qualquer coisa para aplacar essa energia estática nos meus braços, essa fúria represada que lateja no meu peito.

Escuto passos atrás de mim e cerro os punhos. Alguém toca meu braço, e já estou armando o soco quando me viro e vejo Harrison com as mãos levantadas, se preparando para receber o impacto.

"Ai, nossa, desculpa." Abaixo os punhos. "Pensei que fosse o Evan."

Harrison ri de nervoso e suspira aliviado. "Sem problemas. Foi por isso que eu fiz um monte de cursos de resolução de conflitos na academia de polícia."

É uma coisa legal, essa disposição dele de amenizar tudo com otimismo e uma piadinha. Eu não sou capaz de ser assim.

"Mas, sério, desculpa pelo aconteceu lá. Foi um vexame. Eu pediria desculpas por ele, mas Evan é meio que um babaca mesmo nos melhores momentos." Eu me debruço sobre o gradil, apoiando os braços na madeira rachada. "E só o que você fez foi ir me cumprimentar lá no bar, pra ser simpático. Aposto que não esperava todo esse drama, né? Foi mais do que gostaria."

"Não, eu sabia que existia a chance de ter um Evan irritadinho no meu pé se saísse com você."

Eu levanto uma sobrancelha. "Ah, é?"

"A gente estudou no mesmo colégio, né?", ele lembra, com um tom de voz um tanto irônico, mas ainda gentil. "Todo mundo acompanhou de perto a novela Genevieve e Evan."

Sinto meu rosto quente de vergonha e desvio os olhos. De alguma forma, saber que Harrison testemunhou todas as bobagens que eu fiz na época do colégio é mais humilhante do que o showzinho do Evan no nosso jantar.

"Ei. Não precisa ficar assim. Todo mundo tem suas questões mal resolvidas." Ele se debruça sobre o gradil ao meu lado. "Todo mundo tem um passado. Coisas que não servem de melhores medidas para sermos julgados. Como a pessoa pode crescer se todo mundo se apega a quem ela foi no passado?"

Eu me viro para ele, surpresa. "Essa não é a uma visão muito comum pra um policial."

"Pois é, escuto muito isso."

Ficamos um tempo lá parados, só ouvindo as ondas e vendo as luzes do calçadão se refletirem na água. Estou prestes a ir embora, juntar os cacos que sobraram da minha dignidade e voltar para casa, quando Harrison sugere outra coisa.

"Quer dar uma volta?" Como se tivesse passado todo aquele tempo só criando coragem, ele estende a mão. "Acho que ainda não estou a fim de ir pra casa. Além disso, a gente não comeu a sobremesa. Aposto que a sorveteria ainda está aberta."

Meu primeiro instinto é dizer não. Simplesmente ir para casa e alimentar minha raiva. Então me lembro do que Alana falou. Se eu quero seguir outro caminho, preciso começar a fazer escolhas diferentes. Talvez eu possa começar dando a Harrison a chance de me fazer mudar de ideia.

"Acho uma boa", digo.

Nós caminhamos pelo calçadão até a Two Scoops, onde ele compra duas casquinhas para nós. Continuamos andando, passando por famílias e outros casais. Adolescentes circulando de um lado para o outro, se agarrando nas sombras. É uma noite quente, e a brisa traz um ar salgado que alivia um pouco o calor. Harrison segura minha mão e, apesar de eu permitir, não me parece certo. Não é natural. Nada parecido com a ansiedade e o desejo de tocar uma pessoa que você mal consegue esperar para beijar, que deixa seus nervos à flor da pele, que faz as pontas dos seus dedos formigarem.

No fim, chegamos à frente do antigo hotel. Na última vez em que passei por aqui, estava todo arruinado, com paredes destruídas, móveis e escombros por todo lado. O Beacon foi praticamente eviscerado pelo furacão. Agora, parece que nada disso aconteceu. Está novo em folha, com uma fachada branca impecável de molduras verdes, janelas novinhas e um telhado sem buracos.

Mas, como a namorada do Cooper é a nova dona do lugar, provavelmente eu nunca vou poder pôr os pés lá dentro.

"É incrível o que conseguiram fazer com esse lugar", Harrison comenta, admirando a reforma. "Ouvi dizer que deve abrir já no outono."

"Eu adorava esse hotel quando era mais nova. No meu aniversário de dezesseis anos, meu pai me trouxe aqui com as minhas amigas pra um dia de spa: fizemos as unhas, limpeza de pele e tudo mais." Abro um sorriso. "Deram roupões e pantufas pra gente, e água com pepino. Todas aquelas coisas. É meio idiota, mas eu achava que era o lugar mais lindo do mundo. Com toda aquela madeira escura e aquele bronze, os quadros pendurados na parede, a mobília antiga. É como eu imaginava que os palácios deviam ser por dentro. Mas, sabe como é, adolescentes são tontas, então..." Eu encolho os ombros.

"Não, não é idiota", Harrison rebate. "O jantar de aniversário de casamento dos meus avós foi aqui, anos atrás. Serviram uma comida bem fina — coisa de rico mesmo, porque a minha família queria que a ocasião fosse especial —, e o meu avô ficou furioso, gritando pro garçom que queria bolo de carne. Juro pra você", Harrison ri. "Ele foi embora achando que aquela tinha sido a pior noite da vida dele. E a família toda tinha gastado uma fortuna no jantar."

Contamos mais algumas histórias e depois de um tempo ele volta comigo até o meu carro, estacionado na frente do restaurante. Apesar de muito da minha irritação já ter passado, nada vai fazer a parte do jantar parecer menos constrangedora.

"Obrigada", digo. "Pelo jantar, por ser legal comigo. Você não precisava ter feito nada disso."

"Acredite se quiser, eu me diverti bastante." Sua expressão sincera me diz que ele está falando sério.

"Como é que você consegue ser assim?", pergunto, inconformada com ele. "Tão positivo e otimista o tempo todo. Nunca conheci ninguém assim."

Harrison encolhe os ombros. "Ser de outro jeito me daria muito trabalho." Como o cavalheiro que é, ele abre a porta para mim e, meio inseguro, me oferece um abraço. É um alívio, sinceramente, não precisar fazer todo o ritual do beijo. "Posso te ligar um dia desses, se não tiver problema?"

Mas nem consigo pensar na ideia de um segundo encontro.

"Se afasta do carro", alguém grita.

Franzindo a testa, eu me viro e vejo o oficial Randall atravessando a rua. Cara péssima, de quem quer arrumar encrenca.

"Põe as chaves no chão", ele ordena.

Puta que pariu. Eu protejo os olhos com a mão quando ele aponta a luz da lanterna para o meu rosto. "O carro é meu. Não estou roubando."

"Não posso permitir que saia pelas ruas sem condições de dirigir", Randall continua, levando a mão ao cinto.

"Sem condições?" Olho para Harrison, em busca de uma confirmação de que não se trata de uma alucinação. Randall não pode estar falando sério. "Do que você está falando?"

"Rusty", Harrison diz timidamente. "Acho que você está enganado."

"Eu vi claramente que a moça não conseguia parar de pé e teve que se apoiar na porta para se equilibrar."

"Porra nenhuma", eu retruco. "Eu mal toquei na minha taça de vinho e já faz uma hora. Isso é assédio."

"Escuta só, Rusty, eu estava com ela o tempo todo." Harrison tem uma voz tranquila e educada, e contradiz de forma nada ameaçadora as alegações de Randall. "Ela está dizendo a verdade."

"Eu já avisei você antes, garoto", Randall diz com um sorriso quase cruel. "Não é pra perder seu tempo com essa daí. Quando está acordada, ou está drogada ou bêbada, dando vexame pela cidade." Ele dá uma risada sarcástica. "Se bebedeira e desordem tivesse programa de milhas, ela poderia fazer uma viagem ao redor do mundo. Não é mesmo, Genevieve?"

"Vai se foder, seu escroto." Sei que vou me arrepender, mas nem por isso fecho a boca. É bom colocar isso para fora, por mais inútil que seja. Uma breve fantasia em que eu roubo seu spray de pimenta passa pela minha cabeça.

Randall insinua um sorriso de canto. Então, com a testa franzida, ele ordena que eu vá para trás do carro fazer um teste de sobriedade.

"Você não pode estar falando sério", protesta Harrison, que claramente está começando a entender o tipo de imbecil com quem está lidando.

"Não." Cruzo os braços e penso em pegar o meu carro e ir embora. Desafiar Randall a me parar. O velho instinto de caos e rebeldia. "Isso é uma palhaçada. Nós dois sabemos que eu não estou bêbada."

"Se você se recusar a cumprir uma ordem de um agente da lei, vai ser detida", ele avisa. A possibilidade de me algemar deixa Randall praticamente babando.

Eu me viro para Harrison, que, apesar de alarmado, encolhe os ombros, deixando claro que não pode fazer nada. Sério mesmo? Qual é a vantagem de sair com um policial se ele não pode nem me livrar de uma infração inventada por um egomaníaco ressentido?

Mas o que realmente me irrita, o que me deixa louca de verdade, é saber o quanto Randall está gostando disso. Ele adora abusar da sua autoridade para me humilhar. Deve estar gozando nas calças com essa demonstração de poder.

Como não estou a fim de escândalo, vou até o para-choque traseiro do carro e lanço um olhar gelado para Randall. "O que você quer que eu faça, *oficial*?"

Um sorriso aparece no rosto dele. “Você pode começar recitando o alfabeto. Ao contrário.”

Se ele pensa que me abala, está muito enganado.

O que não me mata só me fortalece.

12

EVAN

Por algum motivo, na minha cabeça, a execução do plano ia dar muito mais certo. Minha ideia era ser charmoso, mesmo que dessa maneira perturbada. Ou que, no mínimo, eu ia conseguir fazê-la rir. Porque, por mais que ela pegasse pesado comigo no passado, esse tipo de coisa tinha um roteiro: ela me deixava enciumado e irritado até eu perder a cabeça e arrastá-la para longe. Depois a gente transava e ficava tudo bem.

Dessa vez, não foi assim.

Passo as duas mãos pelo cabelo e olho para a água escura além do píer. Depois que Gen saiu andando do restaurante e o babaca que estava com ela me deu um ultimato pouco convincente para deixá-la em paz, vim tomar um ar, espairecer a cabeça. Mas, por enquanto, só o que consegui foi confirmar o quanto a Gen me faz falta.

Soltando o ar com força, enfio as mãos nos bolsos e vou embora do píer. Subo os degraus para o calçadão, onde a moto está estacionada no meio-fio e demoro um pouco para entender o que está acontecendo. Então ouço a voz de Gen, mandando o policial que aponta a lanterna para ela ir chupar um pau.

Levanto as sobrancelhas de susto, franzindo a testa de irritação em seguida. Ele a fez ir para trás do carro no meio da rua, com os braços abertos, encostando na ponta do nariz com os dedos. O trouxa que saiu com ela está lá parado, enquanto Gen caminha a contragosto em linha reta e recita o alfabeto, murmurando obscenidades no meio. Mesmo à distância, percebo sua expressão humilhada, com os olhos perdidos.

Quase vou correndo até lá, mas me detenho. Merda. A última coisa de que preciso no momento é ir para a cadeia por esfregar a cara de um policial no asfalto. Não sairia vivo de lá. Além disso, Cooper já está me enchendo o saco por causa das brigas — ser preso só ia render uma vida inteira ouvindo "Eu avisei". Então paro, apoiado no gradil, com os punhos cerrados.

Vejo que é Rusty Randall, apesar de não o conhecer direito. Só sei que tem fama de tarado e um problema com alcoolismo que não é segredo para ninguém. Mas tenho que dar o crédito a ela: Gen suporta a cena como se nada fosse, porque não é do tipo que se mostra vulnerável na frente de ninguém.

Mesmo assim, ver essa cena degradante é de revirar o estômago. Tem um monte de gente passando e vendo tudo. Ela estava totalmente sóbria quando a vi, uma hora atrás. E, pela facilidade com que está fazendo o teste, claramente não passou em um bar e bebeu todas depois de sair do restaurante. Isso significa que Randall está sendo um babaca só porque tem poder para isso.

No fim, depois de uma conversa rápida, ela recebe permissão para entrar no carro. Fico feliz de ver que ela mal olha para o carinha com quem saiu quando vai embora.

Subo correndo na moto para segui-la, tomando o cuidado de manter certa distância. Só quero ter certeza de que ela vai chegar bem em casa. Mas, depois de um tempo, percebo que não é para lá que ela está indo. As luzes da cidade ficam para trás, e seguimos para o norte acompanhando o mar. É um lugar onde vivem bem menos pessoas e muito mais estrelas aparecem no céu. Em pouco tempo, fazemos as curvas de uma estradinha de duas pistas cercada pela mata escura, onde o luar sobre a praia aparece pouco em meio às árvores.

Finalmente, ela estaciona no acostamento, perto de uma trilha estreita que só quem conhece consegue encontrar, mesmo à luz do dia. Gen desce do carro, pega um cobertor no porta-malas e desaparece entre as árvores. Espero alguns minutos antes de ir atrás. No final da trilha, onde a mata dá lugar à praia, eu a encontro sentada em um tronco caído.

Ela levanta a cabeça quando me ouve chegar. "Você é péssimo pra seguir as pessoas", Gen comenta.

Encaro isso como um convite para sentar também. "Parei de tentar ser discreto quando percebi para onde você estava vindo."

"Não vim aqui pra ver você." Com o cobertor sobre os ombros, ela enterra os dedos dos pés na areia. "É aqui que eu venho pra pensar. Ou pelo menos era."

Isso me atinge como um soco no estômago. Porque este é o nosso ponto de encontro. Sempre foi. Nosso lugar de reagrupamento de emergência depois de fugir da polícia, onde vínhamos namorar, fugindo do castigo em casa. Nosso esconderijo secreto. Nem o Cooper sabe que venho aqui.

"Eu vi o que aconteceu lá", digo a ela. Gen é uma silhueta no meio da noite. Está bem escuro aqui, o luar é engolido antes de conseguir chegar ao chão. Mas as estrelas são uma vista e tanto. "O que foi aquilo?"

"Nada. Só um babaca pegando no meu pé."

"Era o Randall, né? Você não ficava de babá dos filhos dele?" Não que fosse um cara legal nem nada, mas lembro que ele deixou passar uma ou outra coisinha que ela fez na época do colégio que outros policiais não perdoariam. Era uma espécie de política de negócios entre os dois.

"Pois é. As coisas mudam." A voz dela está tensa e amargurada.

Gen não explica nada, e eu não entendo. Mas eu aprendi uma lição muito tempo atrás: ela só fala quando quiser. É como um cofre trancado — nada entra ou sai contra sua vontade. Dá para passar a vida tentando fazê-la se abrir, sem sucesso.

Então eu espero. Alguns minutos se passam, e ela suspira.

"Pouco antes de ir embora, eu destruí a família do Randall."

Inclino a cabeça. "Como assim?"

Com a voz carregada de cansaço, ela conta que foi atacada por ele num bar quando se recusou a ir com ele para o estacionamento. Fecho os punhos com tanta força que as articulações estalam. Preciso bater em alguma coisa. Destruir completamente. Mas não ouso me mexer, porque quero ouvir tudo.

"Quando cheguei em casa depois de ficar no bar até a hora de fechar, só conseguia pensar em vingança. Eu estava furiosa", Gen continua. "A casa deles ficava a algumas quadras de distância, então decidir ir até lá às três da manhã. Quando me dei conta, estava esmurrando a porta, suada e com a maquiagem escorrendo pela cara. Foi a mulher dele, Kayla, que abriu a porta, confusa e com cara de sono. Eu passei por ela e comecei a gritar no meio da sala pro Rusty descer."

Percebo a ruga profunda de vergonha na testa dela. Preciso me segurar para não estender o braço e segurar sua mão.

"Contei pra Kayla que o marido seboso dela tentou me forçar a transar e depois me atacou no bar. E que todo mundo na cidade sabia que ele dormia com outra por aí, menos ela. Ele negou tudo, claro. Disse que fui eu que me joguei em cima dele. Que eu era uma menina despeitada e invejosa." Gen dá uma risadinha amargurada. "Eu gritava como uma louca, provavelmente com cara de quem foi cuspida pelo mar no meio da noite. Enquanto isso, os quatro filhos deles estavam vendo tudo do corredor, apavorados. Kayla não tinha nenhum motivo pra acreditar em mim, então me mandou sair da casa dela."

Eu queria que ela tivesse me contado isso antes, queria ter ficado ao lado dela. Teria impedido tudo antes. E assim ela não iria embora. Mas agora não sei o que é pior: ter ficado tanto tempo sem saber por que ela sumiu ou saber que, se eu estivesse por perto, não teríamos perdido um ano separados.

"Na manhã seguinte, acordei com uma ressaca monstruosa, mas me lembrando perfeitamente do que tinha feito. De cada detalhe do meu descontrole total. Teria sido menos vergonhoso pôr fogo na viatura dele. Pelo menos assim eu ainda poderia ter algum respeito por mim mesma. Não consegui suportar o vexame, nem o arrependimento. Não por aquele escroto, mas por aparecer na casa da Kayla no meio da madrugada e traumatizar os filhos dela. Ela não merecia isso, sempre foi muito legal comigo. Seu único problema foi casar com aquele babaca."

"Eu ia acabar com a raça dele", digo, arrependido de não ter aproveitado a chance lá no calçadão. "Espancar o desgraçado até a morte e arrastar o corpo pelo mar amarrado num barco."

A vontade de subir na moto e encontrar Randall é quase irrefreável. Em segundos, uma sequência de fantasias brutais passa pela minha cabeça. Arrancar todos os dentes de sua boca. Quebrar seus dedos como se fossem palitos de fósforo. Colocar o saco dele embaixo do pneu traseiro da minha moto. Tudo isso só para começar. Porque ninguém tem o direito de encostar um dedo na Genevieve.

Só tenho ódio do que ele fez com ela. Não só naquela noite, ou na frente do restaurante, mas por deixá-la com esse ar de derrota, com essa exaustão na voz. Isso me corrói, não suporto essa sensação. Porque não tem nada que eu possa fazer, além de dar uma surra nele e passar os próximos vinte anos na cadeia. Não tenho como resolver a situação.

"Eu queria que você tivesse me contado", digo baixinho.

"Eu..." Ela para um instante. "Eu não contei pra ninguém."

Mas sinto que ela ainda não contou tudo.

"É em grande parte por isso que eu fui embora", ela admite. "Não por causa dele, mas da esposa e dos filhos. Eu não conseguia suportar a ideia de que todo mundo na cidade ia saber o que tinha acontecido, que eu fui uma escrota e destruí aquela família."

"Que se dane." Eu balanço a cabeça. "Ele que vá pro inferno. Você fez um favor pra esposa dele. E, pras crianças, foi melhor descobrir logo que o pai é um desgraçado. Pode acreditar em mim, esse cretino mereceu." Não tenho pena nenhuma dele, e ela também não deveria ter.

Ela murmura apenas um "é" sem convicção. Eu só queria poder tornar tudo mais fácil para ela. Livrá-la desse lixo que está entupindo a cabeça dela. Ajudá-la a respirar aliviada de novo. Então percebo que não fui muito útil hoje. A noite dela já tinha sido arruinada antes do Randall, por minha culpa.

"Me desculpa", eu digo, meio de repente. "Por ter interrompido seu encontro. Não sei onde estava com a cabeça."

"Não me diga."

"Acho que nunca sei, quando o assunto é você. A verdade é que eu não sei onde estou com a cabeça já faz um ano."

"Eu não posso me responsabilizar pela sua felicidade, Evan. Mal dou conta de mim mesma."

"Não é isso que estou dizendo. Quando você foi embora, a minha vida mudou. Foi como se o Cooper tivesse sumido de repente. Um pedaço gigantesco de mim simplesmente sumiu." Esfrego o rosto com a mão. "Investi uma parte muito grande de mim na gente. E aí você reapareceu, e eu me baguncei inteiro de novo. Porque você está aqui, mas não voltou de verdade. Não como era. Não sei como fazer tudo voltar a ser como antes, estou perdido."

Uma dor se instala na minha garganta. Desde que sou capaz de me lembrar, sou louco por essa garota. Sempre faço de tudo para chamar sua atenção. Sempre morro de medo de que ela perceba que sou um fracassado com quem não vale a pena perder tempo. No ano passado, pensei que ela tivesse chegado a essa conclusão, achei que ela tivesse ido embora por minha causa, quando, na verdade, o motivo não tinha nada a ver comigo.

"Eu não estou tentando magoar você", ela diz baixinho.

O silêncio se instala entre nós. Não é carregado ou desconfortável, porque com a gente nunca é assim, mesmo quando estamos com vontade de esganar um ao outro.

"Eu lembro da primeira vez que quis te beijar", comento, sem saber por quê. Mas lembro muito claramente. Foi nas férias de verão antes do oitavo ano. Por semanas eu fiz papel de ridículo, tentando impressioná-la, fazê-la rir. Não sabia na época que é assim que as paixonites começam. Quando a amizade vira atração. "Algumas semanas antes do começo do oitavo ano. A gente estava mergulhando no píer velho."

Ela ri baixinho. "Nossa, aquela coisa era uma armadilha."

Era mesmo, uma estrutura decrépita de madeira meio afundada nas ondas, caindo aos pedaços. O píer era outra vítima de furacão, estava infestado de pregos enferrujados e farpas. Em algum momento, uma turma do ensino médio pôs uma escada de metal na parte que ainda estava de pé e amarrou em um dos pilares com uma corda de escalada. Era uma espécie de rito de passagem: nadar no meio da arrebentação, subir naquela coisa bamba e pular do último degrau. Daí só o que a pessoa precisava fazer era não ser arrastada de volta para os pilares cobertos de cracas, que iam arrancar a carne dos seus ossos.

"Tinha um moleque do nono ano, Jared ou Jackson, sei lá. Ele ficou se engraçando com você a tarde toda, dando cambalhotas quando pulava do píer como se fosse grande coisa. *Ei, olha pra mim, eu sou foda.* Aí você desafiou o cara a pular para um dos pilares em volta da estrutura. Era um salto de uns três metros para acertar um alvo de uns trinta centímetros, e lá embaixo era só madeira quebrada despontando da água. E as ondas estavam bem fortes." Eu abro um sorriso. "De repente, ele deixou de ser tão corajoso. Inventou umas desculpas e tal. E, enquanto todo mundo tirava sarro dele, você saiu correndo e voou pelos ares. Eu só olhei pro Cooper, pensando: puta merda, vamos ter que pular atrás dela e arrastar o corpo de volta pra praia, empalado ou com o pescoço quebrado. Mas você acertou. Foi uma aterrissagem perfeita. A coisa mais incrível que eu já tinha visto."

Ela ri sozinha. "Eu fui picada por uma água-viva depois que fui pra água. Mas tive que fingir que estava tudo bem, sabe como é. Não queria parecer uma idiota por ter pulado de lá, pra começo de conversa."

"Ah, sim, provavelmente foi uma boa ideia. Você não ia querer que dez moleques mijassem na sua perna." Nós dois estremecemos só de pensar.

"Mas você não me beijou nesse dia", ela comenta. "Por quê?"

"Porque você é assustadora pra caralho."

"Ah." Ela ri, dando um cutucão de leve com o cotovelo.

"Quer dizer, a gente já era amigo fazia muito tempo, mas, quando você percebe que gosta de alguém, é como se tudo começasse do zero. Eu não sabia como chegar em você."

"Mas acabou descobrindo."

Ela se mexe ao meu lado, e sinto que o clima entre nós mudou. Alguma coisa está acontecendo. Sem dizer uma palavra, percebo que ela não está mais brava.

"Não tive muita escolha", admito. "Eu ia acabar arrancando os cabelos se não sentisse como eram os seus lábios."

"Talvez fosse melhor ter feito isso." O cobertor cai de cima dos ombros dela, que se vira para mim. "Ficado carequinha. Ia poupar nós dois de uma série de problemas."

"Pode acreditar, não existe nenhuma versão disso aqui" — aponto para mim e para ela — "em que nós não ficamos juntos, Fred. De uma forma ou de outra. Isso eu digo com certeza."

"E danem-se os efeitos colaterais."

"Isso." Sem hesitação.

"E o resto que se exploda."

"É assim que eu gosto." Porque nada mais interessa quando ela está comigo. Nada mesmo. Ela é simplesmente tudo.

"Tem alguma coisa errada com a gente", ela murmura, diminuindo o espaço entre nós até eu sentir seu braço roçar no meu e seu cabelo no meu ombro sob a brisa. "Eu não devia me sentir assim."

"Como devia ser então?" Não faço a menor ideia do que ela está falando, mas não mudaria a maneira como me sinto a seu respeito por nada.

"Sei lá. Mas não devia ser tão intenso."

Não consigo mais resistir. Estendo a mão meio hesitante para prender seu cabelo atrás da orelha, depois passo os dedos pelas mechas longas e macias em sua nuca quando ela inclina a cabeça na direção do meu toque.

"Você quer que eu vá embora?", pergunto com a voz rouca.

"Quero que você me beije."

"Você sabe o que vai acontecer se eu fizer isso, Gen."

Os olhos dela se acendem, esse azul vívido que nunca deixa de exercer uma atração louca sobre mim. "Ah, é? O que vai acontecer?", ela pergunta, e a leve curvatura em seus lábios me diz que ela já sabe a resposta, mas quer ouvir de mim.

"Eu beijo você." Começo a acariciar sua nuca com o polegar. "E depois... depois você vai me pedir pra te foder."

Ela prende o fôlego. "E depois?" Sua voz está trêmula.

"Você sabe." Engulo em seco a onda violenta de desejo. "Eu nunca consigo dizer não pra você."

"Eu sei como é", ela responde, e toca a minha boca com a sua, e a partir daí eu já não tenho controle. Nos tornamos uma entidade autônoma com vontade própria. É como se nos apagássemos. Ela morde meu lábio com um gemido baixinho, agarrando a minha camiseta. Meu pau está mais do que duro, pronto para me enfiar dentro dela, mas não quero que isso que está rolando termine.

"Me deixa sentir o seu gosto", eu murmuro na boca dela.

Deitada sob o tronco, com o cobertor debaixo do corpo, ela abre as pernas, concedendo o acesso que tanto desejo. Sem nem tentar ser gentil, arranco sua calcinha de renda, enfio no bolso e apoio sua perna sobre o meu ombro.

"Eu senti falta disso", digo com um gemido satisfeito.

E como. Senti falta da maneira como ela puxa meu cabelo quando sugo seu clitóris, arqueando as costas para se esfregar contra o meu rosto enquanto passo a língua em sua carne delicada. Senti falta de seus gemidos baixinhos de prazer. Seus dedos enroscados nos meus cabelos.

Empurro seus joelhos para o peito, abrindo-a por inteiro, enquanto ela estremece contra a minha boca, em silêncio, quase prendendo a respiração. Pelo menos até eu enfiar dois dedos dentro dela. Isso a faz gemer incontrolavelmente, e a rapidez com que goza chega a ser injusta. Eu quero fazer seu prazer se prolongar, mas também estou ansioso para vê-la se estremecer toda para mim.

Ela não precisa nem trepar comigo. Eu me contentaria em chupá-la todos os dias, e duas vezes aos domingos, e ir para casa bater punheta lembrando de tudo. Mas Gen logo joga o cobertor na areia e abre o zíper da minha calça. Ela pega no meu pau e começa a me masturbar com movimentos lentos e firmes. Não falamos nada. É como se tivéssemos medo de que as palavras arruinassem a escuridão e a reclusão que torna tudo isso possível. Aqui, sozinhos e em segredo, o que é real? Podemos ser quem quisermos, fazer qualquer coisa. Se ninguém vai ficar sabendo, é como se nunca tivesse acontecido.

Ela me senta no cobertor, ainda estamos vestidos. Como sabe que sempre tenho uma camisinha no bolso, ela a pega, abre e põe em mim antes de sentar no meu pau. Bem molhada e apertadinha. Seus quadris se balançam para frente e para trás, me fazendo entrar profundamente e extraindo uma respiração trêmula do meu peito. Desço o zíper do vestido dela para agarrar seus seios. Apertar. Chupar os mamilos enquanto ela cavalga em mim. Afundar o rosto em sua pele quente.

É tudo perfeito.

Uns barulhos baixinhos começam a escapar dos seus lábios. Os suspiros se tornam mais altos, mais desesperados. Então ela perde o controle sobre a voz e começa a gemer no meu ouvido.

“Mais forte”, ela pede. “Mais forte, Evan. Por favor.”

Eu aperto sua bunda e a seguro acima de mim enquanto dou as estocadas. Ela morde meu ombro. Não sei por quê, mas isso sempre acontece — segundos depois, gozo com força, estremecendo enquanto a seguro junto ao peito. Toda transa com Gen é o melhor sexo que já fiz na vida. Instintiva e sem restrições, é a coisa mais sincera que somos capazes de fazer.

Pena que essa sensação não pode durar para sempre.

13

GENEVIEVE

Eu me esqueço de ter medo de mim mesma, do que me torno quando estou na órbita de Evan. Dá muito trabalho, essa preocupação, ficar o tempo todo me preservando dos meus próprios instintos, pensando e repensando cada decisão. Me esqueço de me odiar e, em vez disso, deixo o meu vestido cair na areia. Caminho nua até as ondas enquanto Evan tira a camisa, me observando da praia. Eu me lembro da sensação de ter seus olhos em mim. Me conhecendo, me gravando na memória. Do poder que isso me faz sentir, da excitação pelo efeito que provoco nele sem nenhum esforço.

Com a água até a cintura, eu me viro para vê-lo entrar atrás de mim — e aí me lembro que ele tem esse mesmo poder. Fico hipnotizada pelo contorno dos seus músculos e dos seus ombros largos. Pela maneira como ele pega a água e joga nos cabelos. Um tremor percorre meu corpo diante dessa imagem incrível.

"Então, eu estou me divertindo e tudo", ele comenta, todo soltinho, "mas preciso ir."

"Ah, é? Tem algum compromisso?"

"Um encontro, na verdade. Inclusive, já estou atrasado. Vou ter que parar pra comprar mais camisinha."

"Sim, claro", respondo, agitando as mãos na água para me manter equilibrada contra a maré. "Alguém que eu conheça?"

"Duvido. Ela é fiscal de parquímetro."

"Que beleza." Eu seguro o riso. "Bem o seu tipo. Eu sei que você tem uma tara por autoridades."

"É o poliéster, sabe, sendo bem sincero. Uniformes bregas me deixam com tesão."

"Então se eu dissesse que fui entregadora da UPS em Charleston..."

"Seria atacada brutalmente."

"Promessas, promessas..."

Me agarrando pela cintura, ele me levanta, e envolvo seus quadris com as pernas. Eu me seguro nele com as mãos em sua nuca, enquanto ele nos mantém firmes em meio ao balanço das ondas.

Evan aperta a minha bunda com as duas mãos. "Por favor, Gen, me desafia a abaixar você. Estou implorando."

Jogo água na cara dele. "Seu animal."

Ele sacode a água do rosto, afastando os cabelos dos olhos. "Au-au."

Nós nos damos muito bem. Essa é a questão. Seria mais fácil me afastar se ele fosse um cretino que me tratasse mal e só fosse legal quando quisesse transar. Mas não é assim, nem de longe. Ele é meu melhor amigo. Ou pelo menos era.

"Certo, vamos lá", Evan diz com a voz rouca. "Me conta sobre Charleston. Que tipo de encrenca você arrumou por lá?"

"Você vai ficar decepcionado." O ano passado com certeza foi um tédio, como deveria. Um detox social completo. "Não tenho muito o que contar, na verdade. Arrumei um emprego numa imobiliária. Como secretária, que era também assistente administrativa e quebra-galho pra situações aleatórias em geral. Se é que dá pra acreditar numa coisa dessas."

"A entrevista de emprego deve ter sido bem interessante." Uma onda nos acerta de lado e nos empurra para a praia. Evan me coloca de pé, mas continua com as mãos fortes nos meus quadris.

"Por quê?"

Os olhos dele brilham sob o luar. "Bom, imagino que você tenha citado sua experiência no Goldenrod Estates."

A menção a esse lugar traz muitas lembranças. Alguns anos atrás, o Goldenrod Estates era um projeto imobiliário em construção um pouco ao sul de Avalon Bay, outro condomínio para gente com mais dinheiro do que bom gosto, com um monte de mansões aglomeradas. Mas o furacão derrubou metade do empreendimento, as obras foram suspensas e as empreiteiras foram atrás de todos os trabalhos de reforma e reparos que conseguissem pegar. O lugar ficou meses abandonado, com um monte de casas vazias e abertas para adolescentes como nós.

"Foi um verão tão bom", admito. Um de nossos melhores momentos. "A festa na piscina vazia."

"Puta merda, é mesmo. Tipo, umas cinquenta pessoas enfiadas em um buraco de concreto no chão."

"E o Billy correndo pra avisar que a polícia estava chegando."

Eu me recordo dessa noite, do meu irmão aparecendo esbaforido, da música sendo desligada e das lanternas acesas. Todos prendendo a respiração, agachados no escuro.

"E você, espertão, resolveu dar uma de herói", digo, mais me divertindo do que o acusando. "Saiu da piscina e correu para o outro lado da rua."

"Você não precisava ter vindo atrás de mim."

"Pois é." Meu corpo oscila com a força da água, fazendo os meus dedos se arrastarem pela areia com a força da maré. "Mas eu não podia deixar você ir pra cadeia sozinho."

Evan e eu subimos no telhado da casa do outro lado da rua, vendo as luzes vermelhas e azuis se projetarem nas paredes das casas inacabadas enquanto os carros se aproximavam. Pelo menos seis viaturas. Então, para distrair os policiais e poupar nossos amigos, começamos a agitar as nossas lanternas e gritar para chamar a atenção deles. Nós pulamos do telhado, caindo na calçada e correndo entre as casas, até conseguir despistá-los na mata.

Nossa, nós éramos invencíveis juntos. Intocáveis. Com Evan, eu não tinha um minuto de tédio na vida. Nós dois nos alimentávamos dessa emoção, sempre em busca da próxima, forçando os limites da nossa própria capacidade de arrumar encrenca.

"Teve algum cara?", ele pergunta, de repente. "Em Charleston?"

"Por quê? E se tivesse?" Não tinha, nada sério pelo menos. Só uns encontros sem graça e relacionamentos de curtíssima duração para passar o tempo. É bem difícil ficar sempre comparando o cara que você acabou de conhecer com o cara de quem estava fugindo.

"Por nada", ele responde, encolhendo os ombros.

"Só gostaria de falar com ele, né? Só bater um papo."

Evan dá uma risadinha. "Alguma coisa nessa linha."

Inevitavelmente, o ciúme dele me excita. É uma coisa idiota e mesquinha, eu sei, mas, à nossa maneira bizarra, é uma demonstração da força do que sentimos.

"E você? Alguma garota?"

"Algumas."

Enrugo a testa ao ouvir o tom vago. Percebo que estou colocando as garrinhas de fora e me esforço para retraí-las. Me obrigo a não pensar em Evan com outra. Sua boca em alguém que não seja eu. Suas mãos explorando curvas que não sejam as minhas.

Mas não consigo. Imagino as piores situações, e deixo escapar um grunhido baixo.

Evan dá uma risada de deboche. "Só gostaria de falar com elas, certo?", ele me imita. "Só bater um papo."

"Não. Quero pôr fogo na casa delas por terem encostado em você."

"Que coisa, Fred, por que você sempre parte logo pro incêndio criminoso?"

Dou risada. "Fazer o quê? Eu sou quente."

"Isso é mesmo." Suas mãos sobem pela minha barriga para acariciar os meus seios. Ele os aperta, dando uma piscadinha para mim.

Eu estremeço quando as pontas de seus dedos dançam sobre os meus mamilos. Evan percebe a minha reação, e um sorriso discreto surge em seus lábios. Ele é tão lindo que chega a ser injusto. Meu olhar passeia entre seus traços bem desenhados e o peito exposto. Os braços esculpidos. O abdome durinho. As mãos grandes e calejadas que acabaram de me segurar enquanto sua boca faminta fazia a festa no meio das minhas pernas.

"Você está acabando comigo, Gen." Evan solta um grunhido ao ver o que quer que seja no meu rosto. Seus dedos se cravam na minha pele. "Não faça isso, a não ser que queira de verdade."

"Fazer o quê?"

"Você sabe." Me pegando pela cintura, ele nos leva de volta para a praia. "Você está fantasiando comigo. E eu estou bem aqui, se quiser repetir a dose."

"Eu não disse nada disso."

Ele se encosta em mim, me fazendo sentir sua ereção contra a minha perna. "Você é uma provocadora de primeira, sabia?"

"Sabia." Nós chegamos à areia seca e ficamos nos olhando, até que um leve sorriso se abre nos meus lábios. "E você gosta."

Então eu beijo seu pescoço. Seu ombro. Seu peito, até ficar de joelhos com sua ereção nas mãos, acariciando-o. Evan passa as mãos pelo meu cabelo e joga a cabeça para trás, com a respiração pesada.

Como não faço nada depois disso, ele olha para mim, faiscando de desejo. "Você vai ficar aí parada ou vai chupar?"

"Ainda não decidi." Passo a língua nos lábios, e ele solta um grunhido agoniado.

"Provocadora", ele diz outra vez, tentando uma estocada para a frente.

Eu o aperto com mais força, o que só faz seus olhos brilharem mais.

"Mais", ele implora.

"Mais o quê?" Uso meu indicador para traçar pequenos círculos na cabeça do seu pau, prolongando a tortura.

"Mais tudo", Evan fala, com a voz embargada.

Seus quadris se projetam para a frente outra vez, em busca de contato, de alívio. Rindo de seu desespero, passo a língua na pontinha, e então o abocanho.

Ele geme alto o bastante para acordar os mortos.

Tem coisas que eu fazia com ele das quais senti mais falta do que outras. Encher a cara, desmaiar, acordar no armário de um depósito qualquer com roupas que não eram minhas — posso viver muito bem sem isso. Mas o jeito como me sinto quando estamos sozinhos? A forma como ele se entrega por inteiro para mim, com confiança absoluta? Eu adoro essa versão de nós. O nosso melhor.

Eu me delicio com os grunhidos suaves que vibram em seu peito e com a tensão que se instala em seus músculos. Com a maneira como suas mãos descem para os seus quadris, depois para os meus cabelos, enquanto ele resiste à vontade de dar estocadas fortes e profundas, porque uma vez eu o mordi de leve para fazê-lo parar e agora ele tem medo que isso se repita — só um pouquinho. Esse é o nosso lance. Posso estar de joelhos, mas é ele que está à minha mercê. E o faço sentir só o que estou disposta a proporcionar. O prazer e a ansiedade. Prolongando lentamente a experiência, para deixá-lo à beira da loucura. Até que, por fim, ele cede.

"Gen, *por favor.*"

Então eu o deixo gozar, masturbando-o até fazê-lo se aliviar. Em seguida, totalmente sem energia, ele cai no chão e me puxa para deitar ao seu lado no cobertor.

Ficamos em silêncio por um tempo. Cercados pela escuridão, pelo som da brisa nas palmeiras e das ondas quebrando na areia.

"Eu contei pra você que a minha mãe me escreveu?", ele diz de repente.

Não era bem nisso que eu esperava que ele estivesse pensando, e hesito em continuar esse assunto. Não por ser incômodo para mim, mas porque sei que ele fica chateado.

"Ela quer marcar um encontro em Charleston. Pra fazer as pazes, algo assim."

"E o Cooper sabe?"

"Não." Evan estende a mão para trás para apoiar a cabeça, deitado sob as estrelas. Seu rosto lindo está sério quando me viro para olhá-lo. "Na última vez que veio pra cá, ela roubou todas as economias dele."

"Minha nossa. Que horror."

"Ele conseguiu a maior parte de volta, mas... pois é. Nem preciso dizer que ele não vai estender o tapete vermelho pra ela tão cedo."

"E você quer vê-la?", pergunto, cautelosa.

Shelley é um assunto delicado para Evan e o irmão, sempre foi. Apesar de eu finalmente estar livre do relacionamento fracassado com a minha mãe, foram anos vendo Evan esperar que a mãe dele tomasse jeito e passasse a amá-lo. Mas era sempre uma decepção devastadora. Nunca compartilhei dessa fé que ele tem.

"Não quero ser feito de besta de novo", ele confessa, parecendo desanimado, exausto. "Eu sei que é isso o que parece. Cooper acha que eu sou um idiota que não entende nada. Mas eu entendo. Consigo entender o lado dele, mas pra mim é inevitável não querer perder a única vez que ela pode estar sendo sincera de verdade. Mas no fim pode ser só burrice minha."

"Não é", digo. Ingenuidade, talvez. Otimismo, com certeza. Qualidades que eu nunca admirei muito. Mas burrice não.

"Seria diferente se não fôssemos só eu e o Coop, acho. Se meu pai ainda estivesse por aqui." Ele me olha com um sorriso triste. "Quer dizer, se ele não fosse um babaca. E se a gente tivesse um monte de irmãos e irmãs."

"Minha mãe teve filhos demais", retruco. "Sério, isso não faz ninguém melhor. Acho que ter meus irmãos me ajudou a não me sentir tão sozinha, mas nada muda quando você sabe que a sua mãe não está nem aí pra você."

É estranho como dizer isso em voz alta — afirmar com todas as letras que a minha mãe não estava nem aí para mim — me conforta, em vez de doer. Eu disse a mim mesma, muito tempo atrás, que não precisava do amor, da aprovação nem da atenção dela. Que não valia a pena gastar minha saliva com quem não queria me ouvir. E continuei repetindo até me convencer e acreditar totalmente nisso, sem hesitação. Agora que ela morreu, não lamento os anos perdidos nem me arrependo das vezes em que me poupei da decepção de tentar. O melhor presente que podemos dar para nós mesmos é colocar as nossas necessidades em primeiro lugar. Porque ninguém mais vai fazer isso.

"Você não quer uma família grande?", Evan pergunta. "A sua própria família, algum dia?"

Penso um pouco, lembrando todas as vezes que um dos meus irmãos entrou no banheiro para cagar enquanto eu estava no chuveiro. As vezes em que cheguei em casa e encontrei um deles na minha cama com uma garota, porque algum outro o trancou para fora do próprio quarto. Por outro lado: meus irmãos mais velhos me ensinaram a dirigir, porque o meu pai não suportava o estresse. Me ensinaram a jogar sinuca e dardos. A beber e a dar um bom soco. Eles são um bando de ogros fedorentos e nojentos. Mas são meus ogros.

"É, acho que sim." Ainda que prefira não pensar em *como* formar essa família grande. Só de imaginar seis bebês saindo da minha mãe, até consigo culpá-la um pouco menos por sua animosidade em relação aos filhos. "Mas não tão cedo."

"Eu quero", ele diz. "Uma família grande. Toparia parar de trabalhar fora. Vou trocar fraldas e fazer o almoço e tudo o mais."

"Tá bom." Dou uma risadinha ao pensar em Evan no jardim da frente de casa com os braços cheios de crianças peladas enquanto a casa pega fogo logo atrás. “Então trate de encontrar uma velha rica com um útero que ainda não virou pó.”

Ele encolhe os ombros. “Afinal, que diabos eu poderia fazer em vez disso, né? Vamos ser sinceros, eu entrei no negócio com o Levi totalmente por acaso. Não fiz nada para merecer isso, a não ser aparecer pra trabalhar todo dia na hora certa. Cooper é cheio de planos e ambições. Tem o lance dos móveis pra deslanchar e tudo. Então, por que não ser o cara que fica em casa com as crianças?”

“Eu jamais imaginaria esse papel pra você.” Evan nunca deu bola para o que se espera dele — os imperativos sociais de arrumar um emprego, casar, ter filhos e morrer com uma hipoteca impossível de pagar, deixando como herança uma dívida no cartão de crédito. “Achava que você sempre quis cair na estrada de moto, algum clichê do tipo.”

“Isso é plano de férias, não de vida. Eu adoro essa vida de cidade de praia. Onde todo mundo conhece todo mundo. É um bom lugar pra formar uma família.”

Mesmo assim, sinto uma incerteza em sua voz. “Mas?”

“Mas que raio eu sei sobre ser pai, né? Considerando os modelos que eu tive, provavelmente ia acabar deixando um monte de traumas nos meus filhos também.”

Eu me sento para olhar nos olhos dele. O que ouço em tudo isso é sua dor, os anos de trauma enterrados em bravatas. A culpa que sente por tudo que aconteceu em sua vida, por não ter mais ninguém por perto para culpar.

“Você seria um bom pai”, eu digo baixinho.

Ele encolhe os ombros de novo. “É. Talvez eu não estragasse tudo.”

“Mas você ia precisar ser mais do que só o pai divertido”, eu digo, enquanto ele me puxa e me faz deitar de novo. Encosto a cabeça em seu peito e estendo uma perna sobre seu quadril. “Precisa ter disciplina. Não dá pros seus filhos ficarem como a gente.”

“Que horror.” Ele dá um beijo na minha cabeça.

Mesmo com os olhos fechados, continuamos conversando noite adentro, até o papo ficar mais esparso e, no fim, pegarmos no sono. Os dois nus sob as estrelas.

14

GENEVIEVE

O sol aparece devagar a princípio, mas logo vira uma explosão de luz que me força a abrir os olhos. Acordo com a bunda cheia de areia, e desta vez nem posso culpar a ressaca. Porque a questão é ele. Como sempre.

Ainda nua e deitada no chão desde a noite anterior, eu me levanto para pegar minhas roupas. Encontro meu telefone semienterrado e minha calcinha pendurada no bolso da calça jeans de Evan. Tem mais de dez chamadas perdidas e mensagens de texto do meu pai e de Shane, perguntando onde diabos eu me enfiei. Estou mais de uma hora atrasada para o trabalho e, a julgar pelas mensagens cada vez mais preocupadas, eles estão prestes a mandar uma equipe de busca e a ligar para os hospitais.

Evan ainda está dormindo em cima do cobertor. Tem uma encrenca enorme à minha espera na loja e, mesmo assim, não consigo tirar os olhos dele. Seu corpo esguio, bronzeado e forte. As lembranças da noite passada se espalham pela minha corrente sanguínea como uma enxurrada de faíscas. Eu faria tudo de novo, retomando tudo de onde paramos e que se danem as responsabilidade e obrigações.

E é justamente esse o problema.

Ele se vira de costas, e me dou conta de que estava escuro demais para enxergar direito ontem à noite. Na parte inferior das costas, logo acima dos quadris e encaixada entre as outras tatuagens, tem uma ilustração de uma pequena praia com duas palmeiras facilmente reconhecíveis, entortadas pelos furacões, formando um xis entre elas. Idênticas às que estão atrás de mim. Nosso ponto de encontro. Nosso lugar perfeito.

O que só torna tudo mais difícil.

Evan se mexe enquanto prendo o cabelo em um coque e pego as chaves na areia. "Oi", ele resmunga, adoravelmente grogue de sono.

"Estou atrasada", aviso.

Ele se senta imediatamente, com uma expressão preocupada. "O que foi?"

Só quando esfrego os olhos percebo que a minha visão está borrada pelas lágrimas. Respiro fundo, soltando o ar com força e me sentindo até um pouco zonza. "Isso foi um erro."

"Espera aí. Calma." Ele pega a calça e a sacode um pouco antes de se vestir, evidentemente em pânico.

"O que aconteceu?"

"Eu sabia que a gente não podia fazer isso." Me afasto um pouco, piscando para tirar as lágrimas dos olhos. Só o que eu quero é fugir. Sair de perto dele o mais depressa possível, porque cada segundo na sua presença só enfraquece a minha determinação.

"Gen, ei. Para com isso." Ele segura minhas mãos para me impedir de fugir. "Conversa comigo um pouco."

"A gente não pode continuar fazendo isso." Eu imploro para ele entender algo que vai além de seu entendimento. "A gente não faz bem um pro outro."

"Mas de onde veio essa conversa? Ontem à noite..."

"Tem gente contando comigo agora." O desespero faz minha garganta se fechar. "Meu pai, meus irmãos. Está todo mundo trabalhando pra manter nosso negócio vivo. Eu não posso dar o cano neles e passar as noites escondida com você." Engulo um nó pesado de tristeza. "Quando a gente está perto um do outro, eu não confio em mim mesma."

"Qual é o problema?" Ele vira as costas, frustrado, arrancando os cabelos. "A gente se divertiu, ninguém se machucou."

"Nós dois estamos atrasados pro trabalho porque passamos a noite inteira transando como adolescentes quando os pais vão viajar. Quando nós vamos crescer, Evan?"

Ele se aproxima de mim, com os olhos faiscando de frustração. "O que tem de tão errado em querer ficar com você?", ele questiona, apontando para mim e para ele. "Por que você está se punindo por gostar de mim?"

"Eu decidi que vou começar a gostar mais de mim mesma. E isso significa ser responsável pela primeira vez na vida. Não posso fazer isso se, a cada vez que vejo você, esqueço que o mundo existe. Foi por isso que não me despedi de você antes de ir embora. Porque eu sabia..." Paro de falar antes de me expor ainda mais.

"O que você sabia?"

Hesito um pouco, me lembrando da dor que vi em seu rosto na noite anterior, quando confessou o quanto a minha partida o afetou. *Um pedaço gigantesco de mim simplesmente sumiu.* Eu o magoei demais, muito mais do que imaginava. E magoar Evan faz o meu estômago se revirar. Detesto ter feito isso e não quero que aconteça de novo, mas... não sei se tenho escolha.

"Você disse ontem à noite que queria que eu tivesse contado o que aconteceu com Randall", digo por fim.

"Sim..." Seu tom de voz é cauteloso.

"Bom, eu tentei. Não preguei o olho naquela noite. Fiquei acordada pensando no que tinha feito, me sentindo humilhada. Não foi exatamente um fundo do poço total, mas com certeza acendeu um sinal de alerta. Estava na cara que a bebedeira tinha virado um problema e estava afetando a minha capacidade de pensar. De jeito nenhum eu ia aparecer na casa de Kayla Randall no meio da madrugada se estivesse sóbria."

Eu balanço a cabeça, enojada. Comigo mesma, não com ele. Mas ele também não agiu muito melhor na manhã seguinte àquela noite horrível.

"Eu sabia que você tinha saído com os caras naquela noite e que provavelmente ia dormir até mais tarde, então esperei a manhã toda até você ligar ou mandar mensagem", conto. "Como isso não aconteceu, resolvi ir à sua casa pra contar o que tinha acontecido."

Os lábios dele se franzem. "Eu não me lembro de você ter passado lá."

"Porque você ainda estava desmaiado", retruco. "Era uma hora da tarde, eu entrei na sua casa e encontrei você roncando no sofá, no meio de um monte de garrafas vazias e cinzeiros lotados na mesinha de centro. Tinha cerveja derramada no chão, meus pés grudavam a cada passo e alguém deve ter derrubado um baseado na poltrona em algum momento, porque tinha um buraco de queimadura no estofado." Suspiro baixinho, sacudindo a cabeça. "Nem me dei ao trabalho de te acordar. Simplesmente virei as costas e voltei pra casa. E comecei a arrumar minhas coisas."

Ele está alarmado. "Você foi embora da cidade porque eu estava de ressaca depois de uma noitada com os caras." Sua voz soa ligeiramente defensiva.

"Não. Não só por isso." Tento não grunhir de raiva. "Foi só mais um sinal de alerta, né? Eu percebi que nunca ia conseguir mudar de vida se a gente continuasse junto. Mas sabia que, se contasse que ia embora, você ia me convencer a ficar." Sinto um gosto amargo na boca, mas sei que não é culpa de Evan. É minha. "Não consigo dizer não pra você. Nós dois sabemos."

"E eu não consigo dizer não pra você", é a resposta dele. Ele solta o ar com força. "Você devia ter conversado comigo, Gen. Porra, eu teria ido junto. Você sabe disso."

"Sim, eu sabia disso também. Mas você é uma má influência pra mim." Ao ver sua expressão magoada, acrescento: "É uma via de mão dupla. Eu também era má influência pra você. Fiquei com medo de que, se você fosse comigo, a gente ia continuar com aquele padrão aonde quer que fosse. E agora eu parei com isso".

Pegando meus sapatos, eu me preparo para o que vem a seguir. Todo esse tempo que passei fora não facilitou nada. "Você também devia pensar em se emendar. Não somos mais crianças, Evan. E, se não começar a mudar agora, um dia você vai acordar e perceber que acabou virando aquilo que mais detesta."

"Eu não sou como os meus pais", ele responde com os dentes cerrados.

"É tudo uma questão de escolha."

Fico hesitante por um momento. Então me aproximo e o beijo no rosto. Quando seu olhar se atenua, me afasto antes que ele mude de ideia. Porque eu me importo com ele, *sim*. E até demais.

Mas não posso assumir a responsabilidade pela vida dele quando mal dou conta da minha.

Depois de parar em casa para trocar de roupa, chego finalmente ao trabalho, onde meu pai está à minha espera no escritório. Sei que a coisa está feia quando o vejo sentado na cadeira da minha mãe. Bom, a minha cadeira agora. Ele quase nunca passa no escritório e absolutamente nunca fica aqui sentado. Prefere visitar as obras ou se encontrar com os clientes. Esse homem não para quieto desde que começou a trabalhar com o pai dele, aos onze anos.

"Vamos conversar", ele diz, apontando com o queixo para a cadeira do outro lado da mesa. "Por onde você andou?"

"Desculpa o atraso. Eu saí à noite e acabei perdendo a hora. Não vai acontecer de novo."

"Ã-ham." Ele dá um gole no café, apoiando as costas da cadeira na parede. "Eu estava aqui sentado te esperando, sabe, e fiquei pensando. Me dei conta de que nunca disciplinei você direito quando criança."

Eis aí um grande eufemismo. Apesar de meu pai nunca ter sido muito rígido, ele pegava bem leve comigo, por ser a única filha numa casa cheia de meninos. Esse é um dos motivos para nos darmos tão bem.

"E acho que tenho alguma responsabilidade por tudo que aconteceu", ele diz, medindo as palavras. Pensativo. "Tanta farra e tanta encrenca... Eu não ajudei você em nada deixando isso acontecer."

"Com certeza eu teria feito tudo do mesmo jeito", admito.

Ele sorri de volta porque sabe que é verdade.

"Pelo menos eu não cresci detestando você."

"Pois é, mas adolescentes precisam detestar os pais pelos menos um pouquinho em alguns momentos."

Talvez seja verdade, mas eu prefiro assim, depois de conhecer bem a outra opção. "Estou tentando melhorar", digo, torcendo para que ele veja a sinceridade no meu rosto. "Foi um deslize, mas prometo que não vai virar um hábito. Quero que você saiba que pode contar comigo. Eu entendo a importância de te ajudar neste momento."

Ele se inclina para a frente. "Nós dois podemos fazer melhor, garota. A verdade é que você tem sido ótima aqui. Colocou tudo nos eixos. Os clientes te adoram. Todo mundo vive dizendo que você se tornou uma moça adorável."

Abro um sorriso. "Eu sei me comportar quando quero."

"Enfim." Meu pai se levanta e sai de trás da mesa. "Eu vou sair do seu pé. Considere esta a sua primeira advertência pessoal." Ele me dá um tapinha carinhoso na cabeça e sai.

Estranhamente, acho que gostei disso, de ter uma conversa de adulta com o meu pai. Foi bom saber que ele me respeita o suficiente para dizer que pisei na bola sem jogar tudo na minha cara por causa de um tropeço. E fico animadíssima por ele achar que estou me saindo bem aqui. Quando concordei em cuidar da parte burocrática dos negócios, fiquei morrendo de medo de estragar tudo e acabar levando meu pai à falência. Ao contrário, estou mostrando que posso até ser *boa* nisso.

Pelo menos uma vez na vida, não sou um desastre total.

15

EVAN

Eu sempre gostei de trabalhar sozinho em obra, instalando *drywall* ou cimentando a entrada de uma garagem. Se me derem uma lista de coisas e oito horas para fazer, eu dou conta do que for sem problemas. Sempre faço tudo mais rápido quando estou sozinho, principalmente sem ter que ouvir o rádio de algum babaca, histórias sobre seu peixe de estimação ou alguma merda do tipo. Mas hoje não está rolando. Cheguei cedo na casa dos West para instalar os armários novos da cozinha, mas estou levando o dobro do tempo habitual. Não consigo alinhar as portas. Toda hora derrubo alguma coisa. Quase enfiei a broca da furadeira no dedo.

Já faz dias que a Gen não responde minhas mensagens, desde que foi embora correndo do nosso lugar. As ligações caem direto na caixa postal. É enlouquecedor. Ela joga um monte de bombas no meu colo e depois desparece? Não tive chance nem de responder.

Por outro lado, que diabos eu poderia ter falado? Pelo jeito, tenho a minha parcela de culpa por tudo que aconteceu. Randall deu o passe, mas quem mandou para a rede fui eu. Fiz o gol e ela foi embora!

Minha nossa, eu fui um sinal de alerta para ela. Desmaiado e de ressaca, consegui afastar da minha vida a garota que amo mais do que qualquer coisa neste mundo.

Isso acaba comigo.

Tento desfazer o nó na garganta e me distraio com a furadeira de novo. Porra. Vou acabar me matando aqui se não me concentrar no que estou fazendo.

Mas também não aceito levar *toda* a culpa. Desde quando eu sou a fonte de todos os problemas dela? Parece uma desculpa bem conveniente para não lidar com as próprias cagadas. Eu posso ter sido um delinquente a maior parte da vida, mas pelo menos assumo a responsabilidade pelo que faço.

"E aí, cara." Craig, o irmão mais novo de Gen, entra na cozinha de camiseta e short de basquete. Ele me cumprimenta com um aceno de cabeça e pega um refrigerante na geladeira. "Está com sede?"

Eu queria mesmo uma cerveja, mas aceito o refrigerante de qualquer jeito. "Valeu." É melhor dar uma pausa mesmo, já que não estou conseguindo terminar nada.

"Como estão as coisas aí?", ele pergunta, depois de dar uma olhada na cozinha semidemolida e coberta de poeira. Ele se senta à mesa, que no momento está coberta de lona e caixas de ferramenta.

"Devagar", respondo com sinceridade. "Mas vou dar conta." *Caso contrário meu tio me mata*. "E você, já está preparado pra ir embora daqui?"

Craig encolhe os ombros, dando um gole no refrigerante. "Acho que sim. É estranho pensar que, quando eu vier nas férias da faculdade, minha casa não vai ser mais esta."

Ele fica em silêncio, lendo o que está escrito na lata. Craig sempre foi um garoto caladão. Ele é quatro anos mais novo que Gen e sempre foi o queridinho da mamãe, o que, apesar de despertar um certo ressentimento na irmã, também a tornou especialmente protetora em relação a ele.

Eu me recosto no balcão. "E pro verão? Algum plano?"

Ele tenta evitar a pergunta, fixado na mesa por um tempo. Passa os olhos pelo restante do cômodo, de ombros encolhidos, como um garoto no fundo da sala que não quer ser chamado pelo professor. "Você vai achar bobagem", ele responde por fim.

"O que é?", insisto. "Fala logo."

Ele dá um suspiro, relutante. "Jay e eu estamos no Projeto Irmão Mais Velho. Pra dar orientação pra criançada e tal. Enfim, é isso."

Por que não estou surpreso? Esses dois sempre foram os escoteiros da família. Enquanto Gen e os dois irmãos mais velhos só causavam e eram uma péssima influência para o Billy, os dois mais novos faziam a lição de casa e arrumavam o quarto. Acho que, numa família com seis filhos, alguém acaba saindo certinho.

"Isso é legal", respondo. "Está gostando?"

Ele assente, meio tímido. "É legal porque, tipo, o meu Irmão Mais Novo fica ansioso pra me ver. Ele não tem muitos amigos, então quando fazemos alguma coisa, pra ele significa muito."

Craig é perfeito para esse tipo de trabalho voluntário. Meio nerd e mole, mas um cara legal. E, acima de tudo, inteligente e responsável. Se me deixarem sozinho com um moleque, alguma merda vai acontecer. O que me faz pensar mais uma vez na minha conversa com a Gen sobre família e filhos. Acho que ela tem razão quando diz que, se algum dia eu tiver uma família, preciso, no mínimo, dar um jeito de aprender a manter uma criança viva. Não faço ideia de como eu e Cooper não morremos afogados na banheira, com os pais que tivemos. Aqueles dois mal conseguiam parar em pé depois das dez da manhã.

"Enquanto você estiver aqui, ela não vai voltar", Craig avisa.

Eu enrugo a testa. "Hã?"

"Minha irmã. Ela saiu mais cedo pra não cruzar com você e só vai voltar quando souber que você já foi." Ele faz uma pausa. "Caso você esteja pensando em esperar por ela."

Porra. Por algum motivo, isso soa ainda mais pesado vindo da boca dele. "Ela te falou isso?"

Ele encolhe os ombros. "Vocês estão brigados?"

"Da minha parte, não." Eu queria que ela entendesse que pode ter o que quiser de mim. O que ela pedir, eu faço.

"Eu meio que admirava você quando era mais novo, sabe."

As palavras de Craig me pegam de surpresa. "Ah, é?"

"Agora nem tanto."

Cacete. Esse garoto está com a língua afiada hoje. "Esse lance de sinceridade sem filtro não é tão fofo quando você já tem tamanho pra levar umas porradas, sabia?", aviso, meio brincando.

Pelo menos ele fica vermelho. "Foi mal."

"E o que mudou?"

Ele pensa na resposta por um tempo. Então, com um olhar de pena capaz de desarmar qualquer um, diz: "Esse negócio de bad boy cansa".

Puta merda.

Não é todo dia que um escoteiro me detona.

À noite, vou a um dos lugares de sempre para tomar umas com Tate, Wyatt e o resto dos caras. Depois de duas rodadas, vamos até as mesas de sinuca para o nosso passatempo predileto: arrancar dinheiro de turistas. Depois de um tempo eles percebem qual é a nossa, então começamos a jogar só de farra. Em duplas, eu e Tate contra Wyatt e Jordy. A grana que arrancamos dos turistas está no canto da mesa. Quem ganhar leva tudo.

Na mesa ao lado, uma loirinha bonita de vestido rosa está de olho em mim, enquanto seu namorado, acho, não dá a menor bola para ela, distraído encaçapando bolas. Eu poderia me aproveitar da situação se Genevieve West não tivesse invadido um latifúndio na minha cabeça. Desde que ela voltou para Avalon Bay, não consigo nem pensar em transar com outras mulheres. Só com ela.

"Seu irmão não vem?", Tate me pergunta, passando o taco na minha vez.

Dou a tacada, mas acabo só raspando a mesa. "Duvido."

"A patroa não deixa mais ele sair", Wyatt ri, matando uma bola facilmente depois do meu erro.

Ele não está completamente errado. É só que Mackenzie nem precisa fazer nada para impedir que Cooper saia para beber com os amigos — os dois se fundiram em uma entidade única que prefere a própria companhia à de qualquer outra pessoa. Eles estão bobos e felizes dentro dessa bolha pegajosa de amor. Por um tempo, foi um alívio que ela tenha conseguido adoçar o meu irmão, mas, agora que a bolha envolveu a casa inteira, não acho mais tão divertido.

Ou sei lá, posso só estar com inveja. Talvez ressentido por Coop ter um relacionamento perfeito e ainda assim fazer de tudo para me atormentar a vida. Ele e Mac quase não tinham motivos para ficar juntos e ainda menos para insistir na ideia. Mas eles ignoraram todo mundo e deram um jeito de fazer a coisa funcionar. Por que eu não posso também?

"Sua vez." Tate me dá um cutucão de novo.

"Não, tô fora." Olho para a mesa dos nossos amigos. "Donovan, assume aqui pra mim."

"Ah, qual é." Wyatt me provoca do outro lado da mesa. "Termina de passar essa vergonha aqui com a gente."

Pego a cerveja e vejo que está vazia. "Vou passar no banheiro e na volta trago outra rodada."

"Bom, você ouviu o cara", Wyatt diz, com um tapinha nas costas de Donovan. "Sua vez."

Depois de passar rapidinho no banheiro, secar as mãos com papel-toalha e jogar no lixo perto da porta, volto para o corredor no momento exato em que alguém sai do banheiro feminino. Ninguém menos que Lauren, ex-namorada de Wyatt.

"Evan. Oi", ela diz.

"Ah, oi." Educadamente aceito o abraço dela. Os dois podem ter terminado, mas Ren faz parte do nosso grupo há anos. Não posso simplesmente virar as costas para ela, e acho que Wyatt também não ia querer isso. "Como é que estão as coisas, Ren?"

"Tudo bem. Estou com a minha irmã em Charleston boa parte do tempo." Ela levanta o braço fino e passa as mãos nos cabelos grossos, mostrando a pele coberta de tatuagens. A maioria delas foi cortesia do Wyatt, que também fez quase todas as minhas mais recentes. "E você?", ela pergunta.

"Sem novidades", respondo num tom amigável.

"Eu soube que a Gen voltou. A gente vai almoçar na semana que vem."

"É. Ela voltou, sim."

Uma covinha aparece do lado esquerdo da boca de Ren. Seus olhos brilham. "Acho que ela não voltou correndo pros seus braços, né?"

Eu abro um sorrisinho. "Achou certo."

Ela fica pensativa por um momento e em seguida passa a ponta da língua no lábio inferior. "A gente podia sair pra almoçar um dia desses também. Ou, melhor ainda, pra beber alguma coisa."

Ergo as sobrancelhas, surpreso. "Está me chamando pra sair, Ren? Porque você sabe que eu não tenho como aceitar." Posso ser um canalha, mas Wyatt é um dos meus melhores amigos. Jamais me envolveria com a ex dele.

"Eu não quero nada com você", ela responde, rindo. "Só acho que podia ser vantajoso pra nós dois se saíssemos algumas vezes." Ren abre outro sorriso. "Nossos ex-respectivos não lidam muito bem com o ciúme."

"Não mesmo", concordo. "Mas não posso fazer isso com o Wyatt, nem de brincadeira."

"Eu entendo." Ela aperta de leve o meu braço. "A gente se vê por aí, Ev. Manda um abraço pros meninos por mim."

Eu observo enquanto ela se afasta, remexendo os quadris. Mulheres com uma bunda como essa são um perigo.

Peço uma dose de Bourbon antes de pegar outra rodada de cerveja para os caras. O bar não está tão cheio hoje. Só os rostos conhecidos de sempre. A TV mostra os destaques esportivos do dia, e um rock dos anos 1990 sai das caixas de som. Depois de virar meu uísque, vejo Billy West se ajeitar na outra ponta do balcão.

Fico hesitante. Não sei se ele vai ser muito mais solidário com a minha situação do que Craig, mas esgotei todas as possibilidades de tentar me acertar com Gen. Se tem alguém que sabe o que se passa pela cabeça dela, é Billy.

Deixo o copo vazio no balcão e me sento no banquinho ao lado dele. "A gente precisa conversar", digo a ele. "Qual é a da sua irmã?"

Billy se limita a me olhar de canto. "O que você aprontou dessa vez?"

"Nada. O problema é justamente esse."

"E o que eu tenho a ver com isso?"

Eu estreito os olhos. Esse mané é dois anos mais novo que eu, e ainda lembro tudo que eu e a Gen aprontamos com ele, então não gosto nada dessa atitude comigo.

"Ela não atende a droga do telefone."

"Acho que isso é problema seu."

Que moleque arrogante. "Escuta só, eu sei que ela conversa com você. Só me fala o que eu preciso fazer pra ela me aceitar de volta que eu te deixo em paz."

Billy bate com a garrafa de cerveja no balcão e solta uma risada sarcástica quando vira para me encarar. "Por que eu ia querer que ela te aceitasse de volta? Faz um ano que eu só te vejo encher a cara, transar com todas as minas do Garnet, arrumar briga com qualquer playboy que cruza o seu caminho e não fazer nada da vida."

"Como assim? Eu sou sócio de uma empresa agora. Assim como o seu velho. Eu trabalho pra me sustentar. Isso por acaso é não fazer nada da vida?"

"Ah, sim, uma empresa que você não fez nada pra construir. Caiu no seu colo, assim como o meu pai passou os negócios dele pra gente. Mas eu pelo menos não saio por aí me gabando disso."

"Cara, vai se ferrar. Nem todo mundo teve papai e mamãe em casa fazendo panqueca pro café toda manhã. É melhor você não falar do que não sabe." Eu me arrependo imediatamente de mencionar a mãe dele, mas agora é tarde para voltar atrás. Mesmo assim, continuo bancando o que falei. Se o irmão da Gen quer me julgar, é melhor pensar duas vezes. Não estou interessado na opinião dele.

"Gen finalmente está dando um jeito na vida dela", ele resmunga, deixando o dinheiro da cerveja no balcão. "E você está fazendo de tudo pra arrastar ela de volta pra lama. Não é assim que se trata alguém de que se gosta."

Tento lembrar que dar uma porrada no irmão de Gen não é um bom jeito de voltar a cair nas graças dela.

"Mas eu gosto dela", digo com um tom áspero.

"Então meu conselho pra você é o seguinte", ele responde, se levantando. "Quer que a minha irmã aceite você de volta? Começa dando um jeito na sua vida primeiro."

16

EVAN

Dois dias depois, acordo bem cedinho depois de mais uma noite de sono agitado. Em vez de ficar deitado na cama feito um vagabundo, me levanto ao nascer do sol para passear com a Daisy na praia e depois dou um banho nela no jardim da frente, para deixá-la bem limpinha e impecável. Visto a minha melhor roupa, que fica no meio-termo entre um golpista e alguém que vai a um enterro, prendo a guia na coleira da Daisy e volto para a cozinha para pegar uma xícara de café.

Cooper e Mac estão tomando café da manhã no deque. Ponho a cabeça para fora pela porta de vidro. "Viu, só pra vocês saberem, vou sair um tempo com a Daisy."

"Vão onde?", Cooper resmunga com a boca cheia de waffle.

"Senta aí", Mac diz. "A gente fez bastante. Você já comeu?"

"Não, estou bem. Peguei um turno de trabalho voluntário lá na casa de repouso. A mulher de lá me falou que os velhinhos adoram cachorros, então vou levar a Daisy."

"Isso é tipo um código pra alguma outra coisa?", ela pergunta, rindo para Cooper.

Meu irmão está tão perplexo quanto a namorada. "Se for, eu não sei qual é."

"Tá, preciso ir. Ah, e vou com a sua picape", aviso Cooper e fecho a porta antes que ele possa responder.

Fico só imaginando a conversa dos dois depois que eu saio. *Seu irmão pirou? É óbvio que ele não vai ser voluntário em lugar nenhum, né?*

Bom, azar o deles, porque eu vou, sim, porra. Depois da minha última conversa com a Gen e do que o Billy me falou, comecei a pensar nessa coisa de "dar um jeito na minha vida". Na verdade, eu nem achava que a minha vida estivesse tão cagada assim, para começo de conversa. Afinal, eu não sou um inútil. Tenho um trabalho, que é parcialmente meu próprio negócio. Tenho uma casa e uma moto. E um jipe velho que passo mais tempo consertando do que dirigindo.

Muita gente daqui se contentaria com bem menos. E outro tanto deve ter apostado que eu estaria bem pior a essa altura. Mas, se ainda não é suficiente para a Gen, beleza. Posso fazer melhor. Ela acha que eu não consigo mudar. Então espera só.

A partir de hoje, vou ser um cara respeitável. Pegar leve na bebida. Parar de brigar. Estou oficialmente numa missão de autodesenvolvimento, para me reinventar como um cidadão exemplar. O que, de acordo com o Google, inclui ter um trabalho voluntário.

Então que venham os velhinhos.

Na casa de repouso, Daisy fica maluca com a quantidade de novos cheiros estranhos. Ela bate com o rabo no piso de linóleo e fica puxando a guia, ansiosa para explorar, enquanto eu me apresento na recepção.

A coordenadora dos voluntários, uma mulher de meia-idade chamada Elaine, vem me receber no saguão, abrindo um sorriso enorme. "Evan! Que bom te conhecer pessoalmente. É sempre bom receber visitas." Ela aperta minha mão antes de se ajoelhar para falar com Daisy. "E adoramos ter meninas lindas assim por aqui!"

Ela fica toda encantada com Daisy, coçando atrás das orelhas dela e se esquivando das lambidas de uma língua que ainda ontem à noite estava enfiada na lata de lixo.

Essa cachorra não sabe a vida fácil que tem.

"Bom, nós gostamos de fazer a nossa parte pela comunidade", digo, mas me arrependo imediatamente, quando percebo o quanto soa falso saindo da minha boca.

Elaine faz uma apresentação rápida do lugar, que é bem menos sinistro do que eu imaginava. Eu esperava uma mistura de hospital psiquiátrico e posto de saúde, mas não. Não tem ninguém circulando de camisola com os olhos vidrados e murmurando palavras incompreensíveis. É apenas um prediozinho de dois andares, com corrimãos de hospital nas paredes.

"Teve uma reforma bem grande aqui uns anos atrás. Temos um restaurante completo que serve três refeições por dia, além de uma cantina e uma cafeteria onde os residentes podem fazer um lanchinho e conversar com os amigos. E, é claro, quem tem mobilidade reduzida come no quarto."

Elaine me conta também sobre a rotina de atividades do lugar quando passamos por uma das salas comunitárias, onde os velhinhos estão sentados diante de cavaletes, pintando. Pelo jeito, é aqui que vou passar a maior parte do meu tempo como voluntário.

"Você tem alguma habilidade ou talento especial?", ela pergunta. "Toca algum instrumento musical?"

"Hã, não. Nada desse tipo, na verdade." Na época de colégio, tentei aprender a tocar guitarra, mas aquela porra é complicada demais. "O que eu sei fazer é construir coisas. Meio que qualquer coisa."

"Trabalhos manuais, então", ela comenta com um sorriso de consolação que eu prefiro ignorar. "E, é claro, os residentes adoram receber amigos de quatro patas. Então podemos elaborar um cronograma pra isso também."

Num dos corredores onde ficam os quartos, Elaine enfia a cabeça para dentro de uma porta depois de dar uma batidinha. "Arlene, podemos entrar? Tem uma visita especial pra você."

Arlene, uma mulher miudinha de cabelos brancos, está sentada numa poltrona vendo televisão. Ela acena para a gente entrar com sua mão frágil, que parece que vai cair do braço no caso de um movimento brusco. Mas abre um sorriso assim que bate os olhos em Daisy.

"Arlene, esses são Evan e Daisy. Eles vão ser voluntários aqui", Elaine diz. "Arlene é uma das nossas residentes favoritas. Vai viver mais que todo mundo aqui, não é mesmo?"

Então, Elaine nos abandona aos caprichos de Arlene e do Weather Channel, do mesmo jeito que alguém empurra uma criança na piscina para aprender a nadar no susto.

"É melhor você guardar o carro na garagem, Jerry", Arlene diz enquanto faz carinho em Daisy, que a essa altura já pulou no colo dela. "Está dizendo na TV que vai chover."

No começo não respondo, sem entender nada. Mas ela continua

falando sobre o temporal que vai cair, deixando claro que pensa que eu sou um cara chamado Jerry. O marido dela, ao que parece.

Não tenho a menor noção de quais são as regras de etiqueta por aqui, então não sei se posso me sentar na cama da velhinha. Mas só tem uma poltrona no quarto, e Arlene está usando. Então continuo de pé, todo sem jeito, com as mãos nos bolsos de trás da calça.

"Seu irmão ainda mora no norte?", ela pergunta, depois que o homem do tempo comenta que um alinhamento de tempestades segue em direção à costa da Nova Inglaterra. "É melhor você avisar para ele trocar aquelas calhas, Jerry. Ou vai acabar cheio de goteiras em casa, como no verão passado."

Eu assinto com a cabeça. "Tá, eu aviso pra ele."

Ela continua falando coisas desse tipo por mais de uma hora, e eu não sei o que fazer, a não ser entrar no jogo. Afinal, como conversar com alguém que provavelmente sofre de demência? É a mesma coisa que acordar um sonâmbulo? A gente pode acordar um sonâmbulo? Não faço a menor ideia. É o tipo de coisa que deveria estar num folheto ou coisa do tipo. Inclusive, já acho que Elaine é uma péssima coordenadora e que as pessoas precisam de treinamento antes de começar um trabalho como esse.

"Jerry", Arlene diz num intervalo. Ela me pediu para mudar de canal cinco vezes em cinco minutos porque nunca lembra o que estava assistindo. "Preciso de um banho. Você me ajuda a entrar na banheira?"

"Hã..."

Não. Tô fora. Meu limite aqui é tirar a roupa de velhinhas. Além disso, Daisy já está meio inquieta, já pulou do colo de Arlene e está farejando o quarto.

"Que tal eu chamar alguém pra ajudar?", proponho.

"Ah, não precisa, Jerry. Só a sua ajuda já basta."

Com um sorriso, Arlene começa a se levantar, mas cai de novo na poltrona, sem conseguir se equilibrar.

"Prontinho", eu digo, ajudando-a a se levantar. Assim que fica em pé, ela gruda no meu braço. "Que tal a gente apertar aquele botão de ajuda e..."

"Arlene, querida, o que você está fazendo?" Um cara grandalhão vestido de branco entra no quarto e tira Arlene dos meus braços. "Ela não estava conseguindo se levantar, então...", aviso ao recém-chegado.

"Jerry vai me dar um banho", Arlene diz, toda contente, caminhando até a cama com a ajuda do cuidador.

"Você tomou banho hoje de manhã", ele lembra, tirando os chinelos dela e ajudando-a a se deitar na cama. "Que tal um cochilo antes do almoço?"

Ele se encarrega de Arlene e, depois que prendo Daisy de volta na guia e saio do quarto, o cuidador me faz um sinal.

"Ela pensou que eu fosse o marido dela", explico.

O cuidador abre um sorriso e sacode a cabeça. "Nada disso, irmão. Essa senhora tem a mente afiadíssima. Ela só está tentando se divertir um pouquinho com o novato, sempre faz isso com os bonitões." Com uma gargalhada, ele me dá um tapa no ombro. "E ela não é a única. Meu conselho pra você é o seguinte: não confie em ninguém."

Casas de repouso são uma zona, pelo jeito.

Quando Elaine finalmente volta depois de me abandonar à própria sorte, demonstra um pouco de solidariedade. *Aqui as coisas são assim mesmo*, parece ser o espírito. Os funcionários pelo jeito já se resignaram com a anarquia total. Os residentes tomaram conta.

Elaine me leva ao quarto de um ex-piloto de helicóptero na Guerra da Coreia chamado Lloyd. Tem fotos dele de capacete e macacão por todo o lado. Quando entramos, ele está na cama resmungando com o jornal, que lê com uma lupa fixada na mesinha de cabeceira.

"Lloyd" ela diz, "este rapaz veio passar um tempo aqui com você, se não se importa."

"Esses malditos jornais não têm mais editores? Encontrei dois erros de ortografia só nessa página. Quando foi que o jornal começou a parecer lição de casa de moleque preguiçoso?" Ele levanta os olhos por tempo suficiente para ver Daisy parada ao meu lado. "Tira essa coisa daqui", ele esbraveja. "Eu sou alérgico."

"Você não tem alergia a cachorros, Lloyd", Elaine diz num tom de voz que sugere que essa não é a primeira discussão que tem com ele. "E a Daisy é uma graça. Com certeza vocês vão se divertir bastante."

Lloyd bufa e volta a se concentrar no jornal, e, com um tapinha nas costas, Elaine me deixa sozinho de novo. É tipo um cumprimento bizarro, que todo mundo que trabalha aqui usa para me avisar que, agora que estou dentro, não posso mais cair fora.

"Ele é inofensivo", ela murmura da porta. "Conversa com ele sobre a Jessie. Lloyd adora falar sobre o bichinho dele."

O "bichinho" é um periquito fêmea de penas amarelas que está numa gaiola perto da janela. Elaine sai e me deixa no quarto minúsculo com um velho rabugento que só me olha feio.

Reparo em outra foto na parede e chego mais perto para ver. "Você conheceu o Buddy Holly?"

"Quê?" Lloyd espreme os olhos para a foto dos dois do lado de fora de uma casa de shows, posando ao lado de um ônibus num beco.

"Sim, eu conheci o Charles. Na época em que as músicas ainda prestavam."

"Vocês eram amigos."

Aparentemente com medo dele, Daisy se deita ao pé da cama.

"Eu era *roadie*. Carregava os equipamentos, esse tipo de coisa." Bufando mais uma vez, Lloyd fecha o jornal com um movimento ruidoso e o deixa de lado. "Ia pegar um trem em Nova York depois de voltar da Coreia quando vi o garoto magrelo, que mal aguentava segurar a guitarra e aquele monte de malas e caixas. E ofereci uma ajuda."

Lloyd parece se animar um pouco, ainda que a contragosto. Ele conta sobre as viagens que fez pelo país com Buddy Holly, Elvis Presley e Johnny Cash. Fugindo da polícia e das fãs enlouquecidas. Sofrendo com pneus furados, assaltos no meio do nada e outros perrengues, numa época em que pegar o celular e ligar para a assistência automotiva não era uma opção. Chegou a carregar amplificadores por mais de quinze quilômetros a pé, até o posto de gasolina mais próximo. No fim, Lloyd tem muito para contar. Basta eu calar a boca e escutar. E, sendo bem sincero, estou curtindo suas histórias muito doidas. Esse cara *viveu* de verdade. As coisas vão bem — pelo menos ele não me pediu para ajudá-lo no banho nem me chamou de Sheila. Então ele me pede para pôr comida e água fresca na gaiola de Jessie. Quando abro a porta, o bichinho sai voando, o que a princípio não deixa Lloyd muito preocupado.

Mas então nos damos conta de que uma cachorra ainda filhote está aqui dentro do quarto, morrendo de tédio.

Como um desastre automobilístico se desenrolando em câmera lenta diante dos meus olhos, Jessie voa até a cômoda. Daisy levanta as orelhas, ergue a cabeça e solta um rosnado bem grave. Assustada, Jessie voa de novo. Daisy dá o bote, capturando a criaturinha em pleno voo, numa explosão de penas amarelas.

Adeus, Jessie.

17

EVAN

EU: *Oi. Só queria saber se você está viva.*

GEN: *Você pergunta isso quase todo dia há duas semanas. Estou viva. Só ocupada com o trabalho.*

EU: *Eu também.*

GEN: *Você sabe que quando um cara manda mensagem à uma da manhã é porque está querendo transar, né?*

EU: *Que calúnia! Eu jamais violaria a sua pureza dessa maneira.*

GEN: *Ã-ham.*

EU: *Pra ser sincero, não estou conseguindo dormir.*

GEN: *Eu também não.*

EU: *Você está bem, fora a parte de andar ocupada e com insônia?*

GEN: *Tudo certo por aqui.*

EU: *Que tal um jantar um dia desses?*

EU: *Só pra colocar a conversa em dia.*

Já faz seis horas que Gen parou de responder. Ajudo Mac a pôr a mesa do café da manhã no deque e, a toda hora, sinto o celular vibrar no bolso, torcendo para que seja ela. Mas não, só estou imaginando. Agora já faz seis horas e quarenta e dois minutos.

"Você pega os guardanapos?", Mac me diz, passando os talheres.

Minha cabeça está longe quando entro para pegar os guardanapos. Pensei que as coisas estivessem evoluindo com Gen. Estamos trocando mensagens esporádicas nas últimas semanas, só um bate-papo casual ou um oi rapidinho. Mas toda vez que eu menciono um encontro, ela para de responder. Não consigo me aproximar minimamente. Ela não topa um café, não quer almoçar — nada. É a pessoa mais irritante que eu já conheci. E, para piorar, ela gosta disso.

"Então, quais são os planos pra hoje?", Cooper pergunta depois que nos sentamos para comer. "Algum órfão pra salvar de um incêndio?"

Mac me passa os ovos mexidos. "Ainda continua no asilo?"

Daisy espicha a cabeça para cima da mesa, implorando por um pedaço de salsicha. Quando vou dar, Mac aponta uma faca para mim.

"Nem pense nisso. Isso faz mal pra ela."

Mac está preocupada comigo enquanto, discretamente, meu irmão joga um pedacinho para a cachorra, e sou obrigado a conter um sorriso.

"Não e não também", respondo ao interrogatório dos dois. "Não tenho mais permissão pra entrar lá desde que a nossa cachorra descontrolada comeu o passarinho de um cara."

"O quê?" Mac larga ruidosamente os talheres sobre o prato. "Como assim?"

"Bom, comeu, na verdade, é um exagero", admito. "Com certeza o bicho estava quase inteiro quando a Daisy o cuspiu pra fora."

Coop solta uma gargalhada, e Mac o encara, assustada.

"Isso foi semana passada?", ela grita. "Por que você não me contou?"

"Contei pro Coop. Esqueci que você não estava junto." Ele rolou de rir quando ouviu a história. Inclusive, pediu para eu não tocar mais no assunto, porque Mac ia surtar. Acho que acabei esquecendo essa parte também.

"E você nem pensou em me contar?", Mac olha feio para o meu irmão.

"Ela é uma cachorra", ele responde, bem-humorado. "Eles são assim mesmo."

"Isso não vai ficar assim, Hartley", ela responde com um tom de voz que deixa claro que ele vai ficar um bom tempo sem boquete.

"Eu arrumei outro trabalho voluntário, aliás", continuo, só para distrair Coop de seu castigo iminente. "Me inscrevi no Projeto Irmão Mais Velho."

Sim, pois é. Entrei no bonde dos Irmãos Mais Velhos. Tentei outros serviços voluntários depois que o lance na casa de repouso não deu certo, e o último foi recolher lixo na praia. Estava tudo bem até eu ser atacado por um sem-teto embaixo do píer. Ele me expulsou, jogando uma garrafa na minha cabeça. Sério mesmo, ninguém me avisou que ser um bom cidadão podia virar um lance perigoso. Enfim, suponho que um garoto precisando de ajuda seja menos traiçoeiro que moradores de rua e velhinhas assanhadas.

"Ah, não", Cooper resmunga. "Você sabe que não dá pra levar o garoto no bar e ficar quatro horas por lá, né?"

"Vai se foder." Só porque ele falou isso, roubo a última panqueca. "Eu vou ser um ótimo exemplo. Vou ensinar as coisas que os adultos nunca falam pras crianças."

"Expor um menor de idade a situações de perigo é crime, Evan." Mac abre um sorriso para mim. "Se a polícia te pega saindo do Pony Stable com um garoto de dez anos, você vai pra cadeia na hora."

"Como sempre, eu agradeço pelo seu apoio, princesa." A desconfiança deles é decepcionante, mas não inesperada. "Ele tem catorze anos, aliás. Já tem idade pra saber como o mundo funciona."

"Oremos", Cooper murmura.

Eu entendo. Eles preferem me deixar na prateleira dos desajustados a acreditar que estou mudando. Acho que não é totalmente injustificado, mas um pouco de confiança e o benefício da dúvida cairiam bem. Quem vê pensa que eu vou matar o garoto. Não deve ser tão difícil, certo? É só mantê-lo alimentado e hidratado e entregá-lo inteiro no fim do dia. Porra. Eu já aluguei um carro antes. É tão diferente assim?

Ele se chama Riley, e é um típico adolescente magricelo de Avalon Bay, com cabelos loiros meio compridos e bronzeado de verão. Imaginei que fosse um pequeno vagabundo como eu era, um moleque com a língua comprida e mais pose do que bom senso, pronto para me mandar à merda. Mas ele é meio tímido. Olha para o chão enquanto andamos pelo calçadão, porque não pensei muito em coisas para fazer que não incluam as bobagens que eu fazia na idade dele.

Sendo bem sincero, foi meio estranho ir buscá-lo na biblioteca pública. Como se fosse retirar um livro, só que, no caso, era um ser humano. Saí de lá com uma pessoa que eu não posso perder nem deixar que se machuque, e, de repente, vislumbro a dimensão da responsabilidade. Não me deram nem um kit de primeiros socorros.

"Então, o que você curte fazer, garoto?"

"Sei lá", ele responde, encolhendo os ombros. "Várias coisas, acho."

"Tipo o quê?"

"Velejar, de vez em quando. Pescar. E, hã, surfar. Mas não sou muito bom nisso. Minha prancha é meio velha, então..."

Ele não facilita o meu trabalho, com a cabeça abaixada, as mãos no bolso e suor começando a escorrer dos cabelos compridos demais. É um dia quente de junho, e o calçadão está fervilhando de turistas. Tudo está quente e grudento. Parecemos um bando de salsichas em um carrinho de cachorro-quente, mergulhados no suor uns dos outros.

"Ei, está com fome?", pergunto, porque está calor demais aqui para passar a tarde toda passeando.

"É, acho que sim."

Cooper tinha razão — por falta de ideia melhor, arrasto Riley para um bar. Bom, não é exatamente um bar. O Big Molly's é uma armadilha cafona para turistas, com bugigangas aleatórias penduradas nas paredes e música ao vivo no fim de semana. As garçonetes circulam pelo salão em trajes sumários. E o garoto logo percebe isso. Fica todo animadinho quando dá uma olhada na *hostess* de top e minissaia.

"Oi, você", ela diz para me cumprimentar. "Quanto tempo."

Abro um sorriso para ela. "Você tem uma mesa pra dois?"

Stella se inclina sobre o balcão, apertando os peitos.

"Quem é o seu amigo?" Ela dá uma piscadinha para ele, o que já seria mais do que suficiente para me deixar de pau duro nessa idade. Não é certo torturar o garoto desse jeito. "Ele é tão bonitinho."

"Riley, essa é a Stella."

"Oi, gracinha", ela diz, porque ele não consegue responder. "Vamos lá, vou arrumar uma mesa pra vocês."

"Já veio aqui antes?", pergunto, enquanto nos acomodamos em uma mesa alta. No palco, uma banda toca *covers* de músicas dos anos 1990. No balcão, universitários e caras de meia-idade que deram um jeito de escapar enquanto as esposas fazem compras ocupam os banquinhos de madeira.

Riley faz que não com a cabeça. "Minha tia detesta esse tipo de lugar."

"Então, qual é a sua história?" Ninguém que tem a vida nos eixos se inscreve num projeto como esse. "Quer dizer, se você quiser falar sobre isso."

Ele encolhe os ombros de novo. "Eu moro com a irmã da minha mãe. Ela é enfermeira de pronto-socorro, então trabalha muito. Minha mãe morreu quando eu era pequeno. De câncer."

"E o seu pai?"

Ele olha o cardápio, mas sem ler, só cutucando a ponta da folha laminada com a unha. "Foi preso uns seis anos atrás. Ficou em liberdade condicional por um tempo, mas sumiu. Acho que foi preso de novo. A minha tia não gosta de falar dele, então não me conta as coisas direito. Ela acha que isso me deixa chateado."

"E deixa?"

"Sei lá. Acho que às vezes."

Estou começando a entender por que me escolheram para esse garoto. "O meu pai morreu quando eu era bem novo também."

Riley olha para mim.

"Acidente de carro, dirigindo bêbado", acrescento. "Minha mãe também deu no pé depois disso."

"Você teve que ir morar em outro lugar? Tipo, um abrigo ou com um parente?"

"Meu tio cuidou de mim e do meu irmão", explico, e só agora paro para pensar no que poderia ter acontecido com a gente se não fosse o Levi. É curioso como a vida corre por uns trilhos que estão sempre à beira do abismo. É bem fácil cair. "Você gosta da sua tia? Se dá bem com ela?"

Um leve sorriso alivia a seriedade do seu rosto. "Ela é legal. Mas meio que exagera às vezes. Ela se preocupa demais comigo." Ele suspira baixinho. "Acha que eu estou deprimido."

"E está?"

"Hã, acho que não, né? Quer dizer, eu não tenho muitos amigos. Não gosto de ficar no meio de muita gente. Eu só sou... sei lá, quieto."

Eu entendo. Às vezes acontecem certas coisas com as pessoas quando são mais novas, e elas aprendem a ficar na delas. Principalmente quando não sabem como explicar o que sentem e o que pensam. Nem sempre é sinal de problema ou sintoma de depressão. Ser adolescente já é bem difícil, mesmo para quem não passa por coisas desse tipo.

"Não tem nada de errado com isso", digo para Riley.

"Oi, meninos." Nossa garçonete põe uma cesta com bolinhos fritos e molho na mesa, junto com dois copos de água. "Tudo bem com vocês?" Ela é morena e me cumprimenta com um sorriso malicioso e as sobrancelhas levantadas, esperando uma prova de que me lembro dela.

Qual é. Algum crédito eu ainda mereço. "Oi, Rox. Como você está?"

Ela sorri, satisfeita. "Mais um verão pela frente."

"Nem me fale."

Ela dá uma olhada no garoto.

"Esse cara está sendo inconveniente com você, querido?"

"Não", ele responde, sorrindo como se nunca tivesse visto um par de peitos siliconados antes. "Tá tudo bem."

"Legal. O que vocês vão querer?"

Riley pega o cardápio de novo e começa a inspecionar às pressas a frente e o verso, se dando conta de que não tinha lido até então.

"Tem algum pescado fresco?", pergunto.

"A garoupa está boa. Eu pediria ao estilo Cajun."

Olho para Riley. "Você gosta de garoupa?" Percebo que deve ser meio desconfortável para ele pedir alguma coisa às custas de um cara que acabou de conhecer. Eu ficaria bem sem graça.

"Gosto", ele diz, visivelmente aliviado.

"Beleza. Então é isso que vamos querer."

Quando Rox termina de tirar o pedido, Riley dá uma boa olhada nela por trás antes de se inclinar para mais perto de mim. "Você conhece ela?"

"Acho que dá pra dizer que sim."

"Oi, Evan." Mais uma garota passa por nós: Cass, uma loira baixinha com um top que passou por uma boa tesourada acena para nossa mesa.

"Você conhece um monte de garotas daqui", Riley comenta.

Eu seguro o riso ao notar o quanto ele me lembra a Mackenzie neste momento. Toda vez que saímos e uma garota me cumprimenta, ela revira os olhos. Como se a gente não tivesse se conhecido quando ela ajudava a amiga dela a me encontrar para uma transa casual.

“A cidade é pequena.”

“Então você, tipo, dormiu com todas elas?”

Eita, essa é uma pergunta mais direta do que eu imaginei que ele fosse capaz de fazer. “Com algumas mais do que outras, sim.”

Nesse momento eu percebo que seus olhos vagam pelo salão para evitar contato visual. Ele está de olho nas turistas adolescentes, meninas entediadas que ficam mexendo no celular enquanto os pais se entopem de nachos e margaritas de dois dólares. De repente, fico com medo que o garoto me peça para comprar camisinha. Não que eu fosse me recusar, mas não quero ser chutado de outro trabalho voluntário porque ele contou para a tia que eu o ajudei a encontrar uma menina para transar.

“E você?”, pergunto. “Tem namorada?”

Ele faz que não com a cabeça. “As garotas me acham esquisito. Não sei falar com elas.”

“Você não é esquisito”, garanto a ele. É um garoto tímido, verdade, mas não tem uma vibe ruim, nada assim. Ele só precisa ter mais confiança. “As garotas são complicadas às vezes. Você só precisa aprender a ler os sinais.”

“Sinais?”

“Pra saber quando uma garota gostou de você e quer que você vá falar com ela.”

“Tipo o quê?”

“Vamos ver...” Eu olho pelo salão e vejo uma ruiva bem gata de uns vinte e poucos anos. Está com as amigas, bebendo uma taça enorme de alguma coisa azul com quatro canudos. “Quando vocês reparam um no outro e ela sorri pra você, isso significa que ela te achou interessante.”

Riley acompanha o meu olhar, estreitando ligeiramente os olhos.

Em menos de dois segundos, a ruiva repara em mim. Um sorriso malicioso aparece em seus lábios cheios. Eu retribuo o gesto com um meio-sorriso.

“E depois?” Riley está mais do que interessado agora.

“Você vai lá se apresentar. Pega o telefone dela.”

“Mas como?”, ele insiste, enfiando os bolinhos na boca sem nem se dar conta. “O que você fala pra elas?”

Eu? Quase nada, na verdade. Mas não posso falar para ele pagar uma bebida para ela ou perguntar se quer dar uma volta de moto. Depois que comecei a dirigir, só o que precisava perguntar era se os pais da garota estavam em casa. Mas isso não vem ao caso aqui. Riley é do tipo sensível, eu acho. Precisa de uma abordagem diferente.

"Certo", digo para ele. "Então, se ela estiver sozinha — porque você não vai querer chegar numa garota na frente da família, não tem nada que estrague mais o clima do que um pai... Enfim, se ela estiver sozinha, você vai lá e fala oi."

"Um oi? Só isso? Mas e depois?"

"Pergunta pra ela se..." Eu penso melhor a respeito. Não quero que o garoto pareça um idiota. Se ele acabar com o coração partido por seguir os meus conselhos, que tipo de Irmão Mais Velho eu sou? "Bom, seguinte: você vê uma garota que te interessa, e ela sorri pra você. Aí você vai dar um oi, se apresenta e pergunta, sei lá, o que ela curte fazer na praia. E depois qual é o dia da semana favorito dela. E a hora do dia que mais gosta. E, quando tiver essas respostas, você pega o celular e diz que marcou no calendário que, nesse dia e nessa hora, vai levar ela pra um passeio na praia."

Riley me olha com uma careta de ceticismo. "Parece meio batido."

"Pô. Então tá. Agora sou detonado até por moleques de catorze anos."

Ele dá risada.

"Escuta só. As garotas curtem caras confiantes. Elas querem que você mostre que tem iniciativa. Que você tem a manha."

Ele balança a cabeça, enfiando o canudo no copo. "Acho que não consigo fazer isso."

Penso mais um pouco. Não deve ser tão difícil pegar uma adolescente hoje em dia, né? "Certo, então faz assim... Tá vendo alguma garota que te interesse aqui?"

Riley hesita, olhando o salão. Do outro lado do balcão do bar, o restaurante está cheio de gente almoçando. Por fim, ele se concentra numa menina morena acompanhada da família; ela tem duas irmãs que parecem ser mais velhas. Enquanto as garotas conversam, a mãe pega a bolsa e vai em direção ao banheiro.

"Vai rápido, antes que a mãe dela volte. É só ir lá e dizer pras irmãs dela: 'Oi, eu sou o Riley e não sou muito bom nesse tipo de coisa, mas queria muito chamar a sua irmã pra sair e achei que vocês podiam me ajudar nessa'."

"Não sei, não", ele diz, me olhando nervoso. "E se elas rirem de mim? Ou me acharem esquisito?"

"Não vão, não. Confia em mim, elas vão achar bonitinho. É só você sorrir e agir naturalmente. Você é um cara boa-pinta, Riley. Tem esse jeito de menino bonzinho que as garotas adoram. Só precisa ter um pouco de confiança em você mesmo."

Por um momento, chego a achar que ele vai amarelar, porque continua grudado na cadeira. Então, respirando fundo, Riley cria coragem e se levanta da mesa. Depois de dois passos, dá meia-volta. "Espera, e o que eu faço se ela topar?"

Eu me seguro para não rir. "Pega o telefone dela e diz que você vai ligar hoje à noite."

Ele assente com a cabeça e vai.

Rox aparece com a comida no exato momento em que ele chega à mesa delas, e observamos juntos enquanto ele aborda as irmãs, todo nervoso. As garotas parecem hesitantes, meio na defensiva no começo, mas quando Riley começa a falar mais um pouco a expressão delas se atenua. Elas sorriem e olham para a irmã, se divertindo com a situação. Toda vermelha, a menina responde alguma coisa, e Riley fica nitidamente menos ansioso. Ele afasta o cabelo do rosto e entrega o celular para a garota. Eles conversam mais um pouco, ele volta e joga o telefone sobre a mesa, fazendo a maior pose.

"E aí?", pergunto.

"Vamos jogar minigolfe amanhã."

Eu estendo a mão para ele bater. "Aê, garoto!"

Rox abre um sorrisão e parece até estar segurando uma gargalhada. "Toma cuidado com esse daí", ela avisa Riley, apontando com o polegar na minha direção. "Ele vai acabar te arrumando uma encrenca." Com uma piscadinha, Rox vai embora de novo.

Eu sorrio para Riley, com uma estranha sensação de orgulho no peito. "Tá vendo? Eu te falei, moleque. Você tem a manha."

Depois do almoço, passamos um tempo no fliperama. No fim, talvez eu não seja mesmo muito bom nessa coisa de Irmão Mais Velho.

"Certas pessoas", comenta Riley quando saímos. "*Certas pessoas* podem considerar o seu comportamento inadequado."

"Não dá pra ter tudo na vida."

Tudo começou na mesa de *air hockey*. Cinco partidas seguidas em que ele foi completamente humilhado por mim. Na quarta, pareceu que poderia virar o jogo, abrindo uma boa vantagem, mas ficou se achando muito e eu acabei virando.

"Só estou dizendo."

"Pra mim parece mais choradeira de perdedor."

"Só estou dizendo que não dá pra você visitar uma criança com câncer no hospital e sair comemorando quando ganha dela no Mario Kart."

Depois, jogamos Skee-Ball. Não sei se é por causa dos braços fraquinhos ou dos ombros estreitos, mas acabei com ele nesse jogo também. Se Riley tivesse dinheiro, eu podia ter apostado.

"Quem disse que não? O que elas têm pra fazer o dia todo fora melhorar no video game? Eu tenho um trabalho e responsabilidades."

"Que sem-noção."

Eu quase me senti mal por ele. Até pensei em pegar mais leve. Mas ele começou a esbravejar e me desafiou para um jogo de tiro do Jurassic Park. Aí já era uma questão educativa mesmo — alguém precisava ensinar boas maneiras àquele garoto.

"Você sabe que precisa ser um bom exemplo pra mim, né?"

"Eu te dei lições importantes. Aprender a engolir sapo é a primeira lição da vida adulta."

"Você é péssimo nisso", ele retruca, revirando os olhos.

"De nada."

Estamos voltando para o lugar onde estacionei meu jipe no calçadão quando um rosto conhecido aparece na minha linha de visão. Ela está saindo da casa de sucos um pouco à nossa frente e olha para trás bem nessa hora, como se tivesse pressentido a minha presença. Eu sempre fico impressionado com a beleza da pele dela sob o sol da tarde.

"Anda me seguindo agora?" Os óculos escuros escondem sua expressão, mas percebo pela voz que ela não está tão decepcionada assim por me ver. Então ela percebe que Riley está comigo. "Ah, nossa. Esse cara está te incomodando?"

"Por que todo mundo pergunta isso pra ele?", eu resmungo. "Por acaso tenho cara de quem anda por aí numa van sem janela?"

"Eu sou o Riley", o garoto diz com um sorriso tímido.

"Genevieve, mas pode me chamar de Gen." Ela acena com a cabeça na direção para onde vamos, chamando a gente para ir com ela.

Quando começamos a andar com a minha ex-namorada maravilhosa, é como se uma chavinha virasse para Riley. O comportamento dele muda quando começa a falar com ela. "O que você curte fazer na praia, Gen?"

Ela me olha com uma cara de interrogação antes de responder: "Hã, acho que gosto de tomar sol e ler um livro".

"Qual é o seu dia favorito da semana?"

"Hã... domingo, talvez." Gen passa a língua nos lábios, mais desconfiada à medida que o interrogatório prossegue.

"E a hora do dia que você mais gosta?"

Eu estou aqui, vendo tudo acontecer, mas não consigo acreditar. É surreal.

"O nascer do sol. Quando ainda está tudo tranquilo." Claramente se divertindo com a situação, Gen fica olhando para Riley quando ele tira o celular do bolso e digita alguma coisa. "O que você tá escrevendo?"

"Pronto", ele diz, todo convencido. "Pus um lembrete pra te buscar nesse domingo pra passear comigo na praia assim que amanhecer."

"Uau." Ela olha para mim com as sobrancelhas levantadas, por cima dos óculos. "Tem dedo seu nisso aqui, né?"

"Eles crescem tão rápido..."

Mais uma vez, estou praticamente explodindo de orgulho. Não sei se Riley aprende rápido ou se eu sou um professor excepcional, mas, de qualquer jeito, dá para dizer que ele superou o problema de autoconfiança. Ainda que o superpoder do decote espetacular da Gen também deva ter ajudado. O garoto está olhando tanto que vou ter que levá-lo para casa com um olho roxo.

"Eu posso parecer bem novo", ele diz. "Mas garanto que sou bem maduro pra minha idade."

“Ah, meu Deus.” Gen passa a mão de leve no rosto dele. “Onde foi que você achou esse menino, Evan?”

“Sou o Irmão Mais Velho dele.”

Ela dá uma risadinha incrédula. “Não, sério. Ele é irmão da Mackenzie ou alguma coisa assim, né?”

“Não, é verdade. Tô contribuindo com a comunidade.”

“Ha.”

Não sei direito o que entender dessa resposta, mas pelo menos ela não me enxotou de novo.

Quando chegamos ao hotel, Gen observa a nova placa verde e branca com o nome do Beacon escrito em letras elegantes. Dando um gole em sua vitamina, ela olha bem para o prédio. Não tem mais muita coisa a ser feita do lado de fora. A fachada está restaurada e pintada. A maioria do trabalho agora é na parte interna. Decoração, instalação de espelhos, interruptores, torneiras, essas coisas. Mac não para de implicar com cada detalhe microscópico.

“Eu sempre adorei esse lugar”, Gen comenta para ninguém em particular.

“Já está aberto?”, Riley pergunta, curioso.

Faço que não com a cabeça. “Logo mais. Daqui a uns dois meses, acho.”

“A antiga dona ia lá na marmoraria às vezes”, Gen lembra, com um toque de nostalgia na voz. “Ela contratava o meu pai pra fazer o paisagismo todo ano. E parecia toda glamorosa, mesmo num lugar como aquele. Andava em meio à poeira de pedra cortada e cascalho e continuava impecável. Eu dizia pros meus pais que ia trabalhar aqui algum dia.”

“A Mac já está contratando”, aviso.

Gen vira a cabeça na minha direção. “Sério?”

“Sério. O Cooper está enchendo o saco pra ela selecionar logo algumas pessoas ou não vai conseguir inaugurar a tempo.” Apesar de não ver seus olhos, dá para perceber o tamanho do interesse dela pela forma como contorce os lábios. “Eu posso recomendar você, se estiver interessada.”

Ela hesita um instante, mas em seguida acena lentamente com a cabeça. “Certo. Estou interessada, sim. E agradeceria muito. Se não for pedir demais.”

"Não esquenta." Porra, estou feliz por ela me deixar fazer isso, em vez de começar um sermão sobre se virar sozinha e me mandar parar de me intrometer. "Tá feito." Percebo então que está na hora de levar Riley de volta para a biblioteca. Me avisaram pelo menos quatro vezes que atrasos são malvistos. "Olha só, a gente precisa ir, mas vou falar com a Mac e depois te conto. Beleza?"

"Beleza. Obrigada."

Ela se despede de Riley, e nós trocamos um abraço constrangido, que mesmo assim faz meu coração disparar, como se eu não encostasse numa mulher há meses. Alguma coisa no cheiro dela, de protetor solar e xampu floral, me deixa zonzo. Não consigo nem andar direito. E continuo tonto mesmo quando seguimos para lados opostos.

Riley e eu não andamos nem cinco metros quando alguma coisa me faz deter o passo. Uma sensação incômoda de que esqueci alguma coisa. Essa foi a conversa mais longa que tive com a Gen em semanas, e estou deixando que ela vá embora assim tão fácil? Onde eu estou com a cabeça?

"Espera aqui só um minuto", digo para Riley. Em seguida, saio correndo atrás de Genevieve. "Ei, Fred. Espera."

Ela se vira para mim. "O que foi?"

Respiro fundo. "Sem brincadeira, eu levei a sério o que você falou. Estou dando um jeito na minha vida."

Ela franze a testa. "Então foi daí que veio a coisa do Irmão Mais Velho?"

"Mais ou menos. Eu mudei", digo com sinceridade. "E posso provar pra você."

"Como?"

"Eu vou te cortejar."

Gen segura uma gargalhada e olha para o lado. "Evan."

"É sério. Vou te cortejar. Como um cavalheiro e tal."

"Essa é a sua nova ideia criativa pra tentar me levar pra cama?"

Como não ouvi um não logo de cara, considero isso um bom sinal. "Se a gente for fazer isso, sexo está fora de cogitação. Eu vou provar pra você que mudei. Vou ser um galanteador à moda antiga."

"Um galanteador", ela repete.

"Isso mesmo", confirmo.

Ela contorce os lábios enquanto olha bem para mim, pensando na minha oferta. A cada segundo de silêncio que se passa, tenho mais certeza de que a ideia está agradando. Ela quer um motivo para dizer sim. Eu conheço a Gen. Ou melhor, conheço *nós dois*. Não existe um mundo em que ela consiga ficar longe de mim. Assim como eu não aguento manter distância dela. A grande verdade é que nós nunca fomos capazes de resistir um ao outro, nunca conseguimos interromper essa conexão entre nós. E, como não consigo mentir para ela, Gen sabe que estou sendo sincero.

"É bom saber que você não é o meu único pretendente", ela diz.

Eu estreito os olhos. "Tá falando daquele mané policial?"

Ela faz uma careta para mim. "Harrison me chamou pra sair de novo, e eu aceitei. Você tem um concorrente."

Nós temos definições bem diferentes de concorrência, mas enfim, que seja. Se ela precisa de alguém para me fazer ciúme, mesmo que seja um castigo para dar uma apimentada nas coisas, tudo bem. Isso só vai fazer minha vitória ser ainda mais satisfatória. Porque esse cara já foi nocauteado. Só não beijou a lona ainda.

Dou um sorriso torto e presunçoso que sei que a deixa maluca. "Vamos nessa, então."

18

GENEVIEVE

Ainda não sei direito como aconteceu. Uns meses atrás, eu tinha certeza de que a minha volta para Avalon Bay seria temporária. Acreditava que as coisas se resolveriam com o meu pai, a casa, os negócios — ele ia encontrar alguém para me substituir, e todo mundo ia superar a morte da minha mãe. Agora parece que, a cada dia que passa, eu cravo mais e mais os pés aqui. Apesar do meu esforço, tenho um instinto que me mantém enraizada em casa, e Charleston vai aos poucos parecendo mais e mais distante.

Acordo com um leve aroma de café e os sons abafados de Billy e Craig discutindo alguma coisa lá embaixo. Tem um chuveiro aberto no banheiro do corredor, e escuto Jay cantando o que parece ser uma música da Katy Perry.

Eu me viro na cama e tento reconhecer a letra. Ah, certeza que é Katy Perry. Faço uma nota mental para zoar com ele mais tarde. Jay dormiu aqui porque Kellan o botou para fora do apartamento para ficar com uma garota. Nem imagino onde Shane possa ter dormido. O cara é um desastre ambulante.

Não vou mentir. É bom estar em casa.

Na mesinha de cabeceira, meu telefone vibra com uma mensagem.

EVAN: *Bom dia, Fred.*

Gostaria muito de poder dizer que o Evan não importa quando falo dessa forte ligação que me prende à cidade. Mas, desde que concordei em dar uma nova chance a ele, alguns dias atrás, minha sensação é de puro alívio. Estou mais leve, sem o fardo de ter que evitá-lo. Eu não imaginava que ficar longe dele custaria tanto.

EU: *Dia.*

EVAN: *Boa sorte.*

O telefone toca antes que eu tente entender o que ele quis dizer. Franzindo a testa, passo o dedo na tela para atender. "Alô?"

"Genevieve? Oi. Aqui é a Mackenzie Cabot. Namorada do Cooper."

Ligo na hora o modo atenção integral. "Ah, oi. Tudo bem?"

"Evan me falou que você tem interesse em trabalhar no hotel. Ele me contou um pouco da sua experiência, mas achei melhor marcar uma entrevista e conversar com você pessoalmente. Você gostaria de vir até aqui pra conversar sobre o cargo de gerente? Pra ver se te interessa mesmo."

A empolgação acelera minha pulsação. "Sim, claro."

"Ótimo. Se você não estiver ocupada, hoje eu estou com tempo."

"Vejo você em meia hora, pode ser?"

Quando desligamos, saio correndo para o chuveiro e desisto de secar o cabelo, fazendo um coque bem preso em vez disso. Vou para o meu quarto, escolho uma roupa legal que não amassou ao ser desempacotada e começo a fuçar nas caixas debaixo da cama em busca de sapatos. Nem passo muita maquiagem, só batom e máscara nos cílios. Eu sempre faço isso. Em vez de pensar em quanto tempo vou precisar de fato, prometo demais e saio correndo para tentar cumprir o prazo absurdo que eu mesma defini.

De alguma forma, saio a tempo de fazer o curto trajeto até a casa dos Hartley e chegar na hora certa. Repasso mentalmente os poucos detalhes que Mackenzie passou por telefone e toda vez empaco na palavra "gerente". Sinceramente, nem pensei em um cargo quando Evan falou que conversaria com Mackenzie. Alguma coisa que envolvesse supervisão, claro. De operações, talvez. Mas gerenciar um hotel inteiro — eventos, restaurantes, bufê, spa — é uma coisa bem mais complexa do que estou acostumada.

Por outro lado, nunca tive medo de dar passos ousados. Pensar pequeno é derrotista. Se quero mudar minha vida, é melhor começar logo com as coisas grandes.

Dois minutos antes do horário marcado, toco a campainha.

Uma garota alta e linda, de cabelos escuros e sedosos e olhos verdes bem grandes abre a porta da frente. Eu me lembro de tê-la visto de longe na noite da fogueira, quando Evan brigou com aquele cara, mas não fomos apresentadas.

"Que bom conhecer você oficialmente", Mackenzie diz ao me deixar entrar. Ela está de camiseta listrada e short cáqui. O look supercasual dela me faz pensar que me arrumei demais, com essa calça de linho azul marinho e uma camisa branca com as mangas dobradas.

"O prazer é meu", respondo.

Ela me leva até o deque dos fundos, onde pôs a mesa com dois copos e uma jarra de água com limão.

"Os meninos deram uma boa arrumada aqui", comento quando nos sentamos. Na breve passada ali por dentro, vi que o piso era novo e que o papel de parede descascado tinha sido removido. Aqui fora, o revestimento foi trocado e pintado.

"Eles estão trabalhando nisso há meses. Parece que eu acordo toda manhã com barulho de lixa ou serra, e aí eu vou pro trabalho e é a mesma barulheira", ela comenta com um sorriso exausto. "Juro por Deus que, quando isso acabar, quero passar duas semanas isolada de tudo." Ela serve dois copos de água antes de se recostar na cadeira. Uma brisa leve sopra no deque, balançando o sino dos ventos pendurado no telhado.

"Eu sei como é", comento.

"Ah, é mesmo. A reforma na casa do seu pai. Deve estar um caos por lá também."

"Eu trabalho quase o dia todo, então não é tão ruim. Quando chego em casa, não largo meu fone com cancelamento de ruído."

"Espero que não tenha precisado faltar no trabalho pra vir aqui", ela diz, e me pergunto se ela acha que mandei meu emprego para o espaço em troca de uma simples entrevista.

"Não", garanto a ela. "Meu pai me deu a manhã de folga, então só entro ao meio-dia."

Agora que já jogamos um pouco de conversa fora, sei que preciso causar uma boa impressão. Evan abriu as portas, mas ninguém reforma um hotel destruído para depois entregar tudo na mão de uma garota local sem nenhum juízo. Então, ela está prestes a receber uma boa dose de profissionalismo.

"Então, me conta um pouco sobre você", Mackenzie pede.

Eu entrego meu currículo, que assumidamente não inclui experiência em hotéis. "Bom, eu trabalho desde os onze anos. Comecei com limpeza e reposição de mercadorias na loja de materiais de construção do meu pai. Fiz alguns trabalhos de verão como hostess, garçonete, bartender e até integrei a tripulação de um iate. Na marmoraria, também fiz atendimento a clientes."

Conto sobre Charleston e dou uma valorizada no título do meu cargo. Afinal, assistente administrativa que também atuava como secretária e única pessoa agindo como adulta é basicamente a gerente do escritório, não? Pôr um bando de corretores de imóveis com egos gigantescos e déficit de atenção na linha com certeza me qualifica a dizer que sim.

"Agora sou gerente administrativa da marmoraria. Cuido das contas a pagar e receber, da folha de pagamento dos funcionários, das encomendas, das entregas. Nada entra ou sai de lá sem que eu fique sabendo. E cuido para que os clientes sejam bem atendidos também, claro."

"Eu sei que você assumiu várias responsabilidades desde a morte da sua mãe", Mackenzie comenta, deixando meu currículo sobre a mesa depois de ler com atenção. "Sinto muito pela sua perda."

"Obrigada."

Ainda me sinto constrangida quando alguém menciona a minha mãe. Posso dizer que já superei; basicamente logo depois que aconteceu. Mas, sempre que alguém comenta sobre o assunto, relembro o funeral e aqueles primeiros dias de confusão.

"Foi bastante coisa pra aprender, mas peguei o jeito", respondo. "Eu aprendo rápido. E acho que já está na hora de passar as rédeas a outra pessoa e sair da marmoraria."

Se dependesse do meu pai, eu ficaria lá para sempre. Apesar do nosso acordo, a única forma de fazê-lo cumprir o que prometeu é definir um prazo. Posso ensinar outra pessoa a gerenciar a marmoraria sem problemas; ele só precisa da motivação para selecionar alguém antes disso.

"Eu entendo como é cair de paraquedas em um negócio. Quer dizer, de quem foi essa ideia de ser dona de hotel, gente?" O jeito envergonhado de falar e o sorriso autodepreciativo dela me desarmam. Mackenzie não se leva a sério demais, então é fácil conversar com ela como uma pessoa de verdade, não um clone que resolveu esbanjar dinheiro por aqui. "Eu bati o olho naquele lugar e me apaixonei, sabe? Ele mexeu comigo. E, quando decidi, ninguém conseguiu me fazer voltar atrás."

"Eu também senti isso quando entrei lá pela primeira vez, quando era criança", admito. "Não sei nem como explicar..." Penso um pouco e paro de falar. Ainda vejo os antigos detalhes em bronze e as palmeiras sombreando a área da piscina. "É um lugar especial. Alguns prédios têm personalidade, estilo próprio. Sei que você viu as fotos, mas queria que você tivesse conhecido o Beacon antes de fechar. Era uma cápsula do tempo — completamente único. Tenho ótimas lembranças de lá."

"Sim, a antiga dona me disse quando fechamos a venda. O único pedido dela foi manter o estilo e a atmosfera original o máximo possível. Essa personalidade que você comentou. Basicamente, ela me fez prometer que não ia descaracterizar um pedaço da história da cidade." Mackenzie abre um sorriso. "Espero ter conseguido manter a promessa. Olha, eu tentei. Cooper teve que se desdobrar para encontrar gente especializada em restauração e deixar cada detalhe o mais próximo possível do original."

"Eu estou muito ansiosa pra ver."

"Pra mim, manter essa autenticidade também depende de encontrar gente que conheça e entenda de verdade o que estamos tentando recriar. Gente que se importa com essa história tanto quanto eu, sabe? Enfim, gente que tenha uma ligação com o lugar para criar o clima de hospitalidade."

Ela fica em silêncio, deixando sua fala no ar enquanto toma água.

Por fim, complementa: "Tenho outras entrevistas marcadas pra outra semana, mas saiba que você está tranquilamente entre as principais candidatas".

"Sério mesmo?" Não era a minha intenção dizer isso em voz alta, e reviro os olhos para mim mesma com um sorriso tímido. "Quer dizer, obrigada. Fico muito grata pela oportunidade."

Por algum motivo, sempre fico surpresa quando alguém me leva a sério, principalmente em questões que envolvem confiança e responsabilidade. Por mais que eu me vista com seriedade e mantenha uma boa postura, ainda sinto que todo mundo consegue ver o que existe por trás disso: a adolescente problemática que andava bêbada por aí na garupa de uma moto.

O nervosismo faz minhas mãos suarem. Se eu conseguir esse emprego, não existe margem para erros. Nada de passar a noite pelada na praia e chegar atrasada no dia seguinte. Se o meu histórico serve de indicação, eu sou uma granada sem pino. É só uma questão de tempo até explodir. Então, para conseguir esse trabalho — e me *manter* nele — preciso me transformar de vez nessa autoproclamada boa garota.

Quando estou prestes a ir embora, uma Golden Retriever vem correndo pelo deque, com um jeitinho desengonçado de filhote, que ainda não controla completamente os movimentos. Ela me cutuca com o focinho e apoia a cabeça no meu colo.

"Ai, nossa. Que gracinha! Como ela se chama?"

"Daisy."

Faço um carinho atrás das orelhas de Daisy, que solta um chorinho de felicidade, fechando os olhinhos castanhos. "Ela é um amor."

"Quer ficar mais um pouco? Está na hora do passeio dela. Podemos andar um pouco na praia."

Fico hesitante. Não porque Mackenzie não seja uma pessoa legal, mas porque a entrevista correu muito bem e, quanto mais tempo eu ficar por aqui, maior a chance de estragar tudo. Para quem não me conhece direito, prefiro oferecer apenas pequenas doses de mim mesma. Se é para eu ficar com esse emprego, prefiro estar com o contrato de trabalho assinado antes que a minha chefe descubra o desastre que eu sou.

"Não se preocupe", ela diz, notando a minha ansiedade. "A parte do trabalho já foi. Pode considerar como um tempo em família."

Mackenzie dá uma piscadinha, e eu entendo o que ela quer dizer. Essa oportunidade de trabalho não é a única coisa em comum entre nós.

"Claro", eu respondo, e depois de alguns minutos já estamos de óculos escuros, seguindo Daisy, que corre de um lado para o outro na praia, escavando a areia atrás de caranguejos e perseguindo ondas.

Não demora muito para "o assunto" vir à tona.

"Você e o Evan ficaram juntos um tempão, né?", Mackenzie comenta. "Parece uma história bem complicada."

"Não", eu respondo, aos risos, "não é assim tão complicada. Dois adolescentes fazendo o que desse na telha enquanto a cidade pegava fogo. Um roteiro bem simples, na verdade."

Com um sorriso, ela pega um graveto e joga para Daisy. "Nem parece tão ruim, pra ser honesta."

"Ah, não era mesmo. Principalmente quando a gente estava bêbado, chapado ou pelado, ou uma combinação das três coisas ao mesmo tempo. Era incrível, até. Pelo menos até o efeito dessa loucura toda passar. Aí eu olhei pra trás, vi o estrago que causei e concluí que não queria conviver com as consequências disso."

"E foi por isso que você se mudou?"

"Basicamente."

"Evan falou bastante de você durante esse tempo."

Sei que não foi a intenção dela, mas parece que o tempo todo ficam me jogando na cara que Evan foi uma das consequências. Que, para dar um jeito em mim, eu precisei fazê-lo sofrer. Talvez minha decisão de deixar a cidade tenha sido impulsiva — e covarde, em certo sentido —, mas, olhando para trás, ainda acho que fiz a coisa certa.

"Eu falei o que não devia, né?", Mackenzie diz, detendo o passo. "Desculpa. Eu só quis dizer que ele sentiu sua falta."

"Tudo bem. Quem me colocou nessa situação fui eu mesma."

"Mas ele disse que vocês estão tentando se acertar, né?"

Daisy traz o graveto para mim e bate com o focinho na minha mão, até eu pegá-lo e jogá-lo longe. O rabo dela balança furiosamente enquanto corre.

"Ele está me cortejando", digo com um suspiro.

Mackenzie abre um sorrisão. "Caramba. Não me diga que ele te falou isso."

"Falou. Ele está me cortejando. Sendo um galanteador." Não consigo segurar o riso. "Nosso namoro nunca foi muito tradicional, então acho que ele está tentando mudar isso. E eu pensei: ah, que se dane, vamos tentar."

Desde que ele me disse aquilo no calçadão, estou esperando me arrepender, sentir medo da ideia de sairmos juntos, mas nada disso aconteceu. Quando voltei para cá, estava convencida de que precisava manter distância de Evan para me preservar. Mas, quanto mais penso nisso, menos faz sentido direcionar a culpa pelos meus problemas para ele. Não era ele que me fazia beber. Nem me obrigava a cabular aula e invadir prédios abandonados. Eu fazia isso porque queria, e o fato de Evan estar comigo não o torna responsável por nada.

A verdade é que nós somos pessoas diferentes hoje. E, apesar de termos mudado e amadurecido, de alguma forma isso nos aproximou ainda mais. Ele se esforçou. Então parece justo receber uma chance.

"E quando vocês vão sair?", Mackenzie pergunta. "Hoje?"

"No fim de semana que vem. E, antes que você me pergunte, não faço a menor ideia do que ele está planejando", aviso. "Mas estou com medo de que envolva um buquê e uma limusine."

Ela cai na risada. "*Por favor*, tira uma foto pra mim se isso acontecer mesmo."

"Hoje vou encontrar a Alana no Rip Tide. Se você quiser ir", eu ofereço. "A banda de reggae do Jordy vai tocar lá."

"Ah, eu não vou poder." Ela parece sinceramente decepcionada. "Coop e eu marcamos de jantar na casa do tio dele."

"Fica pra próxima. Manda um abraço pro Levi e pro Tim por mim." Fico hesitante por um momento. "E, mais uma vez, obrigada por ter pensado em mim pra esse cargo, Mackenzie."

"Mac", ela corrige. "Estamos envolvidas com irmãos gêmeos, Genevieve. Acho que já podemos nos chamar pelo apelido."

"Certo. Mac, então." Eu sorrio. "E você pode me chamar de Gen."

"Oi, desculpa o atraso." Alana se senta ao meu lado à mesa perto do pequeno palco do Rip Tide. Seus cabelos ruivos caem sobre os ombros, um pouco desarrumados.

"Juro por Deus, se você atrasou porque estava transando com o Tate..."

"Não estava", ela me garante. E em seguida revira os olhos. "E, mesmo se estivesse, você é a última pessoa que poderia me julgar. Sua vida amorosa é uma grande série de decisões ruins."

“Ai, essa doeu.” Eu abro um sorriso. “Mas é verdade.”

Enquanto rimos, Alana chama um garçom e pede uma cerveja. Na sexta à noite, as garrafas saem pela metade do preço no Rip Tide, uma promoção que, não muito tempo atrás, eu faria questão de aproveitar. Mas estou bebendo um *mai tai* sem álcool que está uma delícia, sendo bem sincera. Quem diria que eu ia gostar de coquetéis não alcoólicos?

“Por que a demora?”, ela pergunta, apontando com o queixo para o palco vazio. “Eles não iam tocar às nove?”

“Problemas técnicos.” Uns dez minutos atrás, um dos membros da banda foi até o microfone e fez um anúncio em termos vagos. Mandei uma mensagem para o Jordy, e ele admitiu que o percussionista apareceu de ressaca e está vomitando nos bastidores desde a hora que chegou.

“Problemas técnicos?”, Alana pergunta, já sabendo que não é nada disso.

“Pois é, o Juan tecnicamente está tendo problemas para não botar pra fora todos os Jägerbombs que bebeu ontem à noite.”

Ela dá uma risadinha escandalosa antes de ajeitar os cabelos. “Desculpa eu estar assim. Vim direto do clube. Passei o dia todo trabalhando como caddie no campo de golfe, e o vento estava forte. Eu não tinha um elástico, então o meu cabelo voou pra tudo quanto é lado.

Eu enrugo a testa. “Não sabia que você estava trabalhando no clube de campo de novo. O que aconteceu com o emprego de recepcionista no Avalon Bee?”

“Estou fazendo as duas coisas.” Ela esfrega as têmporas, visivelmente cansada. “Estou juntando dinheiro pra comprar um carro novo, porque o motor da Betsy está ameaçando fundir de vez. Liguei pra minha antiga chefe no Manor, e ela me deu alguns turnos por semana por lá também. Mas acho que vou conseguir coisa melhor — uma mulher lá no clube me chamou pra ser *au pair* pelo resto do verão. Acho que a atual meio que desistiu.”

“*Au pair*? Você sabe que isso é só um termo chique pra babá, né? E você odeia crianças”, lembro, rindo só de imaginar Alana enfiando um monte de pirralhos aos berros em uma minivan. Ela os mataria em dois dias, no máximo.

“Não, eu consigo tolerar crianças. O que *não* aguento é ser caddie desses idiotas metidos a besta. Juro pra você, hoje eram quatro caras, e só o que eles sabiam fazer era se oferecer pra comprar coisas caras pra mim em troca de sexo." Ela dá um risinho de deboche. "Um deles falou que se contentava com uma punhetinha no banheiro, o que foi até fofo perto dos outros."

"Credo." Dou um gole na minha bebida. "Por falar em mudança de rumo na carreira, fiz uma entrevista hoje com a Mackenzie."

"Ah, sério? E como foi?"

"Bem, eu acho. Ela falou que vai entrar em contato depois que entrevistar todos os candidatos."

O garçom traz a cerveja de Alana, que bate a garrafa no meu copo. "Um brinde, gata. Que bom que você voltou pra casa."

"Estou feliz por ter voltado."

"Você conseguiu falar com a Heidi? O telefone dela só caía na caixa quando eu liguei."

Eu solto um suspiro. "Ela está com o meu irmão hoje. Acho que estão vendo um filme na casa dele, com o Kellan segurando vela."

"Que safadinhos."

"Por favor, nunca mais use essa palavra quando falar dos meus irmãos. Por favor."

Alana dá uma risadinha. "Não acredito que ela ainda está com o Jay. Sem ofensas, mas a Heidi costuma chutar caras como ele sem dó."

"Pois é, né? Mas parece estar dando certo. Acho que no fim os opostos se atraem mesmo."

Nós duas fazemos uma careta quando um retorno agudo e ruidoso no microfone se impõe sobre as conversas do bar. Adeus, tímpanos. Virando para o palco, vejo o tecladista ajeitando seu microfone, enquanto Jordy se acomoda num banquinho com a guitarra. O resto da banda sobe no palco, inclusive Juan, bem pálido, se arrastando até a bateria.

Alana cai na risada. "Aposto dez paus que ele vai ficar verde e sair correndo do palco depois de três músicas."

"Eu diria que ele só aguenta duas."

"Apostado."

Nós duas erramos. No meio da primeira música — um belo cover de Bob Marley — o coitado começou a tossir e correu para os bastidores com uma mão na boca. As gargalhadas se espalham pelo bar, com assobios e alguns aplausos.

"Parece que um passarinho caiu do ninho", Mase, o vocalista de voz suave comenta no microfone. "Mas não se preocupem, meus pelicanos, nós vamos continuar a levar nosso som pra vocês sem ele."

Eu mencionei que o nome da banda do Jordy é Three Little Birds? Todo show tem, sem falta, uma quantidade absurda de referências a pássaros e trocadilhos sem graça com aves.

"Oi, meninas", diz Lauren, que se senta ao nosso lado. Ela chega um pouco mais perto para me dar um beijo no rosto. "Nosso almoço na semana que vem ainda está de pé?", ela pergunta.

"Com certeza. Faz séculos que não conversamos direito." Nós conhecemos Ren desde a escola, mas ela virou meio que uma gêmea xifópaga do Wyatt nos últimos anos. É o tipo de garota que desaparece quando está namorando e reaparece quando o relacionamento esfria. Ou termina de vez, como parece ser o caso agora.

Mesmo assim, Ren é gente boa. É muito engraçada, e a gente sempre pode contar com ela.

Por isso fico ligeiramente confusa com a reação de Alana à chegada dela. Depois de um "oi" meio desanimado, ela começa a ler o rótulo da cerveja, como se nunca tivesse parado para pensar quais eram os ingredientes de uma Corona e *precisasse* descobrir isso. Imediatamente.

Mas não demoro a entender o motivo.

"Soube que você está andando bastante com o Wyatt ultimamente", Ren diz para Alana. Seu tom de voz é gelado, mas ela mantém um sorriso no rosto mesmo assim.

"Ah, sim, nós somos amigos", Alana responde. Seu tom também é de frieza pura.

Ren faz uma pausa, pensativa. "Amigos, é?"

"Sim, Ren. Amigos." Alana olha bem para ela. "Então vê se relaxa, tá? Não foi uma amizade que começou do nada depois que vocês terminaram. A gente se conhece desde o jardim de infância."

Ela assente com a cabeça algumas vezes, balançando os cabelos escuros. "Ã-ham. Eu sei que vocês são amigos. Mas não do tipo que dormem na casa um do outro nem ficam deitados juntos na porra da praia vendo estrelas até as duas da manhã."

Ô-ou. Onde a Alana foi se meter?

Agora sou eu que estou fascinada pela minha própria bebida. Meu olhar se volta para o copo como se estivesse vendo cubos de gelo pela primeira vez na vida.

Alana ergue uma sobrancelha. "Você anda espionando a gente, Lauren?"

Ren cerra os dentes. "Não. Mas falei com o Danny ontem, e ele disse que passou pelo calçadão outro dia e viu vocês dois na praia. E, semana passada, a Shari passou na frente da sua casa e viu a picape do Wyatt estacionada lá na frente, tipo, às cinco da manhã. Então..." Ren se interrompe, esperando Alana se explicar.

Mas ela já devia saber que não vai rolar. Alana nunca foi de dar satisfação para ninguém. Então simplesmente olha para Ren como quem pergunta: *terminou?*

No palco, Mase canta uma música sobre um casal transando na praia enquanto as gaivotas gritam no céu.

Apesar de saber que não deveria, entro na conversa. "Qual é, Ren, você sabe que não rola nada entre os dois." Ou será que rola? Sinceramente, não faço a menor ideia do que Alana anda aprontando. Ela garante que não está transando com o Wyatt, mas, sendo quem é, vai saber?

"Eu sei *mesmo*?", Ren retruca, com dúvidas que eu também tenho. "Porque ela não negou nada até agora."

"Porque ela acha que não precisa nem se defender de uma acusação tão absurda, né?", respondo com uma confiança que nem sei se deveria ter. "Ela não está transando com o Wyatt. Eles são amigos. E amigos vão à praia juntos. E às vezes bebem demais e acabam dormindo na casa um do outro. Não tem nada de mais."

"Tá tirando com a minha cara, Gen? Você é a última pessoa que eu esperava que não fosse me apoiar nessa." Ren fica boquiaberta. "Você voava no pescoço de qualquer uma que olhasse pro Evan. Ficou dias sem falar com a Steph depois que ela beijou ele na brincadeira da garrafa."

"Ah, eu era mais nova e mais tonta nessa época", digo com um tom de voz leve.

"É mesmo? Então você não ligaria se uma das suas amigas fosse passear com o Evan na praia de madrugada?", ela me desafia.

"Eu não esquentaria a cabeça", respondo, dando de ombros. "Ele pode ser meu ex, mas não sou a dona dele. O Evan pode ter amigas, e tudo bem se for amigo das minhas amigas."

Um brilho presunçoso se acende nos olhos de Ren. "Ah, é? Então acho que tudo bem se eu chamar ele pra dançar."

Chamar ele para quê? Mas, a essa altura, ela já saiu requebrando da mesa para ir até o...

Evan.

Que acabou de entrar no bar, já escuro, com Tate e seu amigo Chase a tiracolo.

Como sempre, ele sente a minha presença antes mesmo de me ver. Seus ombros ficam tensos, virando a cabeça na minha direção. E então aqueles olhos escuros magnéticos se cravam nos meus, e eu sinto uma mudança no ar. Aquela eletricidade.

Não consigo evitar a onda de calor que invade o meu corpo nem o formigamento no meio das minhas pernas. Evan está delicioso. De calça cargo verde-escura e camiseta branca de banda que se alarga no peitoral. Estreito os olhos na semipenumbra para constatar que é da Three Little Birds. O cabelo jogado para trás, enfatizando seu rosto lindo desenhado com esses traços masculinos. É irritante. Por que ele precisa ser tão gato?

Ren não estava fazendo só uma ameaça gratuita. Seu corpo cheio de curvas se aproxima do meu ex-namorado, rebolando e o puxando pela mão de um jeito provocante. Não dá para ouvir o que ela diz, mas arranca dele um sorriso torto e um aceno de concordância. Evan se deixa levar para a pista.

"Vaca", eu resmungo baixinho.

Alana cai na gargalhada.

"Quieta", eu mando, apontando o dedo para ela. "É por sua causa que ela foi lá tentar provar que estava certa."

E com certeza está conseguindo. Na batida sensual do reggae, ela envolve o pescoço de Evan com os braços e começa a se mexer ao som da música.

Então, Tate e Chase, claramente se divertindo com a cena, vêm até a nossa mesa. Alana fica tensa e acena com a cabeça para Tate, como se fossem desconhecidos — sendo que todo mundo sabe que eles estão dormindo juntos há meses.

"O que tá rolando ali?", ele pergunta, apontando com o queixo para a pista de dança.

"A Ren está se vingando de mim por meio da Gen", Alana explica, virando a cerveja.

"E que sentido tem isso?" Chase parece confuso.

"Não tem", respondo com os dentes cerrados. Meus punhos também estão fechados, porque as mãos de Ren estão bem perto da bunda do Evan. Eu estaria quebrando a minha promessa de ser uma boa menina se fosse lá e a arrastasse pelo cabelo para bem longe dele? Acho que sim, né.

Evan olha para mim por cima dos ombros de Ren, franzindo levemente a testa quando percebe a minha cara. Sim, ele sabe o que estou sentindo. Nunca fui boa em esconder o ciúme.

"Vou pegar uma bebida", diz Tate. Ele cutuca o braço de Alana e aponta para a garrafa vazia. "Quer outra?"

"Não. Mas obrigada." Para minha surpresa, Alana se levanta da cadeira. "A Gen e eu já estamos indo. Vamos encontrar a Steph."

Eu só concordo. Sendo bem sincera, também não acharia ruim ir embora daqui. Antes que acabe fazendo alguma coisa de que me arrependa mais tarde. Preciso praticar todo o meu autocontrole para não arrancar a Ren de cima do Evan e transar com ele na frente de todo mundo para marcar território. E isso me assusta. Ele não é mais meu. Não tenho o direito de ser possessiva, e esse sentimento visceral que ele provoca me deixa desorientada.

"Pois é." Eu levanto e ponho a mão no braço de Chase. "Você fala pro Jordy que a gente precisou sair mais cedo, mas que ele arrasou hoje?"

"Claro", Chase responde, tranquilo.

"Alana..." Tate começa, mas então se interrompe de forma abrupta. Seus olhos azuis parecem faiscar por um momento, antes de assumir uma expressão de desinteresse. "Boa noite pra você."

"Pra você também."

Alana e eu saímos praticamente correndo do bar. Sinto o olhar de Evan abrindo um buraco nas minhas costas enquanto saímos.

"Que tal você me explicar que merda foi essa?", esbravejo quando saímos na brisa quente da noite.

Alana suspira. "Eu não quero que ele pense que estamos juntos, então, de vez em quando, deixo isso bem claro sendo uma escrota."

Eu assinto com a cabeça. "Certo. E o Wyatt? Quer me explicar que merda tá rolando entre vocês?"

Ela fecha a cara. "Eu já falei: nada. Tirando ele achar que gosta de mim."

"Talvez goste mesmo."

"Gosta nada", ela diz, bem séria. "Nós somos amigos desde sempre, e ele não sabe do que está falando."

Em outras palavras: *não me atormenta com isso*. Que é o que resolvo fazer. Não insisto, e ela, por sua vez, não me pressiona para saber o que está acontecendo comigo e com o Evan. Não que eu fosse capaz de explicar, de qualquer forma. O que eu sinto por Evan Hartley sempre foi complexo demais para explicar.

Alana e eu seguimos cada uma o seu caminho. Dez minutos depois, estou estacionando na frente de casa quando meu celular vibra. Pego o aparelho no porta-copos do carro e olho para a tela.

EVAN: *Por que você fugiu?*

Com um suspiro, digito uma resposta rápida.

EU: *A Alana não estava a fim de ficar com o Tate.*

A vontade de escrever mais coça meus dedos. Tento resistir, mas não funciona.

EU: *E eu não estava no clima de ver você se esfregando na Ren.*
EVAN: *Ha! Era ela que estava se esfregando em mim. Sou inocente nessa.*
EU: *Com certeza foi uma tortura pra você.*
EVAN: *Foi mesmo. Sempre que uma garota se esfrega em mim, o coitado do meu pau fica me perguntando por que não é você.*

Sinto meu rosto vermelho. Ele pode não ser o cara mais poético, mas leva jeito com as palavras. E sempre consegue me deixar excitada.

EU: *Pensei que você tivesse tomado jeito. "Nós não vamos transar, blá-blá-blá."*

EVAN: *Eu não falei nada de transar. Só disse que o meu pau sente a sua falta.*

EU: *Você ainda está com a Ren?*

EVAN: *Não, ela caiu fora assim que percebeu que não tinha mais plateia. Estou só com os caras agora.*

Pausa dramática. E depois:

EVAN: *Tudo de pé pro fim de semana?*

É a minha chance de cair fora. De dizer: *Quer saber, eu mudei de ideia sobre essa coisa toda. Vamos tentar ser só amigos.*

Em vez disso, o que eu digito é:

EU: *Sim.*

19

EVAN

Wyatt bate com dois dedos na mesa da cozinha. Cooper também passa nessa rodada. Estou a caminho de uma possível sequência até o valete, mas tenho quase certeza de que Tate está com o rei e não vou pagar para ver. Passo.

"Tate, sua vez, anda logo", Wyatt grita.

"Ele passa", Coop diz, bufando ao espiar as cartas dele de novo, como se tivessem mudado desde a última vez que olhou, vinte segundos antes.

"Sim, aposto o seu par de três que ele passa."

"Então você devia ter aumentado a aposta", Coop fala para Wyatt, irritado. "Vamos ver esse rei logo." Wyatt sacode a cabeça com um sorriso malicioso. Coop é um mau perdedor, já virou piada.

Quando éramos pequenos, ele roubava do banco no Monopoly e dava chilique quando estava perdendo. Depois de muitos escândalos, começamos a provocá-lo só de farra, para ver o circo pegar fogo. Sério mesmo, essa é uma das únicas coisas que mantém o pôquer interessante quando meu irmão está no jogo. Se você joga com os mesmos parceiros muito tempo, o mistério da coisa acaba. E, com irmãos gêmeos, pior ainda. Eu consigo saber quais cartas ele tem na mão. É impossível blefar um com o outro.

"Tate, qual é?", Wyatt grita. "Eu quero pegar logo as suas fichas."

"Já tô indo", ele grita da garagem, onde deixamos o cooler.

"Eu passo", Chase avisa, pulando a vez de Tate.

"E o dealer passa." Nosso velho amigo Luke, que conhecemos desde o tempo do colégio, tira uma carta de cima do baralho e põe sobre a mesa virada para cima. "Dama de paus. Possível sequência do mesmo naipe ou sequência real no board."

"Ah, qual é. Isso não foi legal." Tate aparece com os braços cheios e põe as cervejas no balcão da cozinha. "Eu ia aumentar a aposta."

Coop e eu trocamos um sorriso por cima da mesa. Com certeza ele tem o rei. Nós dois desistimos da rodada.

"É, vão à merda, vocês dois", Tate diz, vendo sua melhor mão da noite não render nada.

"Onde você foi? Pra Milwaukee buscar cerveja?" Wyatt estende o braço, impaciente para pegar uma. "Ou foi fabricar você mesmo?"

"Da próxima vez vai você buscar a porra da sua bebida."

É noite de pôquer aqui em casa, o que acontece mais ou menos uma vez por mês, tempo suficiente para os caras reabastecerem a carteira depois da grana que eu e Coop sempre arrancamos deles. O normal seria eles perceberem que sempre levam a pior. Mas, todo mês, aqui estão eles, nadando contra a corrente e caindo bem na boca do urso.

A rodada termina rápido: Tate fica com algumas poucas fichas, e todo mundo desiste ou só paga a aposta, sem aumentar nada. Um desperdício de uma ótima mão. Quase me sinto mal pelo cara. Quase.

"O barco vai estar pronto amanhã?", Danny pergunta para Luke, enquanto Tate distribui a mão seguinte. Danny é amigo do colégio, um ruivo alto que trabalha com Tate no clube de iate como instrutor de vela.

"Nós colocamos na água hoje de manhã." Luke solta um suspiro. "Aquela coisa tem mais fita isolante do que fibra de vidro a essa altura, mas não vai afundar."

"Que tal você tentar ficar no percurso da regata dessa vez?" Coop olha suas cartas, depois de colocar as fichas para o *small blind*.

O *big blind* cai comigo dessa vez. Espio minhas cartas e vejo que dei sorte, tirei um par de noves. Dá para me virar com isso.

"Deixa eu te perguntar uma coisa", Danny diz, abrindo outra cerveja. "Quando a menina do jet ski precisou rebocar o seu bote velho de volta pra doca, suas bolas entraram pra dentro do corpo ou o seu saco caiu de vez?"

Luke acerta uma tampinha de garrafa na testa dele.

"Pergunta pra sua mãe. Ela caiu de boca aqui ontem à noite."

"Cara." Os ombros de Danny desabam, com uma cara de tristeza. "Isso não se fala. O meu pai está no hospital. Precisou operar uma hérnia de tanto mandar ver na sua irmã na noite passada."

"Opa." Luke faz uma careta e olha horrorizado para Danny. "Você foi longe demais, cara. Puta conversa doente."

"Espera aí, qual é a diferença?"

Eles continuam discutindo, se lembrando de tempos em tempos de cobrir as apostas enquanto Tate vira o *flop* e depois o *turn*. Ninguém percebe que estou montando um *full house*. Dinheiro fácil.

"Eu vou competir amanhã", digo num tom casual, aumentando o pote de novo.

"Pera, como é?" Cooper levanta a sobrancelha. "Na regata?"

Encolho os ombros, enquanto eles cobrem minha aposta para ver o *river*. "É isso. Riley falou que era divertido, e eu inscrevi a gente."

"Riley?", Tate pergunta, sem entender nada.

"O Irmão Mais Novo dele", Chase explica.

"Vocês têm outro irmão?"

"Não, sua anta." Chase sacode a cabeça. "O Irmão Mais Novo, tipo, do projeto beneficente."

"Onde você descolou o barco?", Tate pergunta, abrindo a quinta carta. E aí está o meu *flush*.

"O Weird Pete tinha um parado", explico, vendo todo mundo pôr as fichas no pote. "Um cara parou de pagar o aluguel uns meses atrás, então está lá sem uso."

"Você sabe que não manja nada de vela, né?"

Pelo menos o meu irmão está prestando atenção no jogo e desiste discretamente.

"Eu vi uns vídeos. E o Riley sabe velejar. Não deve ser tão difícil, né?"

A regata é um evento anual em Avalon Bay. O percurso é curto, e os competidores, uma mescla mais ou menos equilibrada de turistas e locais velejando em duplas, em barcos de pequeno porte. Tem gente que compete há anos, mas essa vai ser a minha primeira vez. Apesar de ter avisado que já seria uma sorte cruzar a linha de chegada, Riley ficou animadíssimo com a ideia quando eu sugeri. Percebi que precisava começar a participar das coisas de que ele gosta, se quiser fazer direito esse lance de Irmão Mais Velho.

"Então tá", Danny diz com um sorriso presunçoso. "Boa sorte."

Eu levo o pote sem dificuldade, e os caras ficam olhando para a mesa como se tivessem desmaiado por dez minutos, sem entender como eu fiz isso. O pôquer é um jogo de manipulação de atenção, mais do que qualquer outra coisa.

"Espero que Arlene possa ver a corrida." Agora o Cooper é o dealer. Ele joga as cartas para nós, me olhando de lado. "Ela ia detestar perder o seu grande dia."

"Vai à merda." Minhas cartas são um lixo. O melhor que posso esperar é fazer um par no *flop*.

Luke esconde as cartas como se fossem mordê-lo. "Quem é Arlene?", ele pergunta.

Meu irmão abre um sorrisão. "Evan está sendo stalkeado."

"Invejoso", respondo.

Cooper continua falando, rindo sozinho. "A velhinha da casa de repouso que, de alguma forma, conseguiu o telefone dele e liga toda hora. Ela está apaixonada."

"Você devia aproveitar." Tate joga a garrafa vazia de cerveja no lixo e ganha em troca uma cara feia de Cooper quando escutamos o vidro se quebrar. "As mulheres mais velhas liberam fácil."

"Em primeiro lugar, que nojo", respondo, perplexo ao me ver com uma trinca na mão quando Cooper vira o *flop*. "Em segundo, eu fiz um novo voto de abstinência."

Wyatt solta um risinho de deboche. "Nem fodendo."

"Exatamente isso", Cooper responde, segurando o riso. Infantil.

"Você pegou gonorreia ou coisa do tipo?" Danny tem alguma ideia brilhante para ficar com o pote e aumenta a aposta de forma tão agressiva que é óbvio que está montando um *full house*.

"Não." Reviro os olhos. "É uma purificação espiritual."

Tate finge que espirra e diz "mentira", desistindo da rodada.

"Não aguenta nem uma semana." Danny joga uma nota de dez dólares em cima da mesa. Babaca.

"Eu pago pra ver", Coop pega a nota e acrescenta mais uma. "Alguém disse cinco dias?"

"Eu aposto em cinco." Tate põe o dinheiro na mesa também.

"Pera, bronha conta?" Wyatt movimenta a mão esquerda para cima e para baixo.

"Tá oferecendo?" Dou uma piscadinha para ele.

Wyatt mostra o dedo do meio e põe uma nota de dez na aposta, dizendo que não vou aguentar nem quarenta e oito horas. Meus amigos são muito babacas.

Continuamos jogando. Depois de algumas cervejas, todos estão distraídos, esbanjando fichas. Tudo bem por mim, que ganho quase três mãos na sequência.

"A Mac foi buscar a Steph pra almoçar outro dia", Cooper conta, olhando suas cartas. "E disse que o seu carro estava estacionado no mesmo lugar da noite anterior." O comentário é para o Tate. "O que tá rolando entre você e a Alana?"

Tate dá de ombros, fingindo contar suas fichas. "A gente fica às vezes. Nada sério. Só sexo de primeira."

Essa explicação já é usada há um bom tempo. O suficiente para as pessoas começarem a chamar um hábito de vício. E um vício de compromisso. Ou seja, se Tate não tomar cuidado, vai acabar comprometido, mesmo sem perceber. A essa altura, não sei se ele já parou para pensar que esse lance de amizade colorida é um tipo bem específico de autoengano.

Cooper caiu na mesma armadilha no ano passado e quase rachou nosso grupo, quando quase declarou guerra com a Heidi. Por sorte, eles decretaram cessar-fogo antes de causar mais estragos.

Por outro lado, sexo de primeira não é uma coisa que se possa jogar fora. Gen e eu fazemos um sexo de primeira. Fenomenal, até. Mas, por ora, o meu lema é o bom comportamento. Assumi um compromisso com ela: quero mostrar que sou digno de confiança e consigo manter meu pau dentro das calças. Vai valer a pena. Em algum momento. É isso o que eu espero, pelo menos.

"Claro que não é sério", Wyatt diz para Tate. "Ela tá só manipulando você, brother. Que nem o leão faz com a caça. Ela se diverte com isso." Impossível não sentir a irritação no tom de voz dele.

Tate também percebe. Mas, em vez de confrontar Wyatt, ele resolve se voltar contra mim. "Se quer falar de garotas que se divertem fazendo joguinho, pergunta pro Evan sobre a dancinha obscena dele com a sua ex ontem à noite."

Cuzão. Olho feio para ele antes de me explicar para o Wyatt.

"Foi uma dança, mas não tinha nada de obscena. Ren é minha amiga, você sabe disso."

Por sorte, Wyatt só assente com a cabeça, sem se abalar. "Ela tá fazendo de tudo pra me atrair de volta", ele admite. "Não seria uma surpresa descobrir que ela tá flertando com os meus amigos. Acha que isso vai me deixar louco a ponto de aceitar ela de volta."

Cooper levanta uma sobrancelha. "E não vai?"

"Dessa vez, não", Wyatt responde. Ele fala bem sério, o que me deixa pensativo. O relacionamento dele com a Lauren sempre seguiu um padrão similar ao do meu com a Gen. Será que ele desistiu de vez? Sua expressão inflexível diz que sim.

Por um momento, cogito a ideia de fazer o mesmo — parar com esse vai e volta infinito. Dizer adeus para ela, de verdade.

Só de pensar nessa ideia, sinto como se uma faca quente estivesse cravada no meu coração. Minha pulsação até acelera.

É...

Não vai rolar.

20

GENEVIEVE

“Certo, eu tenho mais uma”, Harrison diz quando passamos pelas tripulações que trabalham nos barcos. Ele está nessa desde que foi me buscar hoje de manhã. “Por que há códigos de barras nas laterais dos navios noruegueses?”

“Por quê?”

“Pra quando eles voltarem, serem SCANdinavos.” Ele dá um sorriso, orgulhoso da piada de tiozão.

“Você devia ter vergonha.” Não sei como a minha vida deixou de ser uma série da CW sobre juventudes desperdiçadas para virar um comercial de margarina, mas deve ser assim que as pessoas com famílias perfeitas se sentem todos os dias.

Nosso programa de domingo de manhã é tão inofensivo que chega a parecer surreal. Harrison me trouxe para assistir à regata na marina. É um dia de calor ameno, céu aberto e ensolarado, e uma brisa constante — perfeito para velejar. Sinto o cheiro do mar e dos doces vendidos nos carrinhos espalhados pelo calçadão.

“Não, espera”, ele diz, dando uma risada de alegria. “Tem uma muito boa. Uma noite, dois navios foram pegos numa tempestade. Um azul e um vermelho. Sacudidos pela chuva e pelo vento, eles não conseguem se ver. Aí vem uma onda enorme e joga uma embarcação em cima da outra. Os navios ficam bem danificados. Mas aí a tempestade passa, e o que a luz da lua revela?”

Acho que gosto de sofrer porque, por mais sem graça que sejam as piadas, eu me divirto vendo como ele fica animado ao contá-las. “Sei lá, o quê?”

"As tripulações ficaram arrochadas nos porões."

Minha nossa. "Como você consegue ser tão infame?"

Ele dá risada de novo. Está com a maldita calça cáqui de novo, com uma camisa social de tiozão turista. O tipo de cara de quem eu tiraria sarro com os meus amigos, fumando um baseado embaixo do píer. E agora aqui estou eu, uma das yuppies ridículas. Mas não me sinto tão mal quanto imaginava.

"Você já participou da regata?", ele pergunta.

Faço que sim com a cabeça. "Algumas vezes, na verdade. Alana e eu conseguimos terminar entre os primeiros colocados duas vezes."

"Que incrível."

Ele insiste em comprar raspadinhas de limão e é obrigado a levar as duas quando começam a derreter e pingar, porque não quer que nem uma gota caia no meu vestido. É só mais um lembrete de que ele é um cara legal demais para alguém como eu, que já roubou uma bicicleta para pular de uma ponte desmoronada e a perdeu no rio.

"Eu fiz aula pra aprender a velejar uma vez", ele confessa, chegando a um bom ponto de observação no gradil. "Acabei pendurado pra fora do barco pelo tornozelo."

"Você se machucou?", pergunto, pegando de volta minha raspadinha, bem menos preocupada do que ele em me sujar.

"Não, só umas coisinhas de nada." Ele sorri com os olhos escondidos pelos óculos escuros, com aquele jeito de quem conhece o segredo das alegrias do universo e que me faz me sentir amargurada e vazia. Pessoas que são felizes assim devem saber alguma coisa que o restante de nós desconhece. Ou estão fingindo. "Pra minha sorte, tinha uma menina de doze anos muito habilidosa a bordo, que conseguiu me puxar pra fora da água antes que eu passasse por baixo da quilha."

Mas não é culpa dele que eu me sinta assim. Harrison é ótimo. Bom, a não ser pela parte de ser da polícia, já que só não sou ex-presidiária graças a um favorzinho ou outro por aí. O verdadeiro problema é que, por mais que eu me esforce, não sinto nenhuma atração sexual por ele. Nem uma faísca, nada. E com certeza ele percebe porque, apesar do charme típico de rapaz de cidade pequena, não é nenhum tonto. Já vi a esperança virar decepção em seus olhos, um leve desânimo em seu sorriso por saber que, ainda que a gente se divirta e se dê bem, essa não é uma história de amor. Mesmo assim, não tenho nenhum motivo para não levar a coisa adiante e tentar fazer a minha afeição por ele crescer. A água e o sol fazem maravilhas pelas plantas, então por que não pode acontecer a mesma coisa com os sentimentos?

"Velejar é divertido, mas, sinceramente, dá tanto trabalho que não compensa", resmungo. "Uma correria só, de um lado pro outro, puxando cabos e fazendo força pra pegar um pouquinho de velocidade. Você passa o tempo todo tentando fazer o barco andar, não consegue nem relaxar e curtir o passeio."

"Verdade, mas é uma coisa romântica. Umas cordas e uns panos contra as forças da natureza. Domando o vento. Não tem nada entre você e o mar além da engenhosidade e da sorte." O tom de voz dele é de animação. "Como os primeiros navegantes que viram um novo mundo aparecer no horizonte."

"Você tirou isso de um filme?", eu provoco.

Harrison abre um sorriso envergonhado. "Do History Channel."

Uma voz no alto-falante anuncia que os barcos têm dez minutos para se posicionar na largada. Na água, os mastros se envergam e oscilam, se dirigindo para o alinhamento inicial.

"Ah, claro." Por pior que seja, na verdade eu gosto desse tipo de senso de humor. "Aposto que você ficou a noite toda vendo um documentário em oito partes do Ken Burns sobre a história das expedições náuticas."

"Na verdade, era um programa que dizia que Cristóvão Colombo era alienígena."

"Verdade." Eu balanço a cabeça, segurando o riso. "Um clássico."

Finalmente começo a gostar desta manhã, mas cometo o erro de olhar para trás. Um rosto familiar olha para mim enquanto leva os quatro filhos até a barraquinha de Oreos fritos. Kayla Randall.

Merda. Nós duas ficamos paralisadas. O contato visual dura tempo demais para fingir que não nos vimos. A situação foi criada e agora exige uma resolução.

"O que foi?", Harrison pergunta, preocupado com a minha apreensão.

"Nada." Entrego minha raspadinha para ele. "Só vi uma pessoa com quem preciso conversar. Você se incomoda? Só vai levar um minutinho."

"Sem problemas."

Respirando fundo, vou na direção de Kayla, que me observa enquanto tenta distribuir guardanapos para as crianças.

"Oi", eu digo. Um cumprimento bem inadequado, considerando as circunstâncias. "A gente pode conversar um pouco?"

Kayla parece incomodada, com toda razão. "Acho que precisamos mesmo." Ela remexe os pés. "Mas estou com as crianças agora e..."

"Eu posso tomar conta das crianças", Harrison se oferece. Para os filhos de Kayla, ele pergunta: "Vocês querem ver os barcos mais de perto?".

"Sim!", os pequenos gritam em uníssono.

Deus abençoe esse cara. Juro que nunca conheci ninguém mais gente boa que ele.

Harrison leva os quatro até o gradil para ver os barcos se alinharem. Quando fico sozinha com Kayla, uma ansiedade se instala no meu estômago. É como estar na beirada do telhado de um quintal cheio de bêbados, gritando da piscina com as câmeras apontadas para mim. Para algumas pessoas, o medo faz tremer as pernas. Para mim, é como uma lente. Ajuda a colocar as coisas em foco, se consigo direcioná-la para o lugar certo.

"Ainda bem que você me encontrou", Kayla diz antes que eu organize meus pensamentos. Estamos sob o toldo de uma loja, e ela tira os óculos escuros. "Por um tempo, fiquei aliviada por você ter ido embora da cidade."

"Eu entendo. Mas, por favor..."

"Desculpa", ela me interrompe, me deixando sem palavras. "Eu tive muito tempo pra pensar desde aquela noite e entendo que reagi mal. Eu estava irritada por ter que encarar a verdade, não com você... e Rusty era um cretino."

"Kayla." Eu estava pronta para dizer que foi uma maluquice aparecer na casa dela no meio da noite, bêbada e histérica. Que, mesmo estando certa, eu não tinha esse direito. Ela meio que está me deixando sem chão aqui.

"Não, os problemas já vinham de um bom tempo. Ele era abusivo, emocionalmente e verbalmente. Mas, quando você apareceu lá naquele dia, pôs as coisas em perspectiva. Me fez admitir que não era normal viver daquele jeito." A tristeza nos olhos dela é visível.

"Sinto muito", confesso. Não era segredo nenhum que Randall era um tarado e um péssimo policial, mas eu não sabia que também era um idiota em casa. De certa forma, me sinto ainda pior agora. Lamento por Kayla, pelas crianças e pelas consequências do que eu fiz. "Eu não tinha o direito de entrar na sua casa daquele jeito. O meu comportamento naquela noite foi... Ainda sinto muita vergonha."

"Não, está tudo bem."

Ela me dá um apertão no ombro, me lembrando que, por um bom tempo, tivemos uma relação de amizade. Fui babá dos filhos dela por anos. Conversava com ela no sofá depois que chegava do trabalho. Contava para ela coisas que não tinha chance de falar com a minha mãe, sobre garotos, o colégio e outros assuntos de adolescente. Ela era como uma tia ou uma irmã mais velha para mim.

"Ainda bem que foi você", Kayla continua. "As coisas já não estavam bem fazia tempo, mas as minhas amigas tinham muito medo de, sei lá, deixá-lo irritado ou se envolver. Elas não queriam me falar a verdade. E a verdade era que eu precisava sair de lá. Precisava tirar meus filhos daquela situação. E, por sua causa, finalmente fiz isso. E estamos muito mais felizes agora. De verdade."

É um alívio ouvir isso, por mais inesperado que seja. Passei boa parte do último ano me corroendo de culpa e remorso pelo meu comportamento. Virei minha vida do avesso para escapar da vergonha debilitante. E, durante esse tempo, só estava me escondendo da minha própria sombra.

Pensar no que poderia ter sido diferente se tivesse ficado é inevitável. Se eu tivesse tido a coragem de entrar nos eixos sem precisar mudar meu CEP. Eu precisava me afastar da tentação para ficar sóbria ou simplesmente subestimei minha capacidade? Fui embora para fugir dos meus piores instintos ou porque estava com medo de encarar as pessoas?

Nós olhamos para trás ao ouvir as crianças rindo e se divertindo. Harrison parece estar fazendo algum truque de mágica. Mais um de seus inúmeros talentos.

"Ele leva jeito com as crianças", ela comenta, voltando a pôr os óculos escuros.

Claro que sim. Harrison fica à vontade com praticamente qualquer um, tem uma bondade sincera que desarma as pessoas. Em especial as crianças, que prestam atenção em tudo.

Ela inclina a cabeça, curiosa. "Ele é seu novo namorado?"

"Não. Só saímos juntos vez ou outra."

Enquanto observo Harrison com as crianças, a voz de Evan me vem à cabeça. Naquela noite, no nosso ponto de encontro, sem roupa sob as estrelas, quando ele falou sobre ter filhos e uma família. Uma ideia absurda, a de que ele poderia ficar em casa com as crianças, deixando a moto criar ferrugem na garagem. Até parece.

É difícil imaginar a cena, mas não é tão ruim assim.

Kayla e eu nos despedimos com um abraço, sem ressentimentos, no momento em que o prefeito de Avalon Bay assume o microfone para anunciar os participantes da regata. Eu presto atenção, porque alguns nomes são familiares.

"... e Evan Hartley, velejando com Riley Dalton."

Olho para lá na hora e quase engasgo com os restos da minha raspadinha ao ouvir o nome de Evan. Poderia até achar que estava alucinando, mas Harrison me olha com as sobrancelhas erguidas.

Cara.

Espero que Evan lembre que não sabe velejar.

21

EVAN

"Rolaram alguns erros."

Riley gargalha.

"Tá na cara. Acho que começou quando eu embiquei na direção de outro barco logo na largada. Ou quando a gente não conseguiu contornar a primeira boia. Quem sabe, né?"

Ele solta um ruído histérico, algo entre uma gargalhada e um uivo. Riley não parou de rir desde que batemos nas docas. Não, não batemos. *Encostamos* nas docas. Para bater, seria preciso ter pegado alguma velocidade, e não conseguimos isso em nenhum momento da prova.

Encharcado, tiro a camiseta e torço por cima do gradil do calçadão enquanto a cerimônia de entrega do troféu começa do outro lado da marina.

"Cara", ele consegue dizer entre uma risada e outra. "A gente foi um fiasco total."

"Foi nada", protesto. "Nosso ponto alto foi ter conseguido estabilizar o barco e não virar de vez."

Ele ainda está rindo quando chegamos à plateia reunida em torno da plataforma, aplaudindo os vencedores e parabenizando os mais bem colocados. Da minha parte, estou satisfeito só por não ter que gastar uma nota para resgatar o barco do fundo da baía.

No fim, me revelei um velejador de merda. É muito difícil. Um monte de cabos e polias e manivelas, vai saber para que serve aquela porra toda. Pensei que era só içar a vela e pilotar, mas tem toda uma complicação quando você vira demais o leme, além de ter que manobrar para a esquerda se quer virar à direita, por algum motivo idiota qualquer. Assim que foi dado o tiro de largada, nós já perdemos o rumo. Ficamos em último lugar depois de virar o barco e quase irmos parar no fundo do mar.

Mas Riley ainda está rindo, se divertindo com tudo o que aconteceu. Principalmente com o meu papelão. O garoto curtiu muito, e esse era o objetivo da coisa toda, afinal.

"Aí está o meu garoto." Tia Liz, uma mulher baixinha de olhos castanhos bonitos e cabelos compridos presos em um rabo de cavalo, nos encontra em meio aos espectadores e abraça Riley. "Você se divertiu?"

"Foi o máximo", ele responde. "Por um momento, pensei que a gente fosse morrer."

"Ah, nossa", ela diz, disfarçando o susto com uma risada. "Bom, fico feliz que vocês tenham sobrevivido."

"Não se preocupa. Eu sei nadar muito melhor do que velejar. Não ia deixar o garoto se afogar." Quando digo isso, lembro que estou sem camisa e que as minhas costas são cobertas de tatuagem. A mulher deve pensar que eu tenho mais pinta de traficante do que de alguém que poderia ser um modelo para o sobrinho dela.

"Posso pegar um cachorro-quente?", Riley pede. "Tô morrendo de fome."

Com um sorriso, a tia de Riley dá uns trocados para ele ir comer.

"Pode acreditar", eu garanto, com medo de que arriscar a vida do garoto possa prejudicar minha participação no projeto. "Ele não correu perigo nenhum. Foi só um contratempo."

Liz faz um gesto para eu não esquentar a cabeça. "Não estou preocupada com isso. Ele não se divertia desse jeito fazia tempo."

Penso no Riley que conheci naquela tarde — o adolescente tímido e quieto que passou as duas primeiras horas de cabeça baixa e resmungando sozinho. Bem diferente de hoje, gritando ordens e tirando sarro da minha falta de habilidade náutica. Não sei se esse é o propósito do projeto, mas eu diria que foi um avanço. Para a nossa dinâmica, pelo menos.

"Ele é um garoto legal. De repente pode me ensinar a velejar, e podemos tentar de novo no ano que vem." Eu me surpreendo com o que acabei de dizer. Nunca tinha pensado em quanto tempo essa coisa poderia durar. Mas, agora, não consigo imaginar Riley e eu afastados daqui a um ano.

"Quer saber, acho que você está sendo sincero de verdade." Liz olha bem para mim, e me pergunto o que deve estar enxergando. "Obrigada por tudo o que você fez por ele. Sei que só faz algumas semanas, mas a sua presença é importante para ele. Está fazendo bem."

"Ah, sim..." Ajeito os óculos escuros no rosto e tento torcer minha camiseta ensopada de novo. "Ele não é um babaca completo, então..."

Ela dá risada, relevando a grosseria. Eu nunca soube como receber elogios. Quando você só faz merda, não dá muita margem para isso, então não tenho prática. Mas, de alguma forma, esse garoto acabou sendo uma das poucas bolas dentro que já dei na vida. A gente se vê várias vezes por semana já faz um tempo e, contrariando todas as probabilidades, ainda não dei nenhuma mancada.

"Preciso ir para casa e me trocar para trabalhar", diz a tia de Riley. "Mas queria te receber em casa para um jantar um dia desses. Nós três. Que tal na semana que vem?"

Uma imagem vaga de um universo alternativo em que Liz pudesse se interessar por mim cruza minha cabeça. Pelo menos até eu vislumbrar, um pouco atrás dela, um par de pernas compridas e bronzeadas e cabelos pretos, e o universo — *este* universo — me lembrar que só existe uma mulher para mim.

Gen passeia pelo calçadão com um vestido todo de menininha, o que faz meu sangue ferver. Porque ela está tentando. Tentando impressionar aquele tonto, se diminuindo para se encaixar no gosto sem graça dele. Substituindo tudo o que a torna feroz e perigosa e extraordinária, e eu não suporto isso.

"Claro", respondo para Liz, com a atenção bem longe dali. "Vamos fazer isso. Você se despede do Riley por mim? Acabei de ver uma amiga e preciso falar com ela."

Saio correndo no meio da multidão, me esquivando de turistas suados e crianças queimadas de sol para alcançar Gen. Então, diminuo o passo e paro casualmente no caminho dela, porque assim ela vai me notar e falar comigo, me eximindo da culpa de me intrometer em outro encontro dos dois.

"Evan?"

Finjo surpresa quando me viro. "Ah, oi."

Apesar dos óculos escuros com lentes espelhadas, vejo que ela revira os olhos. Gen dá um sorrisinho e sacode a cabeça. "'Ah, oi'? Você sabe que é péssimo nisso, né?"

Às vezes eu esqueço que nunca consegui enganá-la. "Bom, sabe como é, eu até gostaria de conversar um pouco, mas estou meio ocupado, então..."

"Ã-ham."

Com a camiseta pendurada no ombro, faço um aceno de cabeça para o oficial Doolittle, com seu uniforme da Tommy Bahama. "Camisa legal."

"Pode parar", Gen avisa, ainda sorrindo. Ela sabe bem que um cara que se veste assim está pedindo para ser zoado. "O que você quer?"

"Ei, sem ressentimentos, certo?" Eu estendo a mão para o policial. "Que tal uma trégua?"

"Claro." Ele aperta a minha mão, provavelmente com toda a força. Quase sinto pena do cara. Quase. "Águas passadas."

"Evan..." Ela inclina a cabeça para mim, impaciente.

"Você está bonita."

"Não começa."

Eu seguro o sorriso. "Não posso nem fazer um elogio?"

"Você sabe o que eu quis dizer." Ela gostou. O tom de divertimento na voz a entrega.

"Você está bonita mesmo." Sempre vou preferir a Gen de verdade, de short cortado e blusinha larga por cima do biquíni. Ou sem nada. Mas isso não significa que eu não possa apreciar um vestidinho branco que, na luz certa, é bem transparente sobre sua pele bronzeada. "Grandes planos pra hoje?"

"Nós vimos vocês na regata", o sujeito comenta. Ele pode me dizer seu nome mil vezes que não vou aprender. Se fechasse os olhos agora, não ia me lembrar nem da aparência dele. Ele poderia entrar para a CIA ou algo assim — alguém tão pouco memorável deve ter alguma utilidade, eu acho.

"Foi, hã, bem movimentada." Gen tenta fingir que não está me olhando dos pés à cabeça, mas não consegue.

"Essa competição é sempre um tédio", digo a ele. "Pensei em deixar um pouco mais emocionante."

"Então essa era a ideia? Dar mais emoção?"

"É melhor chegar em último do que entediar as pessoas."

Mesmo com os óculos escuros, consigo sentir que os olhos dela passeiam pelo meu peito exposto. A maneira como ela morde o lábio por dentro faz uma diversidade de ideias pipocar na minha cabeça. Quero enfiar os dedos em seus cabelos, prensá-la contra a parede e fazer esse cara ficar olhando enquanto ela se derrete com o meu beijo. Não sei o que ela está pensando em termos de concorrência ou de me fazer ciúme, mas nós dois sabemos que ele não vai beijá-la como eu. Ele nunca vai conhecer a boca e o corpo dela como eu.

"Por que você não almoça com a gente?", o cicerone sugere.

Ela leva um susto, parecendo ter esquecido que ele ainda estava ali. "Não, você não precisa fazer isso."

"Um almoço parece ótimo", eu digo, animado.

"Sério mesmo?" Dessa vez, a irritação dela é com ele. "Harrison, a gente tinha outros planos."

Para minha surpresa, ele se mantém inflexível. "Eu faço questão."

Ah, cara. Não sei com quem o sujeito pensa que está lidando, mas a chance de ele sair com alguma vantagem em qualquer situação em que a Gen e eu estejamos no mesmo ambiente é zero.

"Então tá. Vou passar no banheiro primeiro." Ela aponta o dedo para o meu peito. "Se comporte. E veste a camiseta."

Gen se afasta, nos deixando em frente de uma loja cafona de presentes. Por mim, eu ficaria quieto numa boa, mas o oficial Simpatia resolve puxar conversa.

"Ela é uma mulher especial", ele comenta.

Ouvi-lo falar dela assim, como se a conhecesse, me dá nos nervos. "Pois é."

"Sei que parece bobagem, mas eu já tinha uma queda por ela desde o colégio."

Cara, no colégio, a gente se pegava na sala de revelação de fotos do anuário enquanto matava a terceira aula.

"Eu sei o que está acontecendo aqui", ele diz, me encarando como se tivesse acabado de lembrar que tem colhões. "Você acha que pode me intimidar ou me deixar com o pé atrás. Bom, eu garanto que não vai funcionar."

"Cara, eu nem te conheço." Eu me forço a lembrar que ele é da polícia e que eu prometi não arrumar mais briga. Mesmo assim, ele precisa saber que eu não estou para brincadeira. "Mas, se quisesse te intimidar, não ia ser discreto nem dar indiretas. Ia ser tudo às claras."

"O que eu quero dizer é que gosto da Genevieve. Pretendo continuar saindo com ela, e nada do que você fizer vai mudar isso. Pode continuar aparecendo nos nossos encontros, se quiser. Não vai fazer a menor diferença."

Sou obrigado a dar o braço a torcer para o sujeito. Apesar de estar se colocando entre mim e o que é meu, ele faz isso com um sorriso de escoteiro.

Quase polido. Civilizado.

O que não muda em nada o fato de que eu passaria por cima do seu cadáver para chegar até ela. Por mais que demore para Gen voltar para mim, essa disputa já está ganha. Ele só não percebeu ainda.

"Então que seja", digo com um meio-sorriso. "Que vença o melhor."

22

GENEVIEVE

Hoje em dia, quase nada me surpreende. Já faz dois meses que a minha vida se tornou uma rotina previsível de trabalho das nove às cinco e uma ou outra noite em que arrumo um tempo para me divertir um pouco. Não é uma reclamação, só uma observação, afinal, fui eu que quis assim. Fiz um grande esforço para domar o meu lado mais inconsequente.

Mas Evan... bom, Evan Hartley ainda consegue me surpreender. No fim de semana seguinte à regata, ele vem me buscar, todo arrumadinho, para o nosso encontro. De camiseta branca lisa e limpa e calça cargo sem nenhum amarrotado. Inclusive fez a barba — um agrado especialmente raro para mim. Eu esperava só mais um esquema que provavelmente terminaria em encrenca ou em uma aventura mal planejada, mas ele me leva para almoçar em um restaurante vegano moderninho em frente à praia.

"Sou obrigada a perguntar", digo, comendo a minha massa com berinjela grelhada. "Por que comida vegana? Nem lembro a última vez que vi você comendo uma verdura que não estivesse enrolada em algum tipo de carne ou um legume que não fosse frito em gordura animal."

Como se quisesse provar alguma coisa, Evan limpa o canto da boca com o guardanapo em um gesto discreto. "Nós estamos fazendo tudo diferente, né? Pensei que fosse essa a ideia."

"Acho que é mesmo." Não sei se isso precisava se aplicar também à comida, mas tudo bem.

"Uma vida limpa, Fred." Evan sorri, levando o nhoque à boca, e em seguida dá um gole d'água. Ele dispensou de cara o menu de drinques quando nos sentamos. "Enfim, depois do nosso último jantar..."

"Do encontro em que você apareceu sem ser convidado."

"Eu achei que precisava mostrar pra você que posso ser civilizado."

"Você não é nem um pouco engraçado."

Ele fica pensativo, e então balança a cabeça. "Sou, sim."

Faz só uma semana que ele invadiu outro encontro meu com Harrison, na marina, todo cheio de si, com um sorrisinho presunçoso. Eu poderia ter ficado ainda mais irritada, se não fosse tão difícil ficar brava com ele. Com esses olhos que exalam arrogância e malícia. Com os cantinhos da boca que se curvam, sempre prontos para segredos e desafios. Ele é incorrigível.

"Você sabe que não é isso o que eu quero da vida, né?" Aponto para nossa mesa elegante e bem arrumada. "Me vestir como os nossos pais, fingir que sou adulta."

Ele dá uma risadinha. "Como os meus pais, não mesmo."

"Ou os meus, mas você entendeu o que eu quis dizer."

"Você parecia bem confortável vestida desse jeito quando estava com ele."

E pensar que até agora estávamos nos divertindo.

Preciso segurar o suspiro. "Sério mesmo que você quer falar sobre o Harrison?"

Evan parece pensativo por um instante, mas logo deixa a ideia de lado. "Não."

"Que bom. Porque eu não topei sair com você por querer alguém como ele. Tenta se lembrar disso."

Isso também parece familiar — essa vibe de antagonismo. Discutir pelo prazer da discussão, porque gostamos de cutucar um ao outro. Sem saber quando parar. Tudo isso em meio a muita tensão sexual, que faz das nossas brigas o mesmo que um ritual de sedução.

Por que eu gosto tanto disso?

"Me diz uma coisa", ele fala em um tom áspero. "O que você está querendo da vida?"

Como se eu soubesse. Se tivesse essa resposta, não estaria morando em casa, com medo de falar para o meu pai que ele precisa tocar o negócio da família sem mim. Não estaria saindo com um cara que sei que seria um ótimo namorado, mas ao mesmo tempo me guardando para a encrenca certa que está do outro lado da mesa agora.

"No momento, me livrar da minha fama de garota má, eu acho."

Ele assente com a cabeça. Porque entende.

E isso é uma coisa que aprecio em Evan acima de todas as outras — nunca preciso mentir para ele nem esconder nada por vergonha de sua opinião sobre a verdade. Não importa se estou de boas, virada ou indiferente, ele aceita todas as minhas versões.

Eu abro um sorriso malicioso. "Chega uma hora que não dá mais pra uma garota invadir o parque aquático no meio da noite e descer a corredeira artificial sem que essa coisa de delinquência perca o sentido."

"Eu sei como é. Acho que nunca fiquei tanto tempo sem ressaca nem olho roxo desde os dez anos de idade." Ele dá uma piscadinha para mim, o que é quase um convite para passar a perna por cima de seus ombros. Isso sempre me pega.

"Mas é estranho. Às vezes, quando saio com as meninas, não sei o que fazer com as mãos. Se antes todos os impulsos mais naturais pra mim eram exatamente o que me causava problemas, como vou conseguir confiar em qualquer outro ? Como é esse lance de ser boa menina, afinal?"

"Você tá falando com um cara que buscou *cidadão exemplar* no Google, né? Eu cheguei à seguinte conclusão: se alguma coisa parece uma boa ideia, faça o contrário."

"É sério", atiro um sachê de açúcar na cara dele. "O que eu e você faríamos num encontro normal?"

"Normal?" Ele inclina a cabeça para mim, sorrindo.

"Normal pra nós."

"A gente nem sairia do meu quarto", Evan diz. Sem se alterar.

Ah, sim, isso. "E depois?"

"Ir pra um bar. Uma festa, talvez. Dar voltas no antigo autódromo num carro roubado até o segurança botar a gente pra fora. Encher a cara no alto do farol enquanto você me chupa."

Sinto o meu ventre se contrair com essa sugestão descarada. Finjo normalidade e jogo outro pacotinho de açúcar na cara dele. "Você pensou bastante nisso, né?"

"Fred, é só nisso que eu penso."

Ele precisa parar de fazer isso. Olhar para mim como se estivesse esfomeado, mordendo o lábio inferior, com os olhos apertados brilhando. Não é justo, e eu não deveria ser obrigada a suportar isso.

"Bom, como você falou, a gente está quebrando esse padrão agora, então..." Dou um gole no meu coquetel sem álcool, o que só me faz querer alguma coisa com álcool. A ideia parecia boa — induzir meu cérebro a acreditar que está conseguindo o que quer —, mas tomar essa bebida ultradoce é como virar um frasco de xarope de milho na boca. "E no que mais você pensou pra hoje?"

"Certo." Ele assente com vontade, aceitando o desafio. "Certo. Pelo resto da noite, vamos fazer o oposto do que é mais impulsivo para nós."

"Tem certeza?" Eu me inclino para a frente, apoiando os cotovelos na mesa. "Depois não quero ouvir você mudar de ideia..."

"É sério." Ele está com aquele olhar de determinação. Essa é outra coisa que sempre me atraiu em Evan: ele é passional. Mesmo em relação às coisas mais bobas. E isso é encantador. "Se prepare para uma noite de civilidade e cortesia, Genevieve West."

Eu solto uma risada. "Apertem os cintos."

"O que você acha?" Evan se agacha na grama artificial desgastada ao lado da imitação de totem polinésio. Ele põe o taco no chão e o aponta na direção do caixote de madeira com a palavra *dinamite*. "É melhor pegar a rota da esquerda, fazendo a volta na pilha de dobrões de ouro, certo?"

Me agachando ao seu lado, alinho a visão com a dele. "Acho que aquele chiclete grudado na entrada do buraco de rato vai ser um problema. A parte da esquerda da rampa é mais complicada, mas, se você conseguir chegar lá, o caminho até o buraco é mais livre."

"Vai logo." Atrás de nós, um garoto cabeludo está irritadinho.

O amigo dele bufa de impaciência. "Eu queria terminar esse jogo enquanto minhas roupas ainda servem."

Evan ignora os dois. Ainda está avaliando a tacada, tirando folhas e detritos do caminho de sua bola de golfe. "Vou pela esquerda. Não gosto nada da cara dessa tartaruga na direita." Ele fica de pé e ajusta a postura. Faz menção de dar a tacada duas vezes.

"Vai logo!"

O taco bate na bola, lançando-a na direção da elevação mais alta, contornando a pilha de dobrões de ouro, de onde entra direto na correnteza e cai pela cascata. Com um *plop*, mergulha na piscina logo abaixo, cheia de bolas de golfe coloridas, que parecem centenas de conchas pintadas.

"Depois de tudo isso!", o amigo provoca, enquanto o Cabeludo cai na gargalhada.

"Ei." Eu me viro para eles, apontando o meu taco. "Vão se foder, seus idiotas."

"Opa." Os meninos dão um passo atrás, fingindo estar horrorizados. "Senhora, isso aqui é um estabelecimento de família."

Estou com vontade de arremessar os dois na água desde que começaram a atormentar a gente, mas Evan me contém pondo o braço em torno do meu ombro.

"A gente está se comportando agora", ele cochicha no meu ouvido. "Lembra?"

É verdade. Moças comportadas não afogam adolescentes folgados em campos de minigolfe. "Tudo bem."

"Dá um jeito na sua mina, brother", o Cabeludo diz.

O amigo dele faz uma careta. "Ela é louca."

Com os olhos faiscando, Evan vai até eles segurando o taco com toda força. Os garotos ficam encurralados contra os arbustos, andando para trás já à espera da surra.

Em vez disso, Evan pega a bola de golfe da mão do amigo e joga para mim.

"Ei!", o garoto protesta.

"Considerem um imposto por babaquice", Evan rosna por cima do ombro. Ele faz todo um gestual para limpar o chão com o sapato e abrir caminho para a minha tacada. "Milady."

Seguro o sorriso com esforço. "Que cavalheirismo."

E então, já sabendo o que dá certo, mando minha bola pelo buraco do rato, de onde vai para uma passagem subterrânea e sai de um canhão, em vez da boca da tartaruga, e entra no buraco. Fácil demais.

Evan contorce os braços e inclina a cabeça. "Essa foi cruel, Fred."

No buraco seguinte, apostamos com os moleques atrás de nós, quando Evan decide ser gentil e fazer amizade.

A competição está mais disputada do que ele gostaria, mas a minha habilidade nos deixa na frente dos garotos. No fim, Evan consegue matar uma bola com uma tacada única e garante a nossa vitória.

"Foi muito legal o que você fez." No estacionamento ao lado de sua moto, abro uma garrafa d'água. A tarde está virando noite, mas o sol continua alto. "Devolver o dinheiro dos meninos."

Recostado na moto, Evan encolhe um ombro. "A última coisa que eu quero é uma mãe furiosa no meu pé por tirar vantagem do filho dela, né?"

"Se eu não te conhecesse tão bem, chegaria até a pensar que você se divertiu, mesmo sem nenhuma perseguição policial."

Ele se ajeita, diminuindo a pequena distância entre nós. Fica difícil lembrar por que vetamos as atividades mais sensoriais. Eu quero beijá-lo. Sentir suas mãos em mim. Montar nele em cima da moto até o segurança mandar a gente embora.

"Quando você vai entender que eu ficaria feliz até esperando a tinta da parede secar ao seu lado?" Seu tom de voz é grave, sincero.

"Desafio aceito."

Vamos a um lugar onde as pessoas pintam suas próprias peças de cerâmica, que está lotado de gente por causa da festa de aniversário de uma garotinha. Mais de dez crianças de oito anos correm descontroladas enquanto uma vendedora tenta evitar que cavalos e personagens da Disney se estilhacem no chão.

Nos fundos da loja, Evan e eu escolhemos uma mesa e o que pintar.

"Acabei de lembrar que a gente já veio aqui antes", eu digo, pegando uma coruja na prateleira, parecida com uma que tenho no meu quarto.

Evan contempla uma girafa. "Certeza?"

"Sim. A gente saiu da calourada mais cedo no primeiro ano do ensino médio e ficamos passeando por aí porque você estava bem louco. Aí você viu um dragão na vitrine e não sossegou até pintar um dragão roxo."

"Puta merda", ele diz, virando as costas para os animais de cerâmica. "Lembrei. Dei uma surtada porque o dragão era do mal e ia tocar fogo na cidade toda."

Dou risada dessa lembrança ridícula. A gente tinha feito um esquenta antes da festa, e ele tinha comido brownie de maconha.

Então, ouvimos um grito repentino. A aniversariante, de coroa e echarpe de pena cor-de-rosa, está vermelha de raiva, gesticulando loucamente. Sua mãe está horrorizada, e as outras meninas se encolhem nas cadeiras. Um chilique está prestes a começar.

"Eu quero o castelo!", a menina esbraveja.

"Você pode ficar com o castelo, querida." A mãe coloca cuidadosamente uma imitação nada convincente diante da menina, com o suor brotando em sua testa, como se estivesse para desarmar uma bomba.

"Não esse!" A menina tenta pegar o castelo de outra, que é bem mais bonito, mas a garota não deixa. "A festa é minha! Eu quero esse!"

"Se eu tiver uma criança assim", digo para Evan, "vou embora para o mato com um saco de dormir e umas barrinhas de cereal."

"Só me lembra de não te deixar sozinha com os nossos filhos."

Com um sorriso por cima do ombro, Evan pega um cavalo-marinho da prateleira e vai em direção à festa. Ele faz um aceno para a mãe, se ajoelha diante da aniversariante furiosa e pergunta se poderia ter a honra de ganhar uma obra de arte exclusiva pintada por ela. Os olhos vermelhos e ferozes da garotinha retomam uma expressão mais humana. Ela até sorri.

Evan se senta ao lado dela e começa a conversar, dando uma chance para a mãe voltar a respirar e para as outras meninas seguirem com seus projetos de pintura sem medo.

Mais ou menos meia hora depois, ele volta para a nossa mesa com uma echarpe de penas cor-de-rosa em volta do pescoço, orgulhoso. Por algum motivo, ele fica ótimo com o adereço.

"Você é um encantador de pestinhas", digo, enquanto ele se acomoda ao meu lado.

"Como você acha que a nossa amizade durou tanto tempo?"

Só por isso, passo tinta azul na cara dele. "Toma cuidado. Eu faço coisas bem piores que quebrar peças de cerâmica."

Ele abre um sorriso torto. "Tô ligado."

Eu nunca achei que ele pudesse entrar em águas tão traiçoeiras e sair intacto. Triunfante, até. Paternal. Isso mexe comigo em um nível tão primitivo de química cerebral que não tenho maturidade para encarar.

Quando esse encontro começou, eu não estava convencida de que nós conseguiríamos passar um tempo juntos sem encher a cara, ficar pelados ou qualquer variação das duas opções. Algumas horas depois, posso até dizer que não senti falta disso. Bom, na verdade senti, mas não a ponto de não me divertir com uma programação mais singela. No fim, o normal também tem seu apelo.

Vamos embora um pouco depois com meu novo peixe de cerâmica e passeamos pelo calçadão. Nenhum de nós quer ir para casa ainda, mas sabemos que está chegando a hora. Afinal, é quando a noite cai que as ideias perigosas vêm à tona. Somos criaturas de hábitos.

"Você não me contou", ele diz, estendendo o braço para segurar minha mão, o que também me pega de surpresa. Não que ele nunca tenha me dado a mão, mas isso aqui é diferente. Não é para marcar território nem me conduzir, mas algo natural, espontâneo. Como se fosse a única coisa possível de fazer com a mão. "Como foi a entrevista com a Mac?"

"Você que precisa me contar. Ela falou alguma coisa?"

"Ela te achou ótima. Estou mais preocupado com o que pode estar passando na sua cabeça. Se conseguir o emprego, vocês vão passar bastante tempo juntas. O que inclui o Cooper também. E eu."

Eu já tinha pensado nisso. Mac parece legal. Só conversamos uma vez, mas nos demos bem. Cooper, por outro lado, pode ser mais complicado. Da última vez que conversamos, ele só faltou me expulsar da cidade. Me infiltrar ainda mais na vida dele provavelmente não vai ser uma tranquilidade. Mas não é isso que Evan quer saber, na verdade. Nós dois sabemos.

"Se eu conseguir o emprego", respondo, batendo com o dedo no peito dele, "isso não muda em nada as coisas entre nós, nem de um jeito nem de outro."

Com um sorriso presunçoso, ele não se abala. "Sei, vai nessa."

Um grupo de idosos de saída da sorveteria atravessa nosso caminho. Algumas velhinhas acenam para Evan de um jeito desconcertantemente malicioso. Ao mesmo tempo, um homem alto e magro de orelhas grandes dá uma encarada nele.

"Você", ele diz com um rosnado. "Eu me lembro de você."

Evan me puxa pela mão. "É melhor a gente ir."

"Lloyd, vamos lá." Um homem de camisa polo e crachá tenta organizar o grupo de idosos rebeldes. "Está na hora."

"Eu não vou a lugar nenhum." O homem derruba parte do sorvete de seu copinho no chão. "Esse é o filho de uma égua que matou o meu passarinho!"

Hã, *oi*?

Evan não me dá tempo de assimilar a informação. Quando o velhinho avança na nossa direção, ele me puxa pelo braço e sai em disparada.

"Corre!", ele grita.

Preciso me esforçar para manter o equilíbrio enquanto Evan me arrasta pelo calçadão. Com gritos ofegantes logo atrás, Lloyd segue em nosso encalço. Incrivelmente ágil para um homem da sua idade, ele corre rápido, desviando de turistas e carrinhos de comida. Furioso.

"Por aqui", Evan diz, me puxando para a esquerda.

Cortamos por um beco entre dois bares que leva para o parque de diversões atrás do calçadão, que funciona durante boa parte do verão. Passamos correndo pelas barracas de brincadeiras e entramos por uma porta dos fundos, onde somos bombardeados por uma música trance sobreposta a cantigas de roda e risadas malignas de palhaços. Está escuro, a não ser pelo piscar ocasional de uma luz estroboscópica que revela um labirinto cheio de manequins pendurados.

"Eu sempre soube que essa seria a última coisa que ia ver antes de morrer", comento, resignada.

Evan assente com a cabeça. "Com certeza tem crianças mortas emparedadas aqui em algum lugar."

Recuperando o fôlego, passo a mão pelo meu cabelo desarrumado. "Então você matou o passarinho do cara?"

"Não, foi a cachorra doida do Cooper. Eu me recuso terminantemente a assumir essa culpa."

"Ã-ham. E como isso aconteceu?"

Antes que ele possa responder, um pouco de luz do dia chega até nós. Nos agachamos e grudamos na parede para não sermos pegos.

"Quem está aí?", uma voz grita do outro lado. "A gente ainda não abriu."

Evan leva o dedo aos lábios.

"Trata de sair daí, está me ouvindo?" À ordem furiosa do homem se segue o barulho de uma pancada forte, como um morcego batendo numa parede. "Eu vou caçar você e arrancar as suas tripas."

"Socorro", eu murmuro. "A gente precisa sair daqui."

Tateamos à procura da porta por onde entramos, mas ainda está tudo escuro, e as risadas sinistras e luzes estroboscópicas fazem o lugar oscilar diante dos nossos olhos. Praticamente nos arrastando, vamos na direção oposta até encontrar uma pequena reentrância, onde paramos para ouvir os passos do nosso perseguidor.

Confinados, sem fazer um ruído, estamos colados um ao outro no cantinho apertado. Com as mãos nos meus quadris e seu corpo quente contra o meu, quase não ouço a trilha sonora de pesadelo. Só o som da minha respiração ecoa nos meus ouvidos. Sou invadida por vários tipos de pensamentos e sensações. O cheiro de xampu e de fumaça de escapamento. Sua pele. As lembranças dela na minha língua. Os dedos dele.

"Não faça isso", ele diz baixinho no meu ouvido.

"O quê?"

"Ficar lembrando assim."

Seria bem fácil agarrá-lo pelos cabelos e puxar sua boca até a minha. Deixar que ele me possuísse nesse castelo de horrores enquanto esperamos para ser mortos e eviscerados pelo maníaco que está nos perseguindo.

"É melhor não", Evan me lembra, lendo a minha mente, como se nunca precisássemos de palavras para nos comunicar. "Estou tentando ser um bom menino, Fred."

Eu passo a língua nos lábios. "Só por curiosidade, o que o Evan bad boy faria?", pergunto, porque, pelo jeito, eu curto me torturar.

Ele lambe os lábios também. "Quer que eu responda mesmo?"

Não.

"Sim", respondo.

As mãos de Evan acariciam meus quadris, fazendo um calafrio subir pela minha espinha. "O Evan bad boy enfiaria a mão por baixo da sua saia."

Para enfatizar o que está dizendo, sua mão grande desce e segura a bainha da minha saia verde clara entre os dedos. Mas ele não puxa para cima. Só fica brincando com o tecido fino, com um leve sorriso nos lábios.

"Ah, é?" Minha voz está rouca. "E por que ele faria isso?"

"Porque ele ia querer saber se você estava quentinha pra ele. Molhadinha." Ele segura a saia entre os dedos e puxa de leve, só para provocar. "E depois, quando percebesse que você estava louca de vontade, ia enfiar os dedos em você. Não ia precisar nem tirar sua calcinha, porque a Gen garota má não usa."

Eu quase solto um gemido bem alto.

"E então, depois de fazer você gozar, ia te virar de costas. Com as mãos espalmadas na parede." Evan aproxima ainda mais os lábios da minha orelha, provocando outro calafrio, uma sequência inteira dessa vez. "E ia te foder por trás até os dois perderem o rumo de casa."

Ainda sorrindo, ele solta a minha saia, que volta à altura dos meus joelhos. A mão provocadora começa a subir e encontra o meu queixo.

Fico olhando para ele, sem conseguir respirar. Os passos do cara que estava nos perseguindo desapareceram. E a música de palhaço virou só um barulho de fundo. Só o que escuto agora é o som dos meus batimentos. Meu olhar está fixado nos lábios de Evan. A necessidade que sinto de beijá-lo é tão intensa que faz meus joelhos tremerem.

Percebendo o quanto estou instável, ele dá uma risada rouca. "Mas nós não vamos fazer isso, né?"

Apesar do meu corpo gritar *por favor, por favor, por favor*, eu solto o ar devagar. "Não", concordo. "Não vamos fazer isso."

Em vez disso, verificamos se a barra está limpa e retornamos, até encontrar uma placa de saída quebrada em cima da porta. Conseguimos escapar ilesos, mas não posso dizer o mesmo da minha libido. Meu corpo está latejando de vontade de um jeito que quase chega a doer. Manter as minhas mãos longe de Evan é muito, muito mais difícil do que eu imaginava.

Sinceramente, não faço ideia de quanto tempo vou conseguir resistir.

23

EVAN

Assim que amanhece, estou na varanda da frente da casa de Riley, com o telefone na orelha. É a quarta vez em dez minutos que a ligação cai na caixa. Eu avisei o garoto que ia chegar cedo, mas cedo *mesmo*. Então, desço os degraus da frente e contorno a pequena casa de tábuas pintadas de azul-claro até a janela do quarto dele. Bato no vidro, e o adolescente grogue puxa a persiana para o lado, esfregando os olhos.

Dou um sorriso. "Vamos acordando aí."

"Que horas são?" A voz dele soa abafada por trás do vidro.

"Hora de levantar. Vamos lá."

Quando Riley me pediu para levá-lo para surfar, avisei que a gente não ia se enfiar em praias lotadas à tarde. Se ele quisesse cair na água, ia ter que fazer isso que nem gente grande. O que significa pegar onda antes do café da manhã.

Entro na picape de Cooper e fico esperando. Alguns minutos depois, considero entrar pela janela e arrastá-lo para fora quando sua tia aparece e bate no vidro da porta do passageiro.

"Bom dia", eu cumprimento, desligando o rádio. "Eu não te acordei, né? Só vim buscar o Riley pra surfar."

Com uma blusa de capuz e zíper fechado e calça de enfermeira, Liz olha para a minha prancha na caçamba da picape. "Verdade, ele me avisou ontem à noite. Mas você não me acordou, não. Meu turno começa cedo hoje. Preciso ir daqui a pouco." Ela estende uma bandeja embrulhada em papel alumínio. "É para você. Já que aquele jantar acabou não acontecendo."

"Desculpa." Eu deslizo no banco para pegar a bandeja e levantar o alumínio. O cheiro da torta caseira está delicioso. "Fiquei enrolado no trabalho."

"Espero que você não seja alérgico a cereja."

Quebro um pedaço da massa com a mão e enfio na boca. Puta merda, está uma delícia. "E se eu for?"

Ela sorri. "Então come só um pedacinho."

"Estou pronto!" Riley sai correndo da casa e bate a porta de tela, com a prancha debaixo do braço e uma mochila no ombro.

"Não esquece que você tem roupa pra lavar enquanto eu estiver no trabalho." Liz abre caminho para Riley entrar na picape, e eu volto para o lado do motorista. "E lavar a banheira com água sanitária também não faria mal."

"Certo, tudo bem." Ele enfia a cabeça para fora da janela e dá um beijo no rosto dela. "Te ligo mais tarde."

Com um sorriso, Liz aponta do dedo para mim. "Vê se não afoga o meu sobrinho."

Eu retribuo o sorriso. "Vou tentar."

No fim, Riley não se sai tão mal em cima da prancha. Tem um bom equilíbrio e um instinto para seguir o ritmo da água, só precisa de mais técnica. Infelizmente, as ondas hoje não estão valendo o esforço. Ficamos sentados na prancha além da arrebentação, oscilando com a marola. Mesmo quando o mar não está bom, prefiro estar aqui a qualquer outro lugar.

"Como você pegou o jeito?", Riley pergunta enquanto vemos um ou outro surfista intrépido insistir em remar atrás de uma onda minúscula.

O sol sobe lentamente às nossas costas, projetando longas listras laranjas sobre a água. Mais ou menos uma dúzia de surfistas estão espalhados pelo mar, observando as ondulações e torcendo para o mar melhorar.

"Eu via o que os outros caras faziam e tentava imitar. Mas, quando não estava na água levando caldo, o que mais me ajudou foi aprender a controlar a prancha e o meu corpo."

"Tipo como?"

"Bom, eu peguei um cano velho de metal de uma obra e apoiava uma tábua de compensado em cima. Tipo um skate, sabe? E aí passava horas me equilibrando em cima daquilo. Aprendendo a deslocar o peso do corpo de um lado para o outro e me movimentar. Ajudou a desenvolver a musculatura e a treinar a minha coordenação."

"Então o primeiro passo é roubar coisas."

Eu sorrio para ele. "Assim você me complica."

Uma garota mais insistente vira a prancha para a praia e rema para se posicionar no que se revela apenas uma marolinha. Algum babaca assobia para ela.

"Não esquenta", Riley responde. "Você já ganhou a simpatia da Liz faz tempo. Acho até que ela tá meio a fim de você."

Eu também estou começando a achar. O cara do projeto avisou que esse tipo de coisa às vezes acontece, mas que eu não deveria entrar nessa em hipótese alguma se quisesse ajudar de verdade o meu Irmão Mais Novo. O que não significa que Liz não tenha seus atrativos.

"Eu já estou mais do que enrolado", digo a ele.

Riley me lança um olhar de quem entendeu tudo. "Com aquela garota do calçadão, né?"

"Genevieve. A nossa história já é antiga."

Só de falar o nome dela, meu coração dispara e eu fico ansioso. Basta pensar um pouquinho nela que já bate uma impaciência para vê-la de novo. Passei um ano inteiro enlouquecendo com esse tipo de pensamento. Agora que ela está aqui, a poucos minutos de mim, não posso vê-la mesmo assim, por motivos que ainda não consegui entender.

"Você gosta dos caras com quem a sua tia sai?", pergunto.

Ele encolhe os ombros. "Às vezes. Mas ela não sai muito, porque está sempre trabalhando."

"Qual é o tipo dela?"

"Sei lá." Ele sacode a cabeça, dando risada. "Caras sem graça, acho. Quando está de folga, só quer pedir alguma coisa pra comer e ver filme. Relaxar, sabe como é? Acho que ela não ia gostar de ninguém com muita energia, mesmo se no começo achar que é uma boa ideia. Eu só quero que ela encontre alguém legal."

Não sei como a Gen ia reagir, mas eu poderia apresentar a Liz para o tal do Harrison. Em outra vida, talvez. "Acho que a gente devia fazer alguma coisa bacana pra sua tia", decido, forçando meu cérebro a mudar de rumo. "Sair com ela pra jantar ou coisa do tipo." Apesar da síndrome de Nightingale que pode estar rolando aqui, ela é uma mulher de bom coração que faz o seu melhor com os recursos que tem. E merece um agradecimento por isso.

"Ah, sim, ela ia gostar disso."

"Ela é gente boa." Para a maioria das crianças, as mães são um fato natural da vida. Para elas, suas mães sempre vão estar lá para amá-las e cuidar delas. Ajudá-las a crescer. Pôr curativo nos machucados, preparar o lanche da escola, essas coisas. Mas tem gente que sabe que não é bem assim. "Nunca deixe de valorizar isso."

"Você teve notícias da sua mãe?"

Já conversei com ele sobre Shelley antes e, mesmo assim, a pergunta me pega de surpresa. Pensar nela sempre me deixa atordoado. Com certeza não é alguém que faria uma torta de cereja para mim.

"Ela continua mandando mensagem, querendo marcar alguma coisa e se reaproximar. Se redimir, sei lá. Respondi que ia pensar, mas toda vez que ela sugere um dia ou lugar pra me ver, eu invento alguma coisa."

"O que você vai fazer? Quer falar com ela?"

Eu encolho os ombros, pegando um punhado de água para molhar o cabelo. Apesar de não estar alto, o sol já fez a temperatura subir. "Não sei quantas vezes ainda posso deixar ela me fazer de idiota sem perder totalmente a dignidade."

Riley começa a passar as mãos pela água, distraído. "Sei que a nossa situação é diferente. A minha ficou doente, não foi embora. Mas eu daria qualquer coisa pra ver minha mãe de novo, conversar com ela."

Eu posso imaginar o que ele sente, mas gostaria que não tivesse dito isso. "É, não é a mesma situação mesmo." Porque sentir saudade da mãe não faz dele um idiota.

Ele apoia as duas mãos na prancha e me olha com uma expressão bem séria. "Acho que o que estou tentando dizer é: se a sua mãe morresse amanhã, você não ia se arrepender de não ter conversado com ela uma última vez?"

As palavras de Riley entram na minha cabeça como um bicho da maçã que a devora por dentro. Fico remoendo por horas, dias. Até que, finalmente, uma semana depois, estou numa lanchonete em Charleston, apostando comigo mesmo, depois de quinze minutos de atraso, que Shelley vai me dar o bolo. O olhar de pena da garçonete não é dos mais animadores quando ela enche a caneca de café.

"Quer comer alguma coisa?", pergunta a mulher de meia-idade, com raízes brancas no cabelo e pulseiras demais nos braços.

"Não, obrigado."

"A torta saiu fresquinha hoje de manhã."

Já chega de torta para mim. "Obrigado. Eu estou legal."

Trinta minutos. Foi por isso que não contei para ninguém, muito menos para o meu irmão. Ele ia falar que era exatamente isso que ia acontecer, depois de me dar umas porradas e tomar a minha chave para evitar mais humilhações como essa.

Eu não tenho ideia de quando virei um cara que acredita nas pessoas. Um ingênuo.

Estou prestes a deixar um dinheiro na mesa para o café e a gorjeta quando Shelley se acomoda do outro lado da mesa, diante de mim.

"Ah, querido, me desculpa." Ela tira a bolsa do ombro e pega o cardápio laminado para abanar o cheiro de asfalto quente do cabelo loiro tingido. Sua energia é caótica e inquieta, sempre em movimento. "Uma das garotas voltou tarde do almoço porque tinha que buscar o filho, e eu não podia sair enquanto ela não aparecesse."

"Você está atrasada."

Ela fica imóvel. Franze os lábios e inclina a cabeça num gesto de arrependimento. "Desculpa. Mas estou aqui agora."

Agora. Esse estado impermanente entre o "não estava" e o "não vai estar mais".

"O que você vai querer?" A garçonete voltou com uma secura deliberada na voz. Estou gostando dela.

"Café, por favor", Shelley diz.

A mulher se afasta com uma careta.

"Ainda bem que você me ligou", Shelley diz, enquanto continua se abanando com o cardápio. Nunca percebi isso antes, mas acabei de me dar conta. Essa vibe frenética dela me deixa ansioso. Sempre foi assim. Essa movimentação permanente é caótica, como um monte de abelhas em uma caixa de vidro. "Eu senti sua falta."

Eu contorço os lábios por um tempo. Depois solto um suspiro cansado.

"Certo, antes que a conversa siga por esse caminho, me deixa dizer uma coisa: você é uma péssima mãe, Shelley. E é uma coisa muito baixa me colocar contra o Cooper." Ela abre a boca para protestar. Eu a impeço com o olhar. "Não, é exatamente isso o que você está fazendo. Você veio me procurar com esse papo e essas desculpas porque sabe que ele não ia dar chance. Você está tirando vantagem do meu coração mole, mas não tá nem aí com o efeito disso nos seus filhos. Se ele soubesse que estou aqui... sei lá, ia trocar a fechadura de casa. Sério."

"Não é isso o que eu quero." Qualquer fingimento de animação no rosto dela logo desaparece. "Irmãos não deveriam brigar."

"Não mesmo. E você não deveria me deixar numa posição dessas. E quer saber? Por acaso ia te matar se fizesse uma torta de vez em quando?"

Ela pisca algumas vezes, confusa. "Hã?"

"Foi só um comentário", murmuro. "Mães fazem torta pros filhos."

Ela fica em silêncio por um momento depois que a garçonete traz o café, olhando a mesa e dobrando o guardanapo em quadradinhos cada vez menores. Mas parece diferente, isso não dá para negar. Os olhos estão com mais foco, a pele está mais saudável. A sobriedade tem um efeito poderoso.

Ela se apoia sobre os cotovelos e começa a falar baixinho.

"Sei que fui péssima com vocês. Acredite em mim, agora eu conheço o fundo do poço. Ter sido colocada na cadeia pelo meu próprio filho abriu os meus olhos."

"Ter roubado o seu próprio filho", faço questão de lembrar. "Enfim, ele retirou a queixa, o que provavelmente você nem merecia."

"Isso eu não vou negar." Ela abaixa a cabeça, observando os dedos, que descascam o esmalte da unha do polegar. "Mas ficar naquela sala sabendo que o meu próprio filho me levou pra lá... Ah, foi demais. Mudou tudo." Com hesitação, ela levanta os olhos à procura dos meus, provavelmente em busca de uma pista de que esse papo de arrependimento está colando.

"Eu estou tentando, meu amor. Estou recomeçando. Tenho um emprego. Um lugar pra morar."

"Não parece ter muita coisa recomeçando pelo que estou vendo aqui, mãe."

"Você tem razão. Eu já falei isso antes."

Ela sorri, toda arrependida e esperançosa. É triste e patético, e detesto ver a minha mãe tão derrotada. Não gosto nem um pouco de chutá-la quando está por baixo. Mas o que eu posso fazer se ela está no chão há tanto tempo e agora agarrou o meu tornozelo com as duas mãos?

"Eu prometo, Evan. Estou disposta a melhorar. Dei um jeito na minha vida. Já chega daquelas coisas de antes. Quero ter uma relação com os meus filhos antes de morrer."

Que raiva que eu tenho disso. Não é justo falar em morte para dois órfãos que já enterraram um pai numa cova e a mãe no fundo da mente. Mesmo assim, isso mexe comigo. Talvez porque nós dois estejamos em uma jornada de autodesenvolvimento que, apesar de totalmente diferente, tem semelhanças. Talvez eu seja um frouxo que nunca vai deixar de querer que a mamãe o ame e demonstre isso. Seja como for, sinto que ela está sendo sincera. É inevitável para mim.

"Então é o seguinte", eu respondo, falando devagar. "Não vou dizer que não."

Os olhos dela, escuros e intimidadores como o meu, relaxam por causa do alívio.

"Também não estou dizendo que sim. Você vai ter que fazer mais do que promessas se quiser fazer parte da minha vida. Isso significa ter um emprego fixo e um lugar pra morar. Ficar na cidade por um ano inteiro. Sem fugir para Atlantic City nem Baton Rouge nem lugar nenhum. E acho que a gente pode se encontrar pra jantar uma vez por mês."

Não sei nem por que eu disse isso. As palavras simplesmente saíram da minha boca. Mas acho que a ideia não é tão ruim.

Ela assente, toda ansiosa para colaborar, o que me deixa apreensivo. "Eu consigo fazer isso."

"Não quero saber de você me procurando pra pedir dinheiro. Nem aparecendo em casa para dormir e curar a ressaca. Na verdade, é melhor nem dar as caras por lá. Se der de cara com o Cooper, sei lá se ele não vai arrumar outro motivo pra mandar te prender."

Ela estende o braço e segura a minha mão. "Você vai ver, meu amor. Eu estou melhor agora. Não bebo uma gota de álcool desde que você aceitou se encontrar comigo."

"Isso é ótimo, mãe. Agora me deixa falar uma coisa que eu mesmo comecei a entender: pra mudar de verdade, você precisa querer. Isso significa fazer as coisas por você mesma, não porque está tentando impressionar alguém. Ou você muda ou não. De qualquer forma, é você que vai ter que conviver com as consequências disso."

24

GENEVIEVE

Existem poucas coisas de que eu gosto mais nessa cidade do que uma fogueira na praia. A areia fria e a chama quente. O cheiro de pinho queimado e de maresia. A brisa litorânea que leva as faíscas alaranjadas para as ondas. São coisas que fazem com que eu me sinta em casa. E ninguém faz isso melhor que os gêmeos. As noites de verão na casa dos Hartley são uma tradição em Avalon Bay — como o parque de diversões no calçadão e sacanear os calouros do Garnet.

A festa já está rolando há um bom tempo quando eu chego. Heidi e Jay estão se agarrando. Alana está dançando sob a luz bruxuleante com algum trabalhador da marina, enquanto Tate observa tudo à distância, segurando uma garrafa como se quisesse quebrar na cabeça do cara. Mackenzie, que está sentada ao lado da fogueira com Steph, faz um aceno quando me vê saindo da casa.

Faz só algumas horas que ela me ligou para dizer que consegui o emprego. Sou oficialmente a nova gerente-geral do Beacon, o que é meio assustador, mas muito empolgante. Eu avisei que, apesar de ser esforçada e aprender rápido, não posso dizer que sei como administrar um hotel, e ela respondeu que, até poucos meses atrás, também não fazia ideia de como era ser dona de um. Além disso, eu nunca fui de pensar se ia me machucar antes de pular de um píer ou de um avião. Por que começar agora?

Então, apesar de não saber ao certo se Cooper vai gostar de me ver aqui, aceitei o convite dela para a festa. Só começo no meu novo emprego no final do verão, mas é melhor não fazer desfeita para a chefe. Ou talvez isso seja só desculpa; talvez o verdadeiro motivo para eu ter vindo hoje foi que, depois de falar com a Mac, só tinha uma pessoa para quem eu queria contar tudo. Em vez de ficar analisando esse impulso por diversos ângulos, simplesmente entrei no carro e vim.

Evan me vê do outro lado do fogo, em meio a várias pessoas, na semipenumbra. Faz um aceno de cabeça para ir falar com ele perto das mesas dobráveis e dos coolers, onde há praticamente o estoque de uma loja de bebidas.

"Me diz uma coisa", ele fala quando chego mais perto. "Você tem uns privilégios, né? De repente uma suíte presidencial com serviço de quarto? Onde vamos poder passar um fim de semana pelados, comendo morango com chocolate numa banheira?"

"Então a Mac já te contou."

"Já, parabéns, senhora gerente." Com um gesto elaborado com a mão, Evan me dá um pirulito vermelho de presente.

Esse babaca é um fofo às vezes. Fico com raiva por ele não precisar nem se esforçar para me fazer derreter por dentro. Por nunca me acostumar com seus olhos escuros e maliciosos e esse sorriso torto. Basta ele vestir uma camiseta velha e uma calça jeans suja de tinta e reboco que eu já fico toda assanhada.

"Agora, sim, caiu a ficha", eu digo com uma risada. "Isso fez toda a minha preocupação valer a pena."

Meu irmão Billy passa por nós, me olhando torto quando percebe a proximidade com o meu ex. Eu assinto para tranquilizá-lo, deixando claro que está tudo bem, e ele continua andando.

"Vou fazer uma bebida pra você. Criei uma receita especial." Evan enche um copo de gelo do cooler e começa a separar as garrafas.

"Eu não posso."

Ele faz um gesto de desdém diante da minha preocupação. "É sem álcool."

Palavras que nunca pensei que fosse ouvir da boca de um Hartley. Principalmente desse.

Fico observando quando ele fecha a coqueteleira e começa a misturar vigorosamente a bebida. "Na real, eu não sabia se deveria vir hoje", confesso.

Ele contorce os lábios. "Por minha causa?"

"Não, por causa disso..." Faço um gesto para os coolers cheios de cerveja e a mesa repleta de garrafas. "No caminho pra cá, eu estava tentando me convencer de que podia beber alguma coisa. Só um drinque, sabe, pra relaxar um pouco. Mas aí todas as piores situações possíveis começaram a passar pela minha cabeça. Um drinque era seguido por dois e, seis copos depois, eu acordava num caminhão de bombeiros afundando na piscina da ACM com as luzes ainda piscando e uma lhama nadando lá dentro."

E só metade dessa situação é hipotética. Rindo, ele serve a bebida no copo com gelo. "Gen. Você precisa pegar mais leve com você mesma. Essa hipervigilânica é insustentável. Confia em mim. Se não se divertir um pouco de vez em quando, você vai acabar estafada ou tendo uma recaída. Aprenda a aproveitar a moderação."

"Você leu isso numa camiseta?", eu pergunto, rindo.

"Prontinho." Ele me entrega o coquetel de frutas. "Vou ser seu cicerone hoje à noite. Se chegar perto de uma bebida de verdade, dou um tapa na sua mão."

"Ah, é?" Ele deve estar pensando que eu sou nova aqui.

"Estou sóbrio hoje", Evan diz sem a menor ironia. "E pretendo continuar assim."

Em qualquer outro dia, eu ia rir da cara dele. Hartley sóbrio numa festa é como um peixe fora d'água. Mas, olhando bem para ele, percebo que seus olhos estão atentos e focados. Não tem nenhum cheiro de álcool em seu hálito. Porra, ele está falando sério. Se não o conhecesse, poderia até acreditar que estava falando sério sobre ter tomado jeito.

Acho que só tem um jeito de descobrir.

"Certo", eu digo, aceitando a bebida. "Mas, se eu acordar num jet ski roubado em alto-mar, cercada pela guarda-costeira, nós vamos brigar feio."

"Um brinde a isso." Ele levanta a garrafa d'água e bate no meu copo plástico.

No fim, até um bom coquetel sem álcool ele sabe fazer.

"Não é por nada", ele diz, hesitante. "Mas você sabe que essa missão 'garota boazinha' não precisa mudar completamente quem você é, né?"

"Como assim?" Fico um tanto perplexa. Não por Evan estar em dúvida a respeito desse novo estilo de vida, mas porque sua voz revela uma preocupação genuína que nunca ouvi antes.

"Eu só acho que seria uma pena domar você totalmente. Eu sou super a favor da sua felicidade", ele explica. "E você não precisa beber pra eu curtir a sua companhia — você sempre foi divertida de qualquer jeito. Mas ultimamente parece que a verdadeira Gen está desaparecendo. Virando uma versão diminuída da mulher incrível, assustadora e vibrante que era antes."

"Você fala como se eu estivesse morrendo." Não vou mentir: ouvir isso dele me magoa. Essa decepção, essa sensação de perda. É como se eu estivesse no meu próprio velório.

Ele baixa os olhos, passando as mãos pelas ranhuras da garrafa em sua mão. "Em certo sentido, acho que é meio isso. O que eu estou dizendo é..." Ele volta sua atenção para mim, e um sorriso breve e melancólico é logo substituído pela irreverência habitual. "Vê se não começa a pegar leve comigo, Fred."

Sempre gostei mais de mim mesma pelos olhos dele. Dessa adoração com que ele me olha: em parte impressionado, em parte intimidado. E ainda mais da pessoa que ele pensa que eu sou. Pelo jeito como ele fala, parece que eu sou imbatível. Um furacão. Quase nada é capaz de me assustar, ainda mais com ele por perto.

Afasto esse pensamento com mais um gole no meu falso drinque. "Mas nem pensar."

Deve existir um jeito de fazer as duas coisas. Suavizar a minha impulsividade mais destrutiva sem me apagar. Afinal, deve haver um meio-termo em que adultos respeitáveis e funcionais não precisam viver uma vida sem graça e sem cor.

E o Evan não é o único com essa preocupação. Eu também já me senti me afastando lentamente de quem eu sou, como se a minha imagem no espelho se tornasse cada vez menos familiar com o tempo. Acordando toda manhã me sentindo uma pessoa e, ao longo do dia, fazendo um esforço para me desvencilhar do que sou, para escapar da minha própria pele. Assim, quando me deito à noite, me sinto outra pessoa. Em algum momento, talvez seja melhor adotar uma persona, antes que eu deixe de ser eu mesma e reste apenas uma casca de mim.

"Mas olha só", diz Evan. "Já chega desse papo sério. Estou com saudade da gente. E você merece celebrar. Então, pode confiar em mim pra não cair nos velhos hábitos, mas..." A voz dele fica rouca. "Nem todos os hábitos são ruins. Por hoje, a gente pode mandar tudo à merda e se divertir."

Em outras palavras, vamos fingir que as coisas são mais ou menos como antes, quando ainda estávamos juntos. Sem tantos limites e regras. Só curtir o momento e nos deixar levar.

É uma oferta tentadora. E talvez ele tenha me pegado no estado de espírito ideal para aceitar.

"É tentador...", eu começo, mas paro.

"Ah, qual é." Ele me abraça pelo ombro e dá um beijo na minha cabeça. "Qual é a pior coisa que pode acontecer?"

"As famosas últimas palavras de muita gente."

Evan dá de ombros, me puxando na direção da música e do pessoal que está dançando. "Existem mortes piores."

Por algumas horas, flutuamos no éter. Evan está mais interessado em me despir com os olhos do que em dançar. Perco o que restava da minha bebida em algum momento, em meio à batida da música. O que me faz sentir fora de mim são as sensações. O tecido grudando no meu corpo por causa da umidade. O suor escorrendo pelo meu pescoço. As mãos dele na pele descoberta da minha barriga, dos meus ombros. Os lábios no meu cabelo, meu rosto, meu queixo, até encontrar minha boca. Beijar na frente de todo mundo. Agarrar e puxar sua camisa e começar a esfregar o joelho na perna dele, até lembrar onde estávamos.

Fazia tempo que eu não me divertia tanto vestida, e só o que fazemos é o mesmo de sempre. Rir com nossos amigos e chutar areia. Não tem nada na fogueira além dos troncos em chamas no buraco, e as únicas luzes vêm do fogo e das câmeras de celular. Jimmy Lenhador trouxe seu alvo de arremesso de machados, e todo mundo aposta e se reveza para tentar cravar a lâmina afiada na tábua de madeira. E, sim, a ideia de misturar armas medievais com bebidas alcoólicas pode parecer uma viagem certeira para o pronto-socorro, mas, até agora, apenas os egos saíram feridos.

"Você devia tentar", digo para Evan. Como ele está sóbrio, ninguém vai ter uma pontaria melhor que a dele.

Com o braço em torno da minha cintura enquanto vemos mais um duelo, Evan acaricia a bainha da minha saia com o polegar. Esse toque me deixa mais zonza do que qualquer bebida. "O que você vai me dar em troca se eu ganhar? E pode ser bem safada."

"Meu respeito e minha admiração", respondo, para sua absoluta decepção.

"Ã-ham, quase tão bom quanto um boquete."

Quando Jimmy pergunta quem vai ser o próximo, Evan vai até lá e pega um machado. Alguém traz Cooper para *dar uma olhada nisso*, e o número de espectadores cresce. Mas todo mundo mantém distância. Porque Evan Hartley com um machado pode ser o mais perto que qualquer um com sangue nas veias vai estar da morte.

Mas o som agudo e estridente de uma sirene interrompe a cena, assustando a plateia. Alguém desliga a música na hora. A luz da fogueira revela um policial se aproximando pela areia. Ele urra suas ordens com um megafone, fazendo quem estava em liberdade condicional desaparecer de imediato na escuridão.

"A festa acabou", ele anuncia. "Vocês têm três minutos para esvaziar o local ou estarão sujeitos a detenção."

Por uma fração de segundo, eu me agarro à tênue esperança de que seja uma brincadeira de Harrison. Mas o rosto do policial logo fica claro entre as sombras.

Oficial Randall.

Claro.

Evan aponta com o queixo para Cooper. Ainda segurando o machado, ele vai na direção de Randall com o irmão, se desvencilhando da minha tentativa não muito convicta de impedi-lo. Já começo a apalpar os bolsos em busca da chave e me pergunto se Mac entenderia se eu perdesse uns dias de trabalho para levar o Evan até a fronteira.

Compartilhando da minha visão profética, Mac me pega pelo braço enquanto seguimos os meninos até o confronto.

"O que está acontecendo?", Cooper pergunta, fazendo seu melhor para disfarçar o enorme desprezo que os Hartley sentem pelas forças da lei.

"Todo mundo precisa ir embora", Randall avisa a todos os presentes.

"Você está numa propriedade privada", Evan grita de volta, sem o mesmo autocontrole do irmão.

Com certeza ele está lembrando que Randall me encurralou no bar e tentou passar a mão em mim enquanto segura o cabo liso do machado com o punho cerrado.

"Sua propriedade termina no gramado. A areia da praia é um espaço público, rapaz."

Evan inclina a cabeça, lambendo os lábios. Como um louco que se excita sentindo o gosto do próprio sangue.

"E qual é o problema?" Cooper dá um passo à frente, se colocando entre Evan e Randall. "Nem tenta dizer que foi reclamação por causa do barulho. Todos os nossos vizinhos estão aqui."

Sem demonstrar reação, Randall dá uma resposta burocrática. "Vocês não têm permissão para acender essa fogueira. É uma violação do código municipal."

"É o caralho." Sem paciência, Evan levanta o tom de voz. "As pessoas fazem fogueira o tempo todo. Ninguém nunca precisou de nenhuma porcaria de permissão."

"Isso é abuso de autoridade", Cooper rebate.

Parecendo entediado, Randall enfia a mão no bolso da camisa. "Meu número funcional está no cartão. Pode ficar à vontade para prestar queixa." Ele joga o cartão para Cooper, que o deixa cair na areia. "Vamos encerrando a noite ou vocês vão comigo pra delegacia."

Evan pega o cartão. "É melhor não sujar a praia, certo, oficial?"

A essa altura, a festa já acabou. As pessoas começam a se dispersar na direção da casa. Evan e Cooper se afastam, ainda que relutantes, para recolher as bebidas. Encolhendo os ombros, Mac começa a desmontar as cadeiras e a mesa dobrável. Enquanto isso, eu não tenho ideia de onde deixei minha bolsa. Começo a procurar, me despedindo de quem passa por mim, quando quase esbarro em Randall, camuflado pelo uniforme escuro da polícia do condado.

"Não demorou nadinha." Ele dá um sorriso de deboche, com os braços cruzados e um ar de superioridade que não tem o menor motivo para existir.

"Como é?" Na real, nem quero ouvir a resposta, então tento me desvencilhar dele, mas Randall para na minha frente.

"Harrison não teve a menor chance, né? Mal pôs o pé pra dentro da porta e já está sendo chutado pra fora."

"O que você quer dizer com isso?" Passo de indiferente a irritadíssima em dois segundos. Não gosto da insinuação e não estou a fim de engolir essa baboseira no meu território. Não estamos em público. Aqui, tudo pode acontecer e ninguém jamais abriria a boca.

"Significa que você não engana ninguém. Muito menos eu." Randall chega mais perto, grunhindo com o fedor de cachorro-quente de posto e café. "Você ainda é a mesma putinha mentirosa. E está a fim de destruir a vida de outro homem."

"Espera." Evan aparece do meu lado, com o machado apoiado sobre o ombro. "Eu não ouvi direito." Ele aproxima o ouvido de Randall. "Você vai ter que falar mais alto. Repete, por favor?"

"Tá tudo bem", eu digo, segurando o pulso dele. Se já estava preocupada em virar fugitiva antes, agora estou morrendo de medo mesmo. "Me leva até o meu carro?"

"Vai em frente, rapaz." Randall leva a mão direita sobre a arma. O fecho do coldre já está desabotoado. "Me dá um pretexto."

Evan abre um sorriso que já vi centenas de vezes. Logo antes de pular de um precipício ou de descarregar uma arma de *paintball* numa viatura da polícia. Tem a serenidade da loucura, como quem diz: *olha só*.

"Pois é, escuta só..." Evan admira o machado, virando-o de um lado para o outro na mão. "Como sócio de uma empresa respeitável e membro de destaque da comunidade, eu jamais me indisporia com um homem da lei." Ele passa a unha do polegar no fio do instrumento.

Nesse momento, percebo que a conversa tem público. Uma pequena amostra da festa abortada. Na real, com Cooper, Wyatt, Tate e Billy, a amostra é formada quase exclusivamente por membros certificados da Sociedade Mexe com a Gente pra Ver o Que é Bom.

"Mas você chegou aqui falando grosso comigo e com o meu pessoal", Evan continua, sem um pingo de humor na voz. "Então é bom estar disposto a bancar o que diz."

Por um instante ou dois, Randall parece contemplar a ideia. Mas então, avaliando os oponentes que tem pela frente, pensa melhor e ruge uma última ordem pelo megafone. "Os três minutos acabaram. Dispersando."

Ele não espera para ver se vai ser obedecido antes de voltar pela areia e pela grama alta até a rua, onde está sua viatura. Eu só volto a respirar quando vejo as luzes traseiras do carro se acenderem e desaparecerem à distância.

Sigo Evan de volta para casa, um pouco ofegante por tudo que aconteceu. Por algum motivo, ele ainda está com o machado, que joga em cima da cômoda quando entramos no quarto dele, no andar de cima. Eu não venho aqui faz um ano e me sinto num museu da minha própria vida. Memórias por todo lado.

"Que cara é essa?", ele pergunta, tirando a camisa e jogando no cesto de roupa suja. Minha garganta seca diante das linhas do peitoral e dos músculos definidos do abdômen dele.

"O cheiro continua o mesmo."

"Ei, eu lavei a roupa ontem."

Eu reviro os olhos, observando o quarto. "Não é isso. Só estou dizendo que é um cheiro conhecido."

"Tá tudo bem?"

"Por um momento lá fora..." Eu me distraio enquanto passeio pelo quarto. Ele nunca fez o tipo sentimental. Não tem fotografias nas paredes, nem ingressos de shows antigos guardados como lembrança. Também não é muito fã de esportes, então nada de imagens de ídolos. "Eu pensei que você fosse acabar usando esse machado. Fiquei impressionada."

Dou uma última inspecionada. O quarto dele é só uma combinação utilitária de mobília básica, televisão, console de video game e o conteúdo do seu bolso naquele dia, que fica jogado na mesinha de cabeceira. A não ser por um único detalhe mais decorativo: uma travessa de vidro, do tipo que guarda pétalas secas para perfumar o ambiente, cheia de pirulitos coloridos.

Esse babaca consegue ser muito fofo às vezes.

"O que impressionou você?", ele pergunta.

Eu me viro e o vejo encostado na porta do quarto. Com as pernas cruzadas, as mãos nos bolsos. A calça jeans bem baixa na cintura. Tudo nele pede para ser agarrado. E eu estou presa aqui.

"O seu autocontrole." Não sei o que fazer com as mãos, então me apoio na escrivaninha e me sento sobre o móvel.

"Eu não estava lembrando se aquele lance de fazer o contrário ainda estava valendo. Se não, eu vou agora atrás daquele babaca."

"Não, você se saiu bem."

Ele levanta uma sobrancelha. "Muito bem ou só um pouco?"

"Você está encostado na porta com medo que eu vá embora?"

"Você quer ir?"

Ele me olha por entre os cílios grossos e escuros, cheios de memórias e vontades, e eu esqueço o que estou fazendo. Todas as regras e hesitações desaparecem.

"Não", admito.

Ele se afasta da porta e vem até mim, apoiando as mãos na escrivaninha, em ambos os lados do meu corpo. Por reflexo, abro as pernas para ele se posicionar entre elas. E me concentro na sua boca. No calor que vem do corpo dele, e na inquietação que isso provoca no meu. Quando penso que ele vai me beijar, Evan vira o rosto e roça os lábios na minha testa.

"Eu senti sua falta", ele diz, mais como um grunhido.

"Estou bem aqui."

Minha pulsação lateja no meu pescoço, nas palmas das minhas mãos, e o eco do meu coração disparado ressoa em cada terminação nervosa. Estou quase sufocando de ansiedade para que alguma coisa aconteça, apesar de não saber ao certo o que deveria ser. Porque eu fiz uma promessa para mim mesma. Nesse momento, porém, não consigo pensar em nenhum motivo para mantê-la, nem se a minha vida dependesse disso.

De leve, as mãos de Evan sobem pelo lado de fora das minhas pernas, passando pelos joelhos, pelas coxas. "Não tá fácil, não, Fred." A voz dele está rouca. "Acho melhor você me mandar tomar um banho frio antes que a coisa fique séria."

Mordo o lábio, segurando um sorriso. "Séria?"

Ele leva minha mão ao peito. "Tipo um ataque cardíaco."

Sua pele está quente sob a palma da minha mão. Meu lado mais racional sabe que ele é perigoso. Mas o resto, a voz escandalosa que berra entre os meus ouvidos, me diz para passar as mãos pelo peito dele. Para abrir o zíper da calça, enfiar a mão na cueca e segurar sua ereção grossa e pulsante.

Evan respira fundo quando o acaricio. Ele olha para baixo, me observando, contraindo o abdômen. "Boa escolha."

Sem aviso, ele afasta a minha mão e me vira. Eu me seguro na beirada da escrivaninha para me equilibrar, enquanto ele tira apressado o meu short para ver minha bunda, apertando a carne quente com uma das mãos e gemendo de satisfação. Escuto uma gaveta abrir e fechar, e em seguida uma embalagem de camisinha sendo aberta. Seus dedos deslizam para o meio das minhas pernas, me sentindo molhada, e o sinto se esfregar em mim enquanto se inclina para a frente e murmura no meu ouvido.

"Eu não me incomodo se você quiser ser escandalosa."

Uma onda de excitação me percorre.

Ele beija meu ombro enquanto arrasta sua ereção para o meu ventre contraído, entrando lentamente dentro de mim. Com uma das mãos no meu quadril e a outra nos meus cabelos, para puxar a minha cabeça para trás e arquear as minhas costas, Evan me preenche por completo. Cravo as unhas na escrivaninha gasta quando me lanço para trás para recebê-lo. Uma dorzinha deliciosa nubla a minha visão e acelera a minha pulsação.

"Caralho, Gen." Ele praticamente rosna as palavras. E me dá outro beijo na testa.

Eu sussurro o nome dele, sem aguentar mais um segundo esse estado de espera. Quero que ele comece logo e acabe com a minha ânsia.

Evan passa a mão pela minha coluna, por baixo da minha blusa, para abrir meu sutiã, que escorrega pelos braços. Guio sua mão até meu peito. Ele se recusa teimosamente a se mover.

"Por que você está me provocando assim?", pergunto.

"Porque eu não quero que isso acabe nunca." Seu polegar roça meu mamilo em uma carícia bem de leve.

Solto um grunhido de desespero e me arremesso em sua direção, me esfregando no seu pau.

Com uma risada baixinha, ele ergue a outra mão e agarra os meus dois seios. "Melhor assim?"

"Não", resmungo. "Você não tá se mexendo." E a sensação de toda a sua extensão me preenchendo, sem se mover, é uma nova forma de tormento. O oxigênio não está chegando aos meus pulmões. A minha pele está queimando e estou a ponto de entrar em autocombustão.

"Respira." A voz dele é suave no meu ouvido, enquanto seus dedos acariciam meus mamilos. "Respira fundo, linda."

Consigo inspirar, trêmula, e quando o ar enche meus pulmões, Evan vai tirando devagar. Quando começo a soltar o ar, ele desliza para dentro, provocando uma onda de sensações no meu corpo.

Minha cabeça se apoia em seu ombro enquanto sinto cada centímetro dele. O prazer faz meus mamilos se enrijecerem e meu ventre se contrair, enquanto ele se move dentro de mim, lento e deliberado. Quando não aguento mais, levo sua mão direita entre as minhas pernas.

"Estou quase lá", murmuro.

"Já?"

"Tá gostoso demais." Solto um suspiro trêmulo. "Estava com saudade de você dentro de mim."

Ouço um grunhido de satisfação. Ele esfrega o meu clitóris com o dedo. De leve no começo e mais intensamente quando começo a gemer. Em pouco tempo, meu corpo inteiro está tremendo, e me apoio nele enquanto o orgasmo me domina.

"Você fica maravilhosa quando goza", ele sussurra com a boca no meu pescoço.

Os leves choques de prazer continuam dentro de mim, e Evan me curva sobre a escrivaninha. Ele segura meus quadris com as duas mãos e começa a dar estocadas fortes. Com a intensidade ideal. Me possuindo como se esta fosse sua última noite neste mundo.

Eu me contorço para olhá-lo, desconcertada com o desejo que escurece seus olhos, perdidos em uma névoa de êxtase. Quando nossos olhares se encontram, ele para de se mexer e solta um grunhido ao atingir o clímax. Então, passa a mão pelas minhas costas, acalmando meus músculos, beijando minha pele sensível. Estou esgotada e saciada, arfando, quando ele se afasta para jogar fora a camisinha.

"Vou buscar um Gatorade", ele diz, mordendo o lábio enquanto me olha. "E depois vamos fazer isso de novo."

25

EVAN

"Então, tem uma coisa que eu preciso te contar", Shelley diz depois que o garçom nos conduz para uma mesa com vista para o mar. Foi escolha dela jantar neste restaurante bacana e, quando pego o cardápio e vejo os preços, já sei que vou pagar a conta.

Também estou desconfiadíssimo, porque toda vez que minha mãe começa uma frase com "preciso te contar uma coisa", em geral, o que vem em seguida é a confissão de que ela vai embora de novo ou que está falida e precisa de grana. É a segunda vez que nos vemos desde que concordei em dar a ela uma segunda chance; na semana passada almoçamos perto do hotel onde ela trabalha como arrumadeira. Shelley não me pediu dinheiro naquela vez, mas eu devia ter imaginado que a tendência não ia se manter.

Ao perceber minha cara, ela faz um gesto com a mão para eu não me preocupar. "Não, não é nada de ruim. Eu prometo." Mas ela não vai além disso. Seu rosto fica vermelho.

"O que é?", pergunto, mas sou interrompido pelo garçom, que volta para pegar nossos pedidos de bebidas.

Shelley quer uma água com gás. Eu peço uma cerveja, o que pode acabar sendo meio arriscado, a depender da notícia que vou receber. Mas, nesta semana, estou testando aquele lema cafona que falei para Gen na festa da praia: *Aprenda a aproveitar a moderação*. Eu jamais ofereceria álcool se ela está determinada a se manter sóbria, mas, da minha parte, gostaria de poder beber uma ou outra cerveja nas noites de pôquer, sem exagero.

"Você sabe que eu sempre adorei fazer cabelo e maquiagem e esse tipo de coisa, né?" Shelley se remexe na cadeira, meio sem jeito, mexendo no copo d'água com a mão. "E era boa nisso também."

"Hã, sei..." Não sei aonde ela quer chegar com isso.

"Então, bom, eu estava conversando com a Raya... Aquela colega que eu falei da outra vez, sabe?"

Eu assinto com a cabeça. "Hum, sei. A garota com a filhinha psicopata que matou o peixe."

Shelley cai na risada. "Evan! Eu já te falei que foi um acidente, meu amor. A Cassidy só tem três anos. Ela não sabia que os peixes não conseguem respirar fora d'água."

"Parece exatamente o que uma psicopata diria."

Minha mãe solta outra risada alta, que faz o casal da mesa ao lado olhar feio para nós, com a cara fechada. A mulher está com um colar de pérolas e camisa de seda de gola alta, e o cara com um lenço de lapela de bolinhas. Estou surpreso por eles não terem pedido silêncio ainda. Parecem ser do tipo que faz isso.

Shelley e eu reviramos os olhos, em um momento de descontração que me deixa hesitante. Essa coisa de mãe e filho é nova para nós. Quer dizer, jantar à beira-mar, trocar olhares para ironizar os clientes engomadinhos ao lado. Rir juntos. É surreal.

E, na verdade, não me sinto mal com isso.

"*Enfim*", Shelley continua, dando um gole rápido. "Não sei se já mencionei, mas ela tem um segundo emprego. Trabalha num salão de beleza no fim de semana. E ontem me contou que o salão vai abrir uma filial e tem um monte de cadeiras disponíveis pra alugar."

"Cadeiras?"

"Sim, é assim que as coisas funcionam nesse ramo. Os cabeleireiros alugam sua cadeira no salão." Ela respira fundo. "Acho que vou fazer isso."

Eu enrugo a testa. "O quê? Virar cabeleireira?"

Shelley assente com a cabeça.

"Entendi. Você não precisa ter algum tipo de formação pra isso? Um certificado, sei lá?"

O rosto dela fica ainda mais vermelho. Se eu entendi direito, ela está envergonhada. "Eu, hã, me matriculei num curso de cosmetologia. Preciso pagar a semestralidade até o final da semana e já começo a estudar na segunda."

"Ah." Eu balanço a cabeça devagar, esperando pelo que vem depois:

Mas o dinheiro está curto, meu amor, então você poderia... Ou: *Vou ter que largar o emprego de arrumadeira e concentrar toda a atenção no curso, então vou precisar de um lugar pra ficar...*

Fico olhando para ela... mas o pedido não vem.

"O quê?" Shelley parece ansiosa. "O que foi, meu amor? Você acha que é uma má ideia?"

"Não. Claro que não." Eu limpo a garganta e tento abrir um sorriso encorajador. "Parece ótimo. É que..."

Ela me olha como quem entendeu tudo. "Você achou que eu fosse pedir dinheiro."

"Hã. Sim. Isso."

Uma tristeza passa pelos olhos dela. "Bom, você tem todo o direito de esperar o pior de mim. Mas vou te falar uma coisa: quando você não torra o que ganha em bebida, consegue economizar horrores."

Eu abro um sorriso malicioso. "Aposto que consegue mesmo."

"Já juntei o suficiente pro primeiro semestre", ela garante. "E as aulas são à noite, então não preciso largar o emprego no hotel. Está tudo certo, meu amor. Eu prometo." Ela pega o cardápio. "O que você viu que parece bom? Estou pensando em pedir mariscos. É por minha conta, aliás."

Por sorte, o rosto dela está enterrado no cardápio, então tenho tempo de disfarçar o choque antes que ela veja. Surreal nada — é um milagre mesmo. Quem é essa mulher e o que ela fez com a minha mãe?

Continuo tentando disfarçar a perplexidade enquanto fazemos o pedido e desfrutamos de um belo jantar. Não sou ingênuo o bastante para acreditar sem sombra de dúvidas que ela mudou, mas estou disposto a me acostumar com a ideia. A conversa flui com facilidade. Não há tensão no ar nem silêncios constrangedores. A única vez que chegamos perto disso foi quando ela falou do Cooper, mas eu me esquivei do assunto, dizendo para deixar essa parte para lá, e seguimos em frente.

"Você não tinha me contado que a Genevieve estava de volta", Shelley comenta com um tom meio inseguro enquanto eu devoro meu *surf 'n' turf*.

"Ah, sim", respondo entre uma garfada e outra. "Ela voltou pro funeral da mãe e ficou pra ajudar o Ronan na marmoraria."

"Sinto muito pela mãe dela. Sei que as duas não eram muito próximas, e Deus sabe que Laurie não era uma mulher tranquila de lidar, mas não deve estar sendo fácil pra Genevieve."

"Você conhece a Gen. Ela é dura na queda."

Shelley abre um sorriso. "Essa menina é guerreira." Ela me encara do outro lado da mesa. "Você vai casar com ela?"

A pergunta me pega tão desprevenido que engasgo com uma vieira. Tossindo loucamente, pego meu copo d'água, enquanto o casal de babacas na mesa ao lado fica me olhando feio por causa da interrupção.

"Puxa", eu digo depois de desobstruir a garganta, devolvendo a encarada. "Desculpa interromper vocês quase morrendo aqui."

A mulher bufa e segura o colar de pérolas, juro por Deus.

Minha mãe tenta não rir. "Evan", ela adverte.

Bebo mais um pouco de água antes de pegar o garfo de novo. "Respondendo à sua pergunta", eu digo, baixando o tom de voz, "tenho quase certeza de que ela não está interessada em casar comigo."

"Porr... porcaria nenhuma", Shelley se corrige, lançando um olhar para a mesa dos juízes da humanidade, porque Deus nos livre de incomodar a Mulher Pérola. "Vocês foram feitos um pro outro. Assim que vocês começaram a namorar, eu sabia que iam casar um dia e ser felizes pra sempre e tudo mais."

"Ã-ham. Claro, dava pra ver isso assim que a gente começou a namorar."

"É sério", ela insiste. "Pode perguntar pro seu tio. Eu falei pro Levi e ele soltou aquela mistura de suspiro com resmungo, porque sabe que as minhas previsões sempre se concretizam." Ela abre um sorriso convencido. "Foi o que eu falei sobre a relação dele com o Tim, por mais que ele deteste admitir. E com o seu irmão também deu pra perceber, quando conheceu a namorada nova. Pode escrever o que estou dizendo: ele vai casar com ela."

Não duvido que Cooper e Mac continuem juntos e acabem casando. Mas não estou disposto a acreditar que a minha mãe — que não conseguiu manter nem o próprio casamento, sem mencionar todos os relacionamentos que vieram depois — é algum tipo de vidente do amor.

"Não acho que a Gen tenha essa mesma confiança que você no futuro", eu respondo, amargurado.

Porra, não consigo nem convencer a Gen a dormir uma noite lá em casa, muito menos a namorar comigo de novo. Depois da fogueira, ela começou a aparecer quase toda noite. Se não a conhecesse melhor, ia pensar que só está me usando pelo sexo. Mas ela não se manda logo depois do orgasmo. Fica abraçadinha comigo. Leva Daisy para passear comigo. Até jantou em casa algumas vezes.

Mas, sempre que insisto em definir nossa situação, ela se fecha. Me diz para não pensar nisso. Então, obviamente, eu não paro de pensar nisso.

"Então trate de transmitir confiança pra ela", Shelley diz, encolhendo os ombros. "Você quer ficar com ela de novo, não quer?"

"Ah, sim", respondo com um suspiro.

"Então continue batalhando."

"Pode acreditar em mim, estou tentando." Eu solto um grunhido dessa vez. "Mas ela deixou claro que não quer namorar de novo, então só o que rola é sexo mesmo."

"Hã-ham!" O ruído vem da mesa ao lado. Dessa vez, é o Marido Pérola quem se manifesta. "É pedir demais conseguir comer sem esse linguajar imundo?"

Abro a boca para responder, mas minha mãe é mais rápida.

Com os olhos faiscando de irritação, ela se vira para a outra mesa com o dedo em riste. "Quem é você pra falar de sujeira? Está olhando pro meu decote desde que me sentei aqui. E você", ela diz para a mulher, "não pense que não vi você passando seu telefone para aquele garçom bonitão quando seu maridinho foi ao banheiro."

Cubro a boca para rir.

"Estou tentando conversar com o meu filho, então que tal vocês se concentrarem nas suas vidinhas sem graça e deixarem a gente em paz?"

Isso cala a boca dos dois.

Shelley levanta uma sobrancelha quando me vê sorrindo. "Que foi? Eu posso até ter virado uma página na minha vida, mas isso não significa que vou sempre dar a outra face. Até Jesus tinha seus limites, meu amor."

Estou estranhamente eufórico quando atravesso a ponte de volta para Avalon Bay, depois do jantar com Shelley. Não vou mentir — não foi nada mau. Para dizer a verdade, foi bem agradável. Quem diria?

A vontade de contar para o meu irmão é tanta que acabo desviando do caminho de casa e virando à esquerda em vez disso. Não, não posso correr o risco de vê-lo agora. Ele vai perguntar o motivo de tanto bom humor, eu vou ter que mentir e ele vai perceber porque somos gêmeos, e a coisa vai acabar em briga.

Então vou para a casa da Gen. Quando paro na frente, desço da moto e pego o celular no bolso para mandar uma mensagem.

EU: *Tô na frente da sua casa, tipo stalker apaixonado. Pensando se jogo pedras na sua janela ou bato na porta.*

Ela responde quase imediatamente.

GEN: *Bate na porta, seu troglodita. Nós somos adultos agora, esqueceu?*

Eu sorrio para a tela do telefone. É verdade. Mas isso é novidade para mim, percebo a caminho da porta, que se abre antes que eu toque a campainha. Sou recebido pelo pai dela, que leva um susto ao me ver parado ali.

"Evan", ele diz com a voz rouca, me cumprimentando com um aceno de cabeça. Em seguida, olha a minha roupa. "Você, de calça cáqui?"

"Hã, é." Enfio a mão no bolso da calça. "Eu tinha um compromisso na cidade."

Ele assente com a cabeça de novo. "A Gen está lá em cima. Vou tomar uma cerveja com o seu tio."

"Ah, legal. Manda um abraço pra ele."

"A reforma está ficando ótima", ele acrescenta, fazendo um gesto vago lá para dentro. "Os armários novos da cozinha ficaram lindos."

"Valeu." Sinto uma pequena explosão de orgulho, porque fui eu que instalei os armários.

"Enfim." Ronan diz. "Fico feliz que você e a Gen estejam se entendendo de novo." Ele me dá um apertão no ombro antes de pegar sua picape na entrada da garagem.

Quando entro, espero ser interceptado por um dos milhões de irmãos da Gen, mas a casa segue em silêncio enquanto vou até a escada. Não muito tempo atrás, a casa estava lotada de gente de luto e conversas sussurradas. Hoje, só ouço os estalos e rangidos de uma casa antiga, inclusive no segundo degrau. Nós sempre tomamos o cuidado de pulá-lo quando entrávamos escondidos tarde da noite, mas hoje não tenho por que ser furtivo.

Gen está deitada de lado na cama, lendo um livro, quando chego na porta do quarto. Me delicio com seu corpo sexy e seus cabelos pretos caindo sobre um dos ombros. Ela levanta os olhos.

"Calça cáqui?", ela questiona.

"Pois é." Eu me jogo na cama, fazendo o livro quicar no colchão.

Ela o pega antes que caia. "Babaca."

Com um sorriso, ponho as mãos atrás da cabeça e fico à vontade. Gen sorri quando tiro os sapatos e estico as pernas. Sou grande demais para esta cama, então meus pés ficam pendurados para fora.

"Que bom humor", ela comenta.

"Estou mesmo", confirmo.

"Não vai me contar por quê?"

"Eu jantei com a Shelley hoje."

"Sério?" Gen parece surpresa. "Você não falou nada quando a gente conversou de manhã. Foi de última hora?"

"Na verdade, não."

"Então por que você não me contou?" Eu encolho os ombros, e ela me dá um cutucão nas costelas. Com força. "Evan."

Eu olho para ela. Está sentada de pernas cruzadas ao meu lado, observando meu rosto com esses olhos azuis sempre atentos. "Sei lá. Acho que não quis falar nada pro caso de ela não aparecer."

Gen assente com a cabeça. "Ah. É por isso que você só me conta essas coisas depois que acontecem. Não quer criar expectativa."

Ela me entende.

"Sendo bem sincero?", eu digo baixinho. "Toda vez que vou até Charleston encontrar com ela, sei que existe cinquenta por cento de chance de levar bolo." Um nó se instala na minha garganta. "Mas por enquanto ela não deu mancada nenhuma vez."

Gen chega mais perto e se deita abraçada comigo, com a mão sobre o meu peito. Sinto o cheiro doce do cabelo dela. "Que bom. Tomara que continue assim. A minha mãe não está mais aqui, mas a sua ainda tem chance de se redimir."

Passo o braço sobre seu ombro e dou um beijo em sua cabeça. "Encontrei o seu pai lá embaixo, aliás. Ele ficou feliz em me ver."

"Ã-ham."

"Vamos encarar os fatos, Fred. Seu pai sempre me adorou."

"Gosto não se discute."

"Ele disse que está contente porque a gente está se entendendo de novo." Deslizo a mão para beliscar sua bunda. "Então, na minha opinião, só falta a gente oficializar a coisa."

"Ou..."

Ela interrompe o que ia dizer e, me provocando, se posiciona bem em cima mim.

Meu pau fica duro quase na hora, e, pelo sorrisinho, sei que ela percebeu.

"A gente pode parar de falar e aproveitar que a casa está vazia", ela conclui, já levantando a minha camisa e beijando meu peito. Meu cérebro entra em curto-circuito.

Deixo escapar um grunhido quando ela abre o botão da minha calça.

"Gen", eu protesto, porque sei que ela quer me distrair com sexo. E está conseguindo.

Ela me espia com seus olhos grandes e inocentes. "Tudo bem, lindo. Eu não me incomodo se você quiser ser escandaloso."

Ela usa minhas palavras contra mim, o que falei na noite da fogueira depois de fazê-la gemer e gritar, até ficar sem ar. Fui implacável naquela noite. Mas agora é a minha vez de ser frágil e indefeso, de tentar me controlar enquanto ela beija minha barriga e continua descendo.

Quando ela enfia o meu pau na boca, desisto de tentar resistir. Não existe sensação melhor no mundo. Ela me envolve com uma mão delicada e chupa profundamente, enquanto acaricia meu peito com a outra mão, raspando as unhas na minha pele eriçada.

Eu jogo o quadril para cima, sentindo o prazer tomar conta de mim e a pulsação acelerar a cada lambida. Envolvo seus cabelos com os dedos e começo a me mover contra sua boca ávida e molhada, pensando que podemos conversar depois. Mais tarde. Quando o meu coração não estiver disparado, e o meu saco não estiver todo contraído de vontade.

Mas acabamos nunca tendo essa conversa.

26

EVAN

Semanas depois, estou deitado na minha cama enquanto Gen se veste. É mais de meio-dia, e dormimos até tarde depois de jogar Mario Kart com Mac e Cooper por horas de madrugada. As garotas não aceitam perder de jeito nenhum.

"Eu falei que devia ter ido pra casa ontem à noite", ela resmunga.

"Pra você ver como é absurda a nossa situação", respondo, observando enquanto ela sobe o shortinho pelas pernas compridas e bronzeadas. Eu ainda estou aqui, quase de pau duro, e ela correndo para *ele*.

"Se você tivesse me deixado ir embora ontem, a gente não precisaria ter essa conversa." Ela prende o cabelo num rabo de cavalo e remexe entre os lençóis em busca do celular.

"Fica aqui."

Gen levanta a cabeça para me dar uma encarada. "Para com isso."

"É sério. Dispensa o cara e me deixa chupar você em vez disso."

"O seu Irmão Mais Novo não vem aqui pra um churrasco hoje?"

"Vem, daqui a mais ou menos uma hora. Pensa em todos os orgasmos que você pode ter até lá."

Ela encontra o telefone debaixo das minhas costas e o puxa com força.

Eu pisco algumas vezes, fazendo ar de inocente. "Como foi que ele veio parar aqui?"

Gen revira os olhos antes de ficar de pé de novo e sair procurando a blusa. "Você sabia que era esse o acordo. Para de agir como se eu tivesse mudado as regras."

O acordo é que, nas últimas semanas, Gen e eu estamos transando como se o mundo fosse acabar enquanto ela continua saindo com o oficial Mané. E agora está saindo da minha cama direto para o carro dele. Como isso pode estar acontecendo?

"Pensei que podia existir a possibilidade de fazer algumas emendas no acordo, depois que você implorou para apanhar na bunda ontem à noite, mas tudo bem."

Depois de pôr a blusa, ela faz uma pausa e fecha a cara para mim. "Se quiser continuar batendo na minha bunda, é melhor tomar cuidado com o que fala."

Sem nenhum motivo aparente, imagino ela chupando aquele bocó na viatura dele. Meu pau fica mole, e trato de afastar esse pensamento. É por isso que não pergunto nada. Não preciso de muito para ir atrás dele no posto de gasolina e jogar um fósforo aceso na sua direção.

Mesmo assim... "Você está dormindo com ele?", pergunto.

Gen me olha inclinando a cabeça, como se estivesse com pena de mim, e se senta na beirada da cama. Em seguida, roça os lábios de leve nos meus. "Não."

Pelo menos isso.

"A gente nunca nem se beijou."

O alívio toma conta do meu peito. "Então o que você ganha com isso?"

Bufando de frustração, ela fica de pé e pega as chaves na mesinha de cabeceira. "Vamos deixar esse assunto pra lá, certo?"

"Tô falando sério." Eu me sento na cama. "O que você ganha com isso?"

Gen não responde, e nesse momento eu me dou conta de que ela não precisa, porque *já sei* a resposta. Nós dois sabemos. Só existe um motivo para ela continuar saindo com Harrison, apesar de não querer nem beijar o cara: é o jeito de continuar mantendo alguma distância entre nós. Uma margem de segurança.

Agora sou eu quem bufa de frustração. "O que eu preciso fazer pra oficializar a coisa entre nós? Já cansei de ficar só nisso."

"Cansou, é?"

"Você entendeu o que eu quis dizer." Eu conheço essa garota o suficiente para saber que um ultimato é o jeito mais rápido de afastá-la de mim. E isso é a última coisa que eu quero.

O nosso reinício pode ter sido complicado quando ela voltou para Avalon Bay, mas agora a coisa está mais suave. É como se o que existisse de pior em nós, as brigas e o ciúme e a busca por adrenalina, tivesse se transformado em outra coisa, mais amena. Não me entenda mal — a paixão ainda existe. A necessidade de ficarmos juntos, de nos entregarmos por completo um ao outro, está mais forte do que nunca. Mas tem alguma coisa diferente agora. Tanto nela como em mim.

"Eu quero que a gente volte a ficar junto pra valer", digo a ela. "Qual é o problema?"

Gen se encosta na minha cômoda e fica olhando para o chão. O verão está quase acabando, e a pergunta permanece. Durante todo esse tempo, pensei que estávamos na mesma sintonia, caminhando na mesma direção — juntos. Agora, a cada segundo que ela passa tentando decidir o que não dizer, sinto a distância ficar cada vez maior.

"Você ainda não confia em mim", respondo por ela, num tom de lamento.

"Confio, sim."

"Não o suficiente." A frustração se acumula na minha garganta. "O que mais eu preciso fazer pra me provar?"

"É complicado", ela diz, contorcendo o rosto, angustiada. "É uma vida toda que me diz que não existe chance de Evan Hartley ter mudado de personalidade em um verão. Eu sei que você não tentou atacar Randall com aquele machado e que não está enchendo a cara toda noite, mas acho que ainda não consigo acreditar que essa mudança é pra valer. Está parecendo fácil demais."

"Você já parou pra pensar que tem uma coisa mais importante pra mim, aqui neste quarto, do que beber e brigar?"

"Eu sei que você quer que as coisas deem certo." A apreensão não é mais tão aparente na voz dela. "Mas não é só sobre você que eu tenho dúvidas. Todo dia eu me questiono se posso confiar em mim mesma. Se mudei mesmo tanto assim. Se a gente voltar e perceber que foi só um lance temporário, tudo vai voltar pra estaca zero."

Eu vou até ela e a abraço. Porque isso que existe entre nós é a única coisa que sempre fez sentido na minha vida. E, não importa o que ela diga para si mesma, sei que ela também sente isso.

"Confia em mim, linda. Dá uma chance pra gente fazer bem um pro outro. Como é que eu vou conseguir convencer você se a gente nem tentar?"

O celular vibra no bolso dela. Gen encolhe os ombros quando me afasto para ela poder ver quem é.

"Trina", ela diz, franzindo a testa.

Fazia tempo que eu não ouvia esse nome. Ela estudou com a gente no colégio, mas era mais próxima das garotas do nosso grupo. Se me lembro bem, ela foi embora não muito depois de se formar. Mas era unha e carne com Gen. Duas criadoras do caos.

"Ela vem pra cá no próximo fim de semana", Gen lê em voz alta. "Quer sair pra beber alguma coisa." Em seguida, passa o dedo na tela para apagar a mensagem e guarda o celular de volta no bolso.

"Você devia ir."

Ela dá uma risadinha sarcástica. "Deixa pra lá. Na última vez que ela veio, eu fiquei totalmente bêbada e resolvi aparecer na casa do oficial Randall gritando pra esposa dele que ela tinha casado com um tarado."

"Ah."

"Pois é."

Uma ideia me passa pela cabeça. "Vai mesmo assim."

Seu olhar de ceticismo pede mais explicações. E, quando penso a respeito, faz ainda mais sentido. Talvez a coisa que ela precise fazer para finalmente confiar em si mesma seja algo que provoque mais medo nela do que eu. O que a fez ir embora da cidade, para começo de conversa.

"Encara isso como um teste", digo. "Se conseguir manter a linha ao lado da mina que uma vez deu ácido pro time de vôlei inteiro no meio de um jogo, eu diria que já venceu seus fantasmas."

Talvez seja meio imprudente, claro, mas eu estou desesperado. De alguma maneira, preciso atrair Gen para o meu lado. Quanto mais tempo ficarmos nesse limbo, mais ela se acostuma com a ideia de que não somos um casal. E mais ela se afasta de mim.

"Um teste", ela repete, hesitante.

Eu balanço a cabeça. "O exame final da sua jornada de mudança. Uma prova de que você consegue passar uma noite com a Trina sem destruir nada."

A hesitação permanece em seu lindo rosto, mas pelo menos ela não descartou a ideia logo de cara. "Vou pensar", Gen responde por fim.

E então, para minha desolação, toma o rumo da porta do quarto. "A gente se fala mais tarde. O Harrison está me esperando."

Riley chega à uma hora, com uma travessa de costela marinada e outra torta caseira, tudo cortesia da tia Liz. Deus abençoe essa mulher. Levo tudo para o deque dos fundos, com água na boca ao sentir o cheiro da carne e da sobremesa. Minhas duas coisas favoritas.

"Como foi a semana?", pergunto enquanto preparamos o churrasco.

Ele dá de ombros. "Nada de mais."

"Ansioso pela volta às aulas?"

"O que você acha?"

Eu abro um sorriso. "Tá, pergunta idiota, já entendi." Eu também detestava, ficava apavorado quando via o calendário se aproximando cada vez mais de setembro.

"Mas", ele continua, um pouco mais animado, "a Hailey vai voltar e ficar aqui com a família até o fim das férias."

"Hailey... aquela garota que te deu o número lá no Big Molly's, certo?" Riley saiu com ela algumas vezes ao longo do verão, mas, sempre que eu perguntava a respeito, ele não me dizia nada.

Hoje ele está um pouco mais acessível. "É. A gente anda trocando mensagem desde que ela voltou pra casa." Ele enfia as mãos no bolso da bermuda de surfista, mas em seguida tira e começa a mexer em um pegador de carne.

"O que tá rolando? Você tá pilhado."

"Pilhado?"

"Tenso. Tanto faz. Nervoso com a volta dela, né?"

"Mais ou menos."

"Mas vocês já saíram antes", lembro. "Por que ficar nervoso agora?"

"A gente jogou minigolfe e foi no cinema algumas vezes. Ah, e teve o sorvete no calçadão. Então foram, tipo, quatro vezes. Mas a gente nunca..." Ele se interrompe de repente.

Eu o encaro, mas ele desvia o olhar. Está ansioso de novo, fingindo ver a temperatura da carne como se fosse um especialista em churrasco, sendo que nunca grelhou nada na vida.

"Vocês nunca o quê?" Então me dou conta e me seguro para não soltar um palavrão. "Ah, não, cara. Nem me fala. Não vem me dizer que você anda pensando em transar. A sua tia ia me matar..."

"Oi?!", ele grita. "A gente não vai transar, tá doido."

Fico aliviado e um pouco intrigado com a expressão de choque no rosto dele, como se a ideia de levar a garota para cama fosse impensável. Riley tem catorze anos, a idade que eu tinha quando perdi a virgindade, mas acho que nem todo mundo é assim tão precoce.

"Eu só quero beijar ela", ele confessa com um resmungo envergonhado.

"Ah. *Ah*. Beleza." Beijar? Uma conversa sobre beijo eu dou conta. A tia Liz não ficaria brava comigo por isso, né? "Bom. Considerando o quanto você tá vermelho, acho que nunca fez isso, certo?"

Ele sacode a cabeça, todo sem jeito, relutante em assumir a verdade.

"Cara, não precisa ter vergonha. Tem um monte de gente da sua idade que ainda não beijou ninguém." Eu me encosto no gradil do deque, inclinando a cabeça. "Então, o que você quer saber? Como não exagerar na língua? Se pode pegar nos peitinhos dela enquanto beija?"

Ele cai na risada, menos vermelho agora. Relaxando um pouco, Riley vem ficar ao meu lado. O cheiro tentador da costela na churrasqueira se espalha.

"É que eu não sei, tipo, como chegar lá. Tipo, preciso dizer alguma coisa primeiro?" Ele enxuga a testa com as costas da mão. "E se eu tentar meio do nada e ela não estiver esperando, e a gente bater cabeça e ela acabar com o nariz quebrado?"

Eu seguro o riso, porque sei que ele não ia gostar disso no meio de uma conversa sobre um assunto tão sensível. "Tenho quase certeza de que isso não vai acontecer. Mas é isso mesmo, você não pode pegar ela de surpresa enquanto estiver falando alguma coisa. Precisa ser um lance com o consentimento dela. Então você precisa aprender a sentir o momento, sabe como é? Esperar um momento de silêncio na conversa, olhar bem pra ela e procurar os sinais."

"Que sinais?"

"Tipo, se ela estiver passando a língua nos lábios, geralmente isso significa que está pensando em te beijar. Se estiver olhando pra sua boca, também é um bom sinal. Aliás, esse é um ótimo ponto de partida", digo para ele, me afastando do gradil e indo até o cooler perto da porta. "Certo, escuta só. Você vai fazer o seguinte..."

Ele vem atrás de mim e aceita o refrigerante que ofereço. Para mim, pego uma cerveja, abrindo a tampa e jogando na lixeira de plástico do deque. Volto para o gradil de madeira e me sento.

"Então, no final do encontro", continuo, "ou no meio ou quando você criar coragem, o que você precisa fazer é o seguinte: fica olhando pra boca da garota. Tipo, por uns cinco segundos."

Riley dá risada. "Isso é muito bizarro!"

"Não é, não. Sério mesmo. Fica olhando pra boca da Hailey até ela ficar toda sem graça e falar: 'Por que você está me olhando assim?'. Ou alguma coisa do tipo." Quando ele abre a boca para protestar, eu o interrompo. "Confia em mim, ela vai perguntar. E, quando isso acontecer, você diz: 'Porque eu tô com muita vontade de te beijar... posso?'. Assim ela vai estar preparada, entendeu? E aí, com base na resposta dela, você vê o que faz."

"E se a resposta for não?"

"Você aceita a escolha dela, diz que curtiu muito passar o verão com ela e se despede educadamente."

Até eu fico surpreso com o quanto estou sendo maduro. Pena que Gen não esteja aqui para ver.

"Mas, só pra você saber, uma garota não sai quatro vezes com alguém se não estiver interessada", eu garanto a ele.

"É verdade", diz Cooper, da porta da cozinha. "Pelo menos uma vez, o meu irmão não tá falando merda."

Riley se volta para a porta. Ele fica boquiaberto, olhando para Cooper, depois para mim, então para Cooper de novo, e mais uma vez para mim. "Puta merda, você não falou que vocês dois eram idênticos."

Eu reviro os olhos. "Eu falei que tinha um irmão gêmeo. Pensei que você fosse capaz de deduzir isso."

Com um sorriso, Coop estende a mão para o meu Irmão Mais Novo. "Oi, eu sou o Cooper. Bom te conhecer finalmente."

Riley ainda está piscando como uma coruja, perplexo com o que está vendo. "Uau. É até assustador o quanto vocês são parecidos. Se não estivessem com roupas diferentes, eu acho que não ia conseguir saber quem é quem."

"Um monte de gente não consegue", eu digo, encolhendo os ombros.

"E as garotas? Tipo, as namoradas? Elas já confundiram vocês?" Ele está completamente fascinado.

"Às vezes", Coop responde, pegando uma cerveja. Ele vai até a churrasqueira, abre a tampa e solta um grunhido de felicidade. "Cara, essa costela deve estar incrível." Então se vira de novo para Riley. "Mas as namoradas sérias sempre sabem. A minha diz que consegue diferenciar a gente pelo som dos passos."

"Eu não acredito nesse papo", retruco, dando um gole na cerveja. É verdade que a Mac sabe diferenciar nós dois, mas pelo barulho dos passos? Puta papo furado.

Coop abre um sorriso presunçoso. "É verdade."

Por cima do ombro dele, olho para Mac pela porta de vidro. Ela acabou de entrar na cozinha e está tirando coisas da geladeira. Em seguida, começa a preparar um sanduíche, de costas para nós.

Eu desço do gradil. "Posso fazer um teste?"

Cooper vê para onde estou olhando, dá risada e assente com a cabeça, magnânimo. "Vai lá."

Pisando bem leve, como aprendi a fazer e aperfeiçoei ao longo de anos entrando e saindo escondido do quarto e da casa das garotas, vou para a cozinha. Mac está concentrada em pôr o queijo no pão, cantarolando baixinho. Quando me aproximo o suficiente para ela não ter tempo de se virar, começo andar normalmente e chego nela por trás.

Passando as mãos pela sua cintura, encosto no pescoço dela e digo com a minha imitação absolutamente perfeita da voz de Cooper. "Ei, linda, sua bunda tá tão gostosa com esse short que dá até vontade de morder."

Um grito indignado ecoa na cozinha quando ela se vira e tenta me dar uma joelhada no saco. "Que porra é essa, Evan? O que você tá fazendo?"

Por sorte, consigo deter seu joelho com as mãos antes de me acertar nas partes baixas. Dou alguns passos para trás e levanto os braços em sinal de rendição. Consigo escutar as gargalhadas lá no deque.

"Eu avisei!", Cooper grita.

"Onde você tá com a cabeça?", Mac pergunta, furiosa.

"Era só um experimento", eu justifico, mantendo a distância. "Mas só uma pergunta: como você sabia que era eu?"

"Pelos seus passos", ela esbraveja. "Você anda como se estivesse em uma competição."

"Que diabos isso quer dizer?"

"Evan, por favor, some da minha frente antes que eu dê um soco nessa sua cara."

Volto para fora com uma postura de derrota. "Ela falou que eu ando como estivesse em uma competição", digo para o meu irmão, que balança a cabeça como se o papo fizesse algum sentido.

Riley, como sempre, está gargalhando. Pelo jeito, só o que eu sei fazer é matar o garoto de rir.

Mas talvez isso seja bom.

No fim, acaba sendo um dia bom. Comida boa, companhias boas, tudo de bom. Até Cooper está de bom humor. Ele não me encheu por causa da Gen nem por qualquer outro motivo. Está sendo, ouso dizer, um cara legal. Ele e Mac enfrentam Riley e eu numa partida de vôlei de praia e, quando Liz vem buscá-lo, às quatro da tarde, ele parece chateado por ter que ir embora.

Mas, na minha vida, o que é bom nunca dura muito. É por isso que não fico surpreso quando, mais tarde, na praia com Mac e Cooper vendo Daisy perseguir as gaivotas, tenho um novo dilema. Shelley não para de me mandar mensagens com coisas aleatórias enquanto tenta marcar mais um programa comigo. Eu não costumo passar muito tempo no celular, então responder essa enxurrada de mensagens deixa Cooper desconfiado. Normalmente, desligo o celular e deixo para responder mais tarde, mas percebi que isso deixa Shelley inquieta. Se não respondo, ela entra em pânico, achando que está sendo rejeitada. Tenho medo de que ela pegue o carro e resolva vir até aqui, o que não pode acontecer.

Ainda é estranho passar esse tempo com ela numa relação normal de mãe e filho. Conversar sobre coisas do dia a dia e cultura pop. Tudo isso enquanto tento não mencionar o meu irmão, para fugir da pergunta sobre quando ele vai comparecer a um dos nossos encontros. Detesto mentir para o meu irmão, mas Cooper não está nem um pouco pronto para aceitar nada disso.

Brincando com a Daisy, ele grita alguma coisa sobre comer pizza no jantar. Eu assinto, distraído, enquanto Shelley me conta que tem um gato de rua que vive perto seu trabalho e que resolveu adotá-lo. Fico me perguntando se ela não deveria ter treinado com um animal de estimação antes de engravidar de gêmeos, mas o que é que eu sei?

Uma bola de tênis mastigada e suja de areia de repente cai no meu colo. Então, um borrão de pelagem dourada pula na minha cara. Daisy avança em cima de mim para pegar a bolinha, antes de sair correndo de novo.

"Ei! Que isso?", eu reclamo.

Cooper vem até mim, bufando e todo incomodado. "Tá falando com a Gen?"

Essa conversa de novo não. "Não. Cai fora, porra."

"Você tá com a cara enfiada nessa coisa desde que o Riley foi embora. Quem é?"

"Desde quando você se importa?"

"Deixa ele em paz", grita Mac, que está jogando a bolinha para Daisy buscar na beira da água.

Cooper faz o contrário — arranca o celular da minha mão. Imediatamente fico de pé, tentando pegar de volta.

"Por que você precisa ser dramático?" Consigo pôr uma das mãos no aparelho antes de ele me dar uma rasteira. Começamos a rolar na areia.

"Vê se cresce", Cooper resmunga. Ele crava o cotovelo no meu rim, ainda tentando pegar o celular enquanto lutamos. "O que você tá escondendo?"

"Qual é, parem com isso!" Mac está do nosso lado agora, e Daisy latindo como se quisesse entrar na brincadeira.

Cansado da palhaçada, jogo areia na cara dele, fico de pé e bato a areia do meu corpo. Quando Mac me olha com irritação, eu encolho os ombros.

"Foi ele que começou."

Ela revira os olhos.

"Você tá tramando alguma." Tirando areia dos cabelos, Cooper se levanta e me encara como se estivesse disposto a um segundo round. "O que é?"

"Vai à merda."

"Querem parar com isso, vocês dois?" Nem Mac, sempre a pacificadora, consegue fazê-lo desistir. "Vocês estão sendo ridículos!"

Sinceramente, não estou nem aí se Coop está desconfiado ou irritado. Tanto faz. Mas ele tem essa ideia de que precisa saber tudo o que eu faço e se meter em qualquer assunto meu, e estou cansado disso. De saco cheio dessa coisa de descontar suas frustrações em mim. O meu irmão gêmeo está fazendo um papel de pai que é ridículo e que eu nunca pedi.

"Que tal esquecer isso?", Mac pede, frustrada, olhando para nós dois. "Por favor?"

Mas agora é tarde demais. Estou puto, e o único jeito de me sentir melhor é esfregar tudo na cara desse metido a dono da verdade. "É a Shelley."

Cooper fica imóvel. Seu rosto permanece sem expressão por um momento, como se ele não tivesse certeza de que ouviu direito. Depois dá uma risadinha, sacudindo a cabeça. "Até parece."

Jogo o telefone para ele.

Cooper olha para a tela, depois para mim. O sorriso e a descrença são substituídos pela frieza e por uma raiva silenciosa. "Você tem o que na cabeça?"

"Ela está melhorando."

"Pelo amor de Deus, Evan. Você percebe o quanto está sendo idiota?"

Em vez de responder, eu me viro para Mac. "Por isso eu não contei pra ele."

Quando me viro, Cooper está com a cara colada à minha, quase pisando nos meus pés. "Aquela mulher ia fugir com todas as nossas economias, e você faz o quê? Volta rastejando pra sua mamãe na primeira chance que aparece?"

Eu cerro os dentes e me afasto dele. "Não estou pedindo a sua aprovação. Ela é minha mãe. E estou falando sério — ela está se esforçando, cara. Tem um emprego fixo, um apartamento pra morar. Se matriculou num curso de cosmetologia pra tirar o certificado de cabelereira. E não bebe uma gota de álcool há meses."

"Meses? Você anda fazendo isso pelas minhas costas há *meses*? E realmente acredita nesse papo furado?"

Eu me seguro para não bufar. “Ela está tentando de verdade, Coop.”

“Patético.” Quando ele solta essas palavras, é como se estivessem na ponta da língua há vinte anos. “A época de superar essa fixação pela sua mamãe foi quando você parou de dormir com a luz acesa.”

“Cara, não sou em quem tem um surto só de ouvir falar o nome dela.”

“Olha só o que você está fazendo.” Ele avança na minha direção, e dou mais um passo atrás, só porque estava me gabando do meu autocontrole para Gen hoje mais cedo. “Uma bêbada inútil te abandona, e aí você se apaixona por outra. Cara, você não conseguiu impedir nenhuma das duas de se mandar e nunca vai conseguir.”

Minha mão coça para meter um soco na cara de Cooper. Ele pode falar o que quiser sobre a nossa mãe. Tem o direito de sentir raiva dela. Mas ninguém fala assim da Gen na minha frente.

“Como você é sangue do meu sangue, vou fingir que não ouvi isso”, digo, com a voz tensa, me segurando. “Mas, se quiser se livrar de uns dentes que tem na boca, é só falar isso de novo.”

“Ei, ei.” Mac se posta entre nós dois e consegue fazer Coop recuar um pouco, mas ele continua me encarando como se estivesse pensando em aceitar a oferta. “Vocês precisam se acalmar um pouco.” Ela põe as mãos no peito de Cooper, forçando-o a encará-la. Em pouco tempo, consegue atrair a atenção dele. “Sei que não é isso que você quer escutar, mas acho que poderia dar pro Evan o benefício da dúvida.”

“A gente tentou fazer isso da última vez.” Ele volta a olhar para mim. “E deu no que deu.”

“Tudo bem”, ela fala baixinho. “Mas estamos falando de agora. Se o Evan está dizendo que ela está se esforçando, por que não acreditar nele? Você pode ir até lá ver tudo com os próprios olhos. Se estiver disposto.”

Ele se afasta de Mac. “Ah, vão se foder. Vocês dois. Esse lance de se juntar contra mim já não é legal a maior parte do tempo, mas até nisso?”

Cooper dá uma encarada em Mac. “Cuida da sua vida.”

Depois disso, ele sai pisando duro de volta para casa.

Infelizmente, não é a primeira vez que ele perde a cabeça por causa de Shelley, e provavelmente não vai ser a última. Mac tem mais experiência com os chiliques dele do que deveria. Ou seja, já não se deixa abalar.

"Eu dou um jeito nele", ela promete com um sorriso tristonho antes de ir atrás dele.

Bom. Ninguém saiu ferido. Podemos considerar uma vitória, diante das circunstâncias.

Mas não estou muito esperançoso com o sucesso de Mac. Cooper se deu mal muitas vezes, então não posso dizer que a reação dele é completamente injustificada. No nosso histórico familiar, Shelley errou muito mais do que acertou, e a pior coisa que ela fez foi contra ele, enquanto ele tentava me proteger de mais uma decepção, como sempre. Por causa do complexo autoimposto de irmão três minutos mais velho, ele insiste que é sua função me proteger da terrível verdade: na melhor das hipóteses, nossa mãe não era confiável e, na pior, agia para nos prejudicar mesmo.

Então eu entendo. Sei que ele está se sentindo traído, achando que desprezei tudo que ele fez por ficar do lado dela. Mas a questão é que, apesar da paciência dele ter se esgotado há um bom tempo, eu ainda tenho alguma. E tenho que acreditar que as pessoas são capazes de mudar. Eu *preciso* acreditar nisso.

Caso contrário, o que é que eu mesmo estou fazendo da vida?

27

GENEVIEVE

Trina é um caso sério. Nós nos conhecemos durante o castigo depois da aula no sexto ano e viramos grandes amigas. Ela gostava de matar aula e fumar no campo de beisebol tanto quanto eu, então era inevitável que nossos caminhos se cruzassem. E, apesar de ter mais lembranças boas do que más em relação a ela, estou nervosa quando entro no bar para encontrá-la. Mesmo quando éramos mais novas, ela sempre foi uma pessoa contagiante. Do tipo que parece se divertir tanto que é inevitável não querer acompanhá-la. Ela era insaciável e estimulante na mesma medida.

Mas Evan tem razão. Se eu conseguir sobreviver às tentações que ela representa, definitivamente estarei curada.

"Minha nossa, Gen."

Ao passar pelas mesas lotadas, ouço uma voz familiar. Trina está numa mesinha alta junto da parede, com um copo vazio e uma garrafa de cerveja. Ela pula do banquinho e vem me dar um abraço apertado.

"Caramba, eu esperava que você tivesse ficado pelo menos um pouco horrível desde a última vez", ela comenta, afastando o cabelo do meu ombro. "Você ia morrer se estivesse com uma espinha horrorosa hoje?"

"Foi mal", digo, rindo.

"Senta aí, sua vaca." Ela olha por cima do meu ombro e acena para uma garçonete. "Me conta tudo. O que você anda aprontando?"

Nós não conversamos muito desde que fui embora de Avalon Bay. Como fiz com a maioria das pessoas da cidade, cortei relações quase totalmente com ela. Fora algumas mensagens aqui e ali, eu mantive distância e até ocultei os perfis dela nas redes sociais, para não me sentir tentada.

"Na verdade, vou começar num emprego novo em breve. A namorada do Cooper vai reabrir o Beacon. Eu sou a nova gerente."

"Sério mesmo?" Ela fica incrédula a princípio. Então, percebendo que não é piada, dá mais um gole na cerveja. "Isso significa que, da próxima vez que eu vier, você vai me arrumar um quarto. Acho que minha querida mãe e eu já estouramos a nossa cota de tempo juntas."

Eu abro um sorriso. "Você chegou ontem à noite?"

"Exatamente." Ela arregala os olhos. "Puta merda, desculpa. Eu fiquei sabendo sobre a sua mãe. Está tudo bem?"

Parece que faz anos, mas na verdade foram só alguns meses. As lembranças são cada vez menos frequentes e mais esparsas. "Ah, sim", respondo com toda a sinceridade. "Estou bem. Obrigada."

"Eu teria vindo pro funeral, se soubesse. Mas só recebi a notícia agora."

Não sei se é a intenção dela, mas suas palavras soam como uma acusação. Ela teria vindo se eu tivesse me dado ao trabalho de entrar em contato — é isso o que parece implícito. Se eu não tivesse desaparecido da vida dela um ano atrás. Mas deve ser só o sentimento de culpa se manifestando.

"Tudo bem, sério mesmo. Foi mais um lance em família. Ela não queria nada muito grandioso." Principalmente se envolvesse os filhos.

Um brilho ameaçador se acende nos olhos dela enquanto bebe. "Tem saído com o Evan ultimamente?"

Eu seguro um suspiro. Só por uma noite, posso ter uma conversa que não seja sobre ele? Minha cabeça está mais do que confusa desde que voltei. Eu me sinto a melhor versão de mim mesma quando estou com ele — e também a pior. Tudo o que existe entre um extremo e outro está incluído nesse coquetel volátil que nós nos tornamos.

"Às vezes, eu acho. Sei lá. É complicado."

"Você fala isso desde que a gente tinha quinze anos."

E ainda não me sinto mais preparada para lidar com isso do que nessa idade.

"Então, o que tá rolando?" Depois de mais um gole na cerveja, ela retoma o jeito irreverente quando percebe que o clima começa a ficar pesado. "Você voltou de vez?"

"Pelo jeito, sim." É estranho. Não me lembro de ter tomado a decisão de ficar. Simplesmente aconteceu, reatei os laços da noite para o dia enquanto dormia. "Meu pai vai vender a casa, então vou ter que arrumar outro lugar pra morar em breve."

"Eu também estou pensando em ficar."

Eu dou uma risadinha. "Por quê?"

Trina sempre odiou essa cidade. Ou melhor, as pessoas daqui. Adorava os amigos, os poucos que conseguiu manter. Fora isso, tacaria fogo em todo o resto sem pensar duas vezes. Ou, pelo menos, era o que eu pensava.

Somos brevemente interrompidas quando a garçonete chega à nossa mesa. Parece jovem demais e sobrecarregada, deve ter sido contratada para as últimas semanas da alta temporada de verão. Peço uma água com gás, ignorando a levantada de sobrancelha da minha amiga.

"Sei lá... Esse lugar é um tédio", ela continua. "Mas é a minha casa, acho." Tem alguma coisa na maneira como ela olha para o porta-copos encharcado, cutucando os cantos com as unhas, que sugere uma explicação um pouco mais complexa.

"Como estão as coisas?", pergunto, com certa cautela. "Los Angeles anda cansando você ultimamente?"

"Ah, você me conhece. Sou inquieta por natureza. Acho que já vi e já fiz tudo o que valia a pena lá naquela cidade."

Só Trina seria capaz de me fazer acreditar nisso. "Continua trabalhando no dispensário de *cannabis*?" A parte menos surpreendente da mudança dela para a Costa Oeste foi fazer uma coisa que aqui ainda rende cadeia.

"Às vezes. E como bartender também, um pouquinho. E tem um cara que eu conheço, um fotógrafo. Eu dou uma ajuda pra ele de vez em quando."

"Esse cara..." Percebo que ela desvia o olhar. "Rola alguma coisa?"

"Às vezes."

A situação de Trina é complicada. Pouca gente consegue viver cada minuto da vida como ela — com olhos e braços abertos, disposta a experimentar tudo pelo menos uma vez, duas no máximo —, e ao mesmo tempo se sentir tão insatisfeita. Existe um buraco em sua alma, por onde tudo o que é bom acaba vazando e tudo o que há de pior e pegajoso permanece.

"Ele é artista", ela explica. "O trabalho é o que importa pra ele."

Esse é meio o discurso padrão que as pessoas usam quando precisam de um pretexto para explicar por que são negligenciadas.

"Enfim, eu não contei pra ele que estava vindo pra cá. Provavelmente ele ainda nem percebeu que as minhas coisas não estão mais lá."

Uma onda de empatia me invade. Eu me senti assim por um bom tempo, me agarrando a qualquer coisa que me trouxesse alguma satisfação, não importa se fizesse bem para mim ou não. Como eu poderia saber se não descobrisse por mim mesma, certo? Só depois de muita tentativa e erro é que percebemos a quantidade de bons conselhos que ignoramos no caminho.

Quando as bebidas chegam, ela termina a cerveja anterior e começa a virar a nova. "Já chega de conversa", ela anuncia, passando a mão pelos cabelos, que estão mais curtos, o que reforça seu visual de garota durona. "Estou entediada de tanto ouvir a minha voz."

"Certo. E a gente vai fazer o que pra se distrair?"

"Se eu me lembro bem, você me deve uma revanche. Bolas na mesa, West."

Vou com ela até a mesa de sinuca, onde ganhamos duas partidas cada e declaramos empate. De lá, vamos de bar em bar no calçadão, onde Trina vira quantidades de destilados e cervejas capazes de matar um homem com o dobro de seu tamanho.

É um alívio, na verdade. Ter um gostinho da minha antiga vida sem o tradicional apagão no final. E é incrível a quantidade de coisas que você percebe quando não está bêbada. Por exemplo, o cara que dá em cima dela no segundo bar. Ela acha que ele tem vinte e cinco anos, mas, na verdade, está mais para quarenta, cheio de bronzeamento artificial, Botox e uma marca no dedo onde ficava a aliança. Mesmo assim, serve como distração durante alguns drinques, até que ela o instiga a cantar no caraoquê só para rir da cara dele, como se fosse um bobo da corte pessoal. Eu me sentiria mal pelo cara, se não soubesse que, em algum lugar, uma criança perdeu parte da poupança da faculdade por causa dessa crise de meia-idade.

"Ele não tem quarenta anos", ela insiste, em um tom de voz exageradamente alto, enquanto andamos pelo calçadão em busca da próxima parada. "Era a luz do lugar."

"Gata, os pelos do peito dele eram brancos."

Ela tem um calafrio de repulsa que reverbera por todo o seu corpo. Em seguida, faz um som de quem vai vomitar, e eu caio na gargalhada.

"Não", ela protesta.

"Sim", eu confirmo entre uma risada e outra.

"Bom, e onde você estava enquanto isso? Vê se avisa da próxima vez. Faz um sinal com a mão ou alguma coisa do tipo?"

"Qual é o gesto na linguagem de sinais para um saco murcho e caído?"

Agora nós duas gargalhamos.

O calçadão à noite é uma confusão de luzes e música. Lojas com letreiros de neon e vitrines iluminadas. Gente saindo de bares com trilhas sonoras que não combinam umas com as outras no ar salgado e úmido. Restaurantes com mesas do lado de fora lotados de turistas e copos customizados, que são vendidos como suvenires. A cada dez passos, mais ou menos, esbarramos num carrinho que oferece dois drinques pelo preço de um ou que anuncia algum lugar que não cobra couvert.

"Música ao vivo", um deles diz, estendendo o braço para entregar um folheto verde-claro do bar na outra esquina. "Couvert artístico na faixa até a meia-noite."

"Você tem uma banda?" Uma faísca de interesse se acende nos olhos dela.

Trina tem esse jeito de flertar um tanto ameaçador, o que é engraçado depois que ela bebe um pouco. Quando já está muito bêbada, é como um rojão que parece ter falhado. Você fica à distância, aguardando e observando. Com a certeza de que, assim que resolver intervir, a coisa vai explodir e levar seus dedos e sobrancelhas junto.

"Hã, sim", ele responde, escondendo o medo com um sorriso cauteloso. Alguns caras gostam de garotas atiradas e intimidadoras, enquanto outros têm um instinto de autopreservação. "Eu sou baixista."

Ele é bonitinho, com uma cara de punk rocker do Disney Channel. O tipo de garoto criado por pais que incentivavam sua criatividade e ofereciam um prato de cookies fresquinhos enquanto ele fazia a lição de casa. Nunca vou entender as pessoas bem ajustadas.

"Ah." O sorriso predatório de Trina vira uma careta. "Bom, ninguém é perfeito."

Nós pegamos o convite mesmo assim, até porque é o banheiro mais próximo que pode ser usado sem ter que consumir nada antes. Trina e eu vamos para a fila em um corredor mal iluminado, com as paredes cobertas de fotos de shows de rock e pichações. Tem cheiro de bebida barata, mofo e suor misturado com perfume.

"Você sabe que provavelmente acabou com a vida do coitado, né?", digo a ela.

"Qual é."

"É sério. Você destruiu a confiança dele por uns dez anos. E se ele fosse virar um grande baixista? Agora vai acabar aspirando assoalho de carros num lava-rápido."

"O mundo precisa de baixistas", ela admite. "Mas eu não sou obrigada a alimentar a ilusão de que isso é sexy."

"O Paul McCartney tocava baixo."

"Que é tipo dizer que o Papai Noel é sexy. Que nojo, Gen."

Seis mulheres saem do banheiro que tem uma única cabine, cambaleando e rindo. Nós entramos. Ela lava o rosto enquanto eu faço xixi.

Depois que terminamos e lavamos as mãos, Trina tira um espelhinho da bolsa. Escondido embaixo dele, um saquinho plástico com pó branco. Ela enfia o dedo lá dentro para pegar um pouco com a unha e aspira pelo nariz. Depois faz o mesmo com a outra narina e esfrega o que sobrou nos dentes.

"Quer um tirinho?" Ela estende o espelho para mim.

"Tô de boa."

Cocaína nunca foi a minha. Eu fumava muito e bebia como um marinheiro. Tomava um ácido de vez em quando. Mas nunca tive interesse em coisas mais pesadas.

"Ah, qual é." Ela tenta me forçar a pegar. "Não falei nada a noite toda, mas esse seu lance de ficar sóbria tá começando a virar um corta-barato."

Eu dou de ombros. "Acho que você tá curtindo um barato suficiente por nós duas."

Seus olhos de pupilas dilatadas lançam um apelo. "Só um pouquinho. Depois eu prometo que fico quieta."

"E quem vai te impedir de ir pra casa com um vendedor de carros de meia-idade?"

"É um bom argumento, West." Ela desiste, fecha o espelhinho e joga dentro da bolsa.

Cada um na sua. Eu é que não vou julgar a Trina. Todo mundo tem sua forma de lidar com as coisas, e eu não tenho condições de apontar o dedo para ninguém. Essa não é a minha praia, só isso.

"Então, esse lance de virar certinha", ela fala enquanto saímos do banheiro e procuramos uma mesa para ver o show. "Isso é sério mesmo?"

Encontramos uma mesinha alta de dois lugares ao lado do palco e vamos direto para lá.

Eu assinto. "É, acho que sim."

Estou bem orgulhosa de mim mesma, aliás. Depois de uma noite toda juntas, ainda não subi em nenhuma mesa nem roubei um bici-táxi. E ainda estou me divertindo, sem precisar beber. Isso é um avanço.

Tirando uma garrafinha da bolsa, Trina balança a cabeça. "Um brinde a isso, então. Que o seu fígado te traga muitos anos de saúde e prosperidade."

Porra, se até ela consegue aceitar essa minha nova versão, talvez ainda haja esperança. Talvez eu realmente consiga manter a transformação e não esteja só enganando a mim mesma.

Nossa mesa fica mais cheia durante o show. Um grupo de amigos da época do colégio puxa uns banquinhos. Colby e Debra, que eu não vejo há anos. A segunda atração da noite é uma banda cover de hits dos anos 1990, e o lugar vai à loucura, com todo mundo cantando junto a plenos pulmões, com voz de bêbado e um pouco errado. Estamos ofegantes e roucos quando Trina e o restante do grupo vão para o fumódromo, enquanto eu cuido da bolsa dela dentro do bar e peço um copão de água gelada. Pego meu celular e vejo que o Evan mandou mensagem um pouco mais cedo.

EVAN: *Você ainda não pediu pra eu pagar sua fiança. Posso considerar um bom sinal?*

Sou obrigada a admitir que ele tem razão. O encontro com a Trina se revelou mesmo uma experiência de autoafirmação e não a catástrofe que eu tinha imaginado. Mas de jeito nenhum vou falar isso para ele. Evan não precisa da minha ajuda para inflar ainda mais o ego.

EU: *Estamos na rodovia 95 com um caçador de recompensa caolho e o carcaju de estimação dele no nosso encalço. Manda uns petiscos pra cá.*

Sinto um tapinha nas costas, surpresa por Evan ter conseguido rastrear a gente. Mas, quando me viro, dou de cara com o uniforme de poliéster escuro da polícia do condado e com a barriga proeminente de Rusty Randall.

"Genevieve West." Ele agarra meu pulso e puxa com força para trás das costas. "Você está presa."

Fico boquiaberta. "Tá falando sério? Por quê?"

Sou arrancada do meu banquinho e obrigada a ficar de pé. As pessoas ao redor se afastam, e algumas pegam o celular para filmar. Os flashes das câmeras piscam atrás de mim enquanto tento entender o que está acontecendo.

"Posse de substância proibida." Ele puxa meu outro braço para trás, onde o metal das algemas aperta minha pele. O oficial Randall pega a bolsa de Trina e remexe lá dentro até encontrar o espelhinho, que ele abre e descobre o saquinho de pó.

"Essa bolsa nem é minha!", grito, com a cabeça a mil, acelerada pelo impulso de fugir ou reagir ou... qualquer coisa. Olho desesperadamente para a porta que dá para o fumódromo.

Me segurando pelo braço, ele se aproxima do meu ouvido e murmura: "Você deveria ter ido embora quando teve a chance".

28

GENEVIEVE

Do lado de fora, sou empurrada contra a lateral da viatura de Randall, com a cara imprensada contra o vidro, enquanto ele passa suas mãos gordas e suadas pelos meus braços, minhas costelas e minhas pernas.

"Você tá adorando isso", digo com os dentes cerrados. "Seu tarado."

Ele tira celular, chaves e documento dos meus bolsos e põe no teto do carro junto com a bolsa de Trina. "Sabe qual é o seu problema, Genevieve? Você não sabe ser discreta."

"Do que diabos você tá falando?"

"Era só questão de tempo até você fazer besteira de novo." Seus dedos passam pelos meus cabelos como se eu tivesse agulhas ou uma faca de caça escondida entre os fios. "Eu avisei que tenho olhos em toda parte."

"Então seus informantes são mais burros que você."

Ele dá uma risadinha cruel. "E mesmo assim você está aqui, algemada."

Quando termina de me revistar, tento entender como alguém poderia saber do pó. O fornecedor de Trina na cidade? Ou ele simplesmente tentou a sorte sem saber? As duas opções parecem improváveis. Por outro lado, quem é que sabe o tipo de acordo que Randall tem por aí? O cara é corrupto até o último fio de cabelo.

Então eu lembro que, em algum momento em que eu e Trina nos separamos — enquanto uma das duas foi até o balcão buscar bebida ou ao banheiro —, ela pode ter cheirado na frente de um monte de gente. E basta uma dessas pessoas ter visto que estávamos juntas.

Ele pega um saco plástico no porta-malas e joga minhas coisas lá dentro, junto com a bolsa de Trina. Com um sorriso doentio, abre a porta e abaixa a minha cabeça para me fazer sentar no banco de trás.

"Desculpa o cheiro", ele fala em tom de deboche. "Ainda não deu pra limpar depois que o último sujeito vomitou."

Enquanto eu viver, vou lembrar do sorriso sádico dele quando fechou a porta. E, mesmo que seja a última coisa que eu faça, vou arrancar essa expressão presunçosa da cara dele.

Na delegacia, me sento em uma cadeira de plástico encostada na parede de um corredor estreito, ao lado de bêbados, desordeiros, garotas de programa e outras vítimas irritadas das patrulhas da noite.

"Ei!" O moleque de fraternidade com nariz ensanguentado, no fim do corredor, grita para um oficial que passa. "Ei! Eu quero o meu pai no telefone agora mesmo. Tá me ouvindo? O meu pai vai acabar com a sua raça."

"Cala essa boca, cara." Algumas cadeiras mais para lá, um local de olho roxo mira o teto. "Ninguém tá nem aí pro seu papaizinho."

"Vocês estão mortos. Vocês todos, bando de idiota!" O moleque se chacoalha na cadeira, e percebo que ainda está algemado. "Quando o meu pai chegar aqui, vocês vão se arrepender."

"Cara", o local repete. "Eu já me arrependi só de ouvir essa choradeira. Alguém me passa uma arma. Quero dar uma coronhada na minha própria cabeça."

Estou cansada, com fome e com vontade de fazer xixi desde que Randall me enfiou dentro daquela viatura. Não paro de balançar o pé, ansiosa. Minha cabeça está a mil, imaginando que Trina voltou para me procurar e não encontrou a bolsa. Será que ela entendeu o que aconteceu? Tento avaliar qual a chance de ela ter avisado meu pai ou um dos meus irmãos, considerando que o celular dela provavelmente está trancado na sala de evidências. Então me dou conta de que, *mesmo* que tenha entendido o que rolou, ela não viria atrás de mim. Vai sumir daqui antes que a polícia encontre sua carteira de motorista na bolsa e saia atrás dela também.

"Tá tudo bem." A mulher de top de lantejoulas e minissaia ao meu lado tem um ar quase zen, de tranquilidade total. "Não se preocupa. Não é tão ruim quanto mostram na TV."

"Quando é que eu vou poder ligar pra alguém? Eu tenho direito a um telefonema, certo?"

Ironicamente, apesar de já ter arrumado diversos tipos de encrenca, nunca tinha vindo parar na delegacia antes. Considerando meu antigo estilo de vida, eu poderia ter me inteirado dos detalhes do funcionamento da justiça criminal.

Em resposta, a mulher inclina a cabeça e fecha os olhos. "Arruma um jeito de ficar confortável, querida. Isso pode demorar um tempinho."

"Um tempinho" é eufemismo. Leva quase uma hora só para colherem as minhas digitais. E outra para tirarem as fotografias. E ainda outra simplesmente esperando. Parece que todo policial da delegacia já veio dar uma olhada em mim, todos com uma cara de divertimento ou presunção. Reconheço alguns que já me repreenderam ou me trataram com desdém nos tempos de colégio, o que me deixa com uma sensação de absoluta impotência, mesmo que eu esteja apenas sentada num corredor bem iluminado. Aqui dentro, eles têm todo o poder, e nós, nenhum. Somos delinquentes, culpados de qualquer que seja a acusação, porque eles determinaram isso. Não somos dignos de respeito, não merecemos um tratamento que leve em conta nem o nível mais básico de decência. Só isso já é suficiente para radicalizar até o cidadão de classe média mais conformista.

Ainda leva mais uma hora para preencherem a papelada e mais um tempo de chá de cadeira antes de levaram a gente para as celas de detenção. Os homens são separados das mulheres. Meus pulsos estão doloridos e marcados quando me sento em um banco ao lado de uma moradora de rua adormecida. Em um canto, uma turista loira, provavelmente da minha idade, chora em silêncio e cobre o rosto, enquanto a amiga dela está com uma cara de puro tédio. A pia e a privada de metal têm um cheiro tão forte que parece que a tubulação de esgoto de todos os bares da cidade é direcionada para cá, o que acaba com a minha vontade de fazer xixi.

Em algum momento da madrugada, ouço o som do meu nome, o que desvia meu olhar fixo das manchas no piso.

Olho por entre as grades de ferro e quase caio no choro. É Harrison. Todo fardado.

Como se o vexame já não fosse suficiente.

Relutante, vou falar com ele na frente da cela. "Bem apropriado, né? Como a revelação de um encontro às cegas num game show."

"Soube que você estava aqui e vim o quanto antes." O coitado parece estar preocupado de verdade. "Tá tudo bem? Você sofreu algum maltrato?"

Não sei se ele está se referindo às pessoas que estão presas ou a quem fez as prisões. "Eu estou bem, considerando as circunstâncias." Abro um sorriso sarcástico. "Acho que você não vai deixar a chave cair sem querer e sair andando, né?"

"Pode até ser", ele diz, em um falso cochicho. "Mas você precisa fazer uma encenação convincente, pra eu poder falar que fui dominado quando tentei impedir sua fuga."

"Mas, falando sério, como isso funciona? Eu tenho dinheiro. Se puder pagar a minha fiança ou sei lá o quê, eu te pago de volta. Ainda não me deixaram nem usar o telefone."

Ele olha para o lado e solta um suspiro de frustração. "O delegado está fora da cidade por algum motivo de família, então ninguém está com pressa de processar a papelada."

Ou seja, lá se vai a esperança de que o delegado Nixon descubra que estou aqui e pelo menos avise o meu pai. Não é certeza, mas Hal Nixon e meu pai jogam pôquer juntos todo mês e se tornaram amigos nos últimos anos.

Pensei que, se eu tivesse muita sorte, Nixon talvez aceitasse a minha explicação de que tudo isso é um mal-entendido criado por um babaca vingativo.

"Não posso pagar a fiança enquanto a prisão não estiver formalizada", Harrison continua. "O motivo pra atrasarem o telefonema, eu não sei. Vou ver o que está acontecendo."

"Eu não fiz nada." Eu olho bem para ele. "Isso é coisa do Randall, de novo. Você viu como ele é. Ele quer vingança."

"Vamos esclarecer tudo." Ele me olha com uma cara confusa e incerta.

Não que eu esteja me sentindo muito magnânima, considerando a situação, mas andei refletindo bastante e consigo entender que a visão de mundo de um policial novato pode ficar ainda mais abalada quando confrontada com uma sacanagem tão evidente. Esses babacas são os colegas dele, afinal.

Eu atenuo o tom de voz. “Foi muito gentil da sua parte vir me ver. Mesmo que tenha sido só pra confirmar que estou aqui mesmo.”

Sua postura tensa relaxa um pouco. “Desculpa. Eu queria poder ajudar, mas realmente não sou eu quem dá as cartas por aqui.”

“Vamos fazer o seguinte”, eu digo, estendendo a mão para fora da grade para segurar a dele. “Quando me mandarem pra cadeira elétrica, você pode apertar o botão.”

“Minha nossa.” Harrison solta uma risadinha incomodada. “Você não existe mesmo.”

O que é só uma forma educada de dizer que eu tenho um parafuso a menos. “Ah, sim. Eu escuto muito isso.”

“Vou ver o que consigo descobrir. E tentar voltar aqui, se puder. Quer que eu ligue pra alguém?”

Faço que não com a cabeça. Por mais que eu queira ir embora, vai ser pior se o meu pai souber de tudo por meio dele. Além disso, a essa altura já me acostumei com o cheiro daqui.

“Pode ir, oficial. Some daqui.”

Ele assente com uma expressão amargurada e vai embora.

Harrison acaba não voltando. Passo uma noite insone e uma manhã carregada de impaciência antes de poder fazer o telefonema.

“Pai...” A vergonha que sinto quando ele atende, sabendo o que tinha a dizer, me deixou agoniada a noite toda. “Escuta só, eu estou na delegacia.”

“Está tudo bem? O que aconteceu?” A preocupação dele é perceptível do outro lado da linha.

Que raiva. De pé num telefone pendurado na parede, com uma fila atrás de mim, risco nervosamente a pintura descascada com a unha do polegar. Meu estômago se revira quando consigo falar.

“Eu fui presa.”

Ele fica em silêncio enquanto tento explicar. Que a bolsa não era minha. Que Randall armou para mim. E, quanto mais eu falo, mais fico irritada. Tudo começou quando eu me recusei a aceitar os abusos de um homem casado com distintivo. Por muito tempo, me senti culpada por desfazer aquela família e por aparecer bêbada na casa deles fazendo escândalo, mas agora consigo entender que a culpa não é minha. É *dele*. Foi ele que provocou toda essa reação em cadeia, porque é um sujeito mesquinho e doentio. Eu deveria ter dado um pontapé no saco dele quando tive a chance.

"Eu juro, pai. Não era meu. Posso fazer um exame pra provar. Qualquer coisa." Sinto meu coração apertar dentro do peito. "Eu prometo. Não sou mais como antes."

Quando paro de falar e um longo silêncio se segue do outro lado da linha, começo a entrar em pânico. E se ele já estiver de saco cheio das minhas cagadas e essa for a gota d'água? E se me deixar aqui para aprender uma lição que deveria ter me ensinado muito tempo atrás? E se desistir da filha inútil e desencaminhada, que ia acabar falindo os negócios da família?

"Tem certeza de que está bem?", ele pergunta num tom áspero.

"Sim, estou bem."

"Então tá certo. Aguenta firme aí, garota. Já estou indo."

Minutos depois, um oficial chama meu nome e abre a porta da cela. Ele me conduz para fora da área de detenção, passando pelas mesas dos policiais, e fico aliviada ao ver que Randall não está à minha espera. Desde que voltei para Avalon Bay, sabia que ele estava em busca de desforra. Quando apareceu para me atormentar no primeiro encontro com Harrison, me conformei com a ideia de que ele seria uma dor de cabeça constante. Mas isso foi uma subida de tom drástica demais. E quem sabe o que mais ele pode ter reservado para mim? Dessa vez, me pôs atrás das grades. Da próxima, pode não ficar satisfeito só com os recursos convencionais que tem à disposição. Eu detestaria descobrir o que pode acontecer se ele resolver ser criativo.

O oficial abre uma porta e faz um gesto para eu entrar numa sala onde o delegado está sentado atrás da mesa, de camisa polo. Meu pai se levanta da cadeira e me cumprimenta com um breve aceno de cabeça.

"Tudo bem?", ele pergunta.

"Tudo." Na medida do possível, pelo menos. Quando vejo o saco de papel e o copo de café no canto da mesa, levanto uma sobrancelha. "É pra mim?"

"É, eu trouxe uma coisinha", meu pai diz. "Achei que você estaria morrendo de fome."

Eu rasgo o saco e quase engulo de uma vez os dois sanduíches gordurosos de linguiça com ovos. Nem sinto o gosto, porque ajudo a comida a descer com o café preto e quente, mas imediatamente me sinto melhor. A névoa da exaustão desaparece, e minha barriga para de se corroer. Mas agora preciso muito fazer xixi.

"Devo dizer que sinto muito por esse mal-entendido", diz o delegado Nixon.

Já é um começo.

"Eu dei uma olhada na bolsa", ele continua. "O documento, os cartões de crédito e os outros itens pessoais claramente pertencem a uma jovem chamada Katrina Chetnik."

Eu olho para o meu pai. "Foi o que eu tentei dizer pra ele ontem."

Meu pai assente e estreita os olhos para o homem do outro lado da mesa. "Estar sentada num bar lotado perto de uma bolsa não é crime. Certo?"

"Claro que não." O delegado também parece irritado com a situação. Incomodado por ser tirado de casa num domingo para resolver essa confusão. "Nós vamos tentar localizar a proprietária."

Isso significa que os problemas da Trina só estão começando. Mas não vou dizer que estou muito preocupada. Depois de uma noite na cadeia, não estou disposta a interceder por ela. Ela sabia do risco que corria. Aliás, foi bem sacana da parte dela me deixar tomando conta de uma bolsa com droga, para começo de conversa.

Então alguém bate forte na porta. Em seguida, Rusty Randall entra na sala. Pelo jeito, estava em casa quando foi chamado, porque está de calça jeans e camiseta, e fico muito feliz por saber que ele foi despertado por uma chamada urgente do chefe dizendo *venha para cá agora mesmo*.

Ele olha para mim e depois para o meu pai. Nada parece deixá-lo minimamente abalado. Com as mãos na cintura, ele para no meio da sala. "Mandou me chamar, senhor?"

"Rusty, estou liberando a srta. West com um pedido de desculpas pelo transtorno causado pelo nosso departamento. Cuide da papelada. Quero um relatório na minha mesa até o fim do dia."

"Certo", ele responde, com um tom de voz tenso.

"Tem alguma coisa que você queira dizer?", o delegado pergunta, inclinando a cabeça.

Randall nem se digna a olhar para mim. "Eu fiz a detenção com base em uma causa provável. Minha atuação não teve nada de inadequada. Eu respeito sua decisão, claro, e vou cuidar da papelada agora mesmo."

Covarde.

Ele preferiria depilar as pernas com cera quente a pedir desculpas ou admitir que estava errado. Para mim, não faz a menor diferença, não estou nem aí para o que esse sujeito pensa.

"Ronan, pode levá-la para casa", o delegado Nixon diz. "E srta. West..." Ele me olha por um momento. "Acredito que seja a última vez que vejo você por aqui."

Não sei ao certo o que ele quer dizer com isso. Se vai garantir que não aconteçam mais prisões fraudulentas ou se espera que eu tenha aprendido a lição. De qualquer forma, não, não acho que vamos nos ver de novo. Pelo menos no que depender de mim.

"Pode acreditar", confirmo.

Apesar de ter limpado meu nome, o trajeto de volta para casa só acentua a minha vergonha. Eu posso ter sido presa injustamente, mas meu pai ainda precisou ligar para o delegado assim que o dia amanheceu para tirar a filha da cadeia. Se foi humilhante para mim, também não deve ter sido agradável para ele.

"Me desculpa", eu digo, cautelosa, observando seu perfil.

Ele não responde, o que só intensifica a minha sensação de culpa.

"Eu sei que o que eu faço pega mal pra você e pros negócios. E que, apesar de a droga não ser minha e de eu não estar usando e tal, fui eu que me coloquei naquela situação. Eu sabia que a Trina estava com pó e devia ter ido embora. Porque, vamos ser sinceros, alguns anos atrás, não seria surpresa nenhuma se a bolsa fosse minha."

"Em primeiro lugar", ele responde. "Eu não estou bravo."

Ele presta atenção no trânsito enquanto seu maxilar se move, como se tentasse organizar os pensamentos.

"Você cometeu seus erros, claro. Mas já faz um bom tempo, e você não é mais aquela menina." O tom de voz dele se atenua. "Eu teria ido lá de qualquer jeito, aliás. Você é minha filha, Genevieve." Meu pai se vira para mim. "E vamos deixar uma coisa bem clara. Eu tenho certeza de que você disse a verdade. Não pense que não percebi o quanto você mudou. Isso faz diferença."

Meu coração vai parar na garganta. De repente, me dou conta de que passei tanto tempo tentando convencer a mim mesma de que era tudo para valer que nem reparei que outras pessoas já tinham percebido. Meu pai. Meus amigos. Evan.

Faço um esforço para falar, com o nó que sinto na garganta. "Eu não queria que você pensasse que eu estava desandando de novo. Que foi por causa da mamãe ou algo assim..." Paro de falar na hora. Meu pai não reage quando falo dela, e me arrependo imediatamente. "Mas não é isso, de jeito nenhum. Estou me esforçando muito pra ser uma pessoa melhor, pra me levar mais a sério e pra que as outras pessoas possam fazer o mesmo. Eu jamais colocaria isso em risco, principalmente agora que estou prestes a começar num emprego novo."

Meu pai assente com movimentos lentos. "Certo. Não sei se falei isso quando você me contou sobre o hotel, mas... estou orgulhoso de você, garota. Essa pode ser uma ótima carreira pra você seguir."

"A ideia é essa." Eu abro um leve sorriso. "E não, você não falou nada sobre estar orgulhoso. Se eu me lembro bem, você disse 'parabéns' e começou a resmungar que o Shane ia ser um desastre cuidando do escritório."

Ele dá uma risadinha constrangida. "Eu não gosto de mudanças."

"E quem gosta?", eu pergunto, encolhendo os ombros. "Não se preocupe, a gente não vai deixar o Shane chegar nem perto do escritório. Eu já prometi que vou ajudar a entrevistar pessoas novas. Vamos encontrar alguém melhor que eu, inclusive."

"Duvido", meu pai responde num tom áspero, o que faz meu coração inchar de orgulho. Minha garganta se fecha mais um pouco.

"Ei, pelo menos quem me substituir não vai ter antecedentes criminais", digo para amenizar o clima.

"Que negócio é esse com o Rusty, aliás?", meu pai pergunta, me olhando com desconfiança. "Ele está pegando no seu pé por algum motivo?"

Eu solto um suspiro e conto a verdade. A maior parte, pelo menos.

Tem coisas que me recuso a falar na frente do meu pai. Mas ele entende o principal. Que Randall veio para cima de mim no bar. Que a raiva e o excesso de bebida me levaram até a casa dele, o que provavelmente traumatizou a família inteira. E que as ameaças e as indiretas não pararam desde que eu voltei.

"Ele me culpa por ter destruído sua família", admito. "O que é verdade, em certo sentido."

"Quem fez isso foi ele mesmo." A expressão no rosto do meu pai é fria e implacável. Randall não vai querer cruzar com ele numa viela escura nos próximos dias.

Passamos boa parte do trajeto em silêncio. Eu não interrompo o que parece ser sua tentativa de processar todas as informações que acabei de dar. Nesse momento, percebo que estamos no caminho mais longo para casa. Minhas mãos começam a suar. Acho que essa vai ser a conversa que estamos adiando desde que voltei para casa.

"Você é parecida demais com a sua mãe", ele diz de repente. Seus olhos permanecem fixos no trânsito. "Sei que vocês duas não se davam. Mas juro que você é a imagem cuspida e escarrada dela na sua idade. Ela era bem maluquinha nessa época."

Eu me recosto no assento, olhando as casas que passam pela janela. Imagens fugidias e borradas da minha mãe me vêm à cabeça. Elas ficam menos nítidas a cada dia, os detalhes vão se perdendo.

"Ter uma família mudou o jeito dela. E acho que eu colaborei com isso, pra ser bem sincero. Andei pensando bastante ultimamente, sabe, se eu não acabei drenando a energia dela querendo uma família grande..."

Meu olhar procura o dele. "Não entendi."

"Quando a gente se conheceu, ela era uma mulher cheia de energia, cheia de vida. Mas, pouco a pouco, foi murchando. Nem sei se ela se dava conta disso, de que sua luz tinha quase se apagado."

"Eu sempre imaginei que tivesse sido a gente." Minha voz fica levemente embargada. "Pensei que ela não gostasse dos filhos, que a gente não tivesse saído como ela queria."

Meu pai respira fundo e solta o ar com força. "Sua mãe teve um quadro feio de depressão pós-parto quando o Kellan nasceu. Depois descobrimos que ela estava grávida do Shane, e isso pareceu ajudar um pouco. Por um tempo. A verdade é que não sei se ela quis tantos filhos porque era um sonho meu ou se achava que o próximo bebê mudaria as coisas, resolveria a situação dela." Ele me olha com uma expressão cheia de remorso e tristeza. "Quando o Craig nasceu, alguma coisa aconteceu. A depressão não veio. Os hormônios ou a química que entram em ação pra ajudar a mulher a se apegar à criança finalmente agiram. Mas, no fim, ela só se sentia ainda mais culpada. Tinha tentado tanto criar um vínculo com vocês, lutando o tempo todo contra a depressão, contra os pensamentos sombrios, e com o Craig, de repente, tudo foi tão fácil e..."

Ele solta um suspiro trêmulo, com os olhos ainda voltados para o trânsito. Quando volta a falar, estou sem respirar. Mais do que ansiosa.

"Minha nossa, Gen, você nem imagina o quanto isso acabava com ela, ter um relacionamento tão tranquilo com ele, enquanto com os outros era tão difícil. O maior medo dela era não ser uma boa mãe, isso a fazia sofrer demais. Ela achava que estava arruinando a vida de vocês. Não sei tudo o que se passava na cabeça da Laurie, mas você precisa entender que a culpa não era dela. Seja lá o que fosse aquilo, sabe. A química cerebral dela, sei lá. Ela odiava a si mesma mais do que qualquer outra coisa."

Meus olhos estão quentes, ardendo. Nunca pensei na situação por esse ângulo. Não era uma coisa conversada na minha família. Parecia que ela detestava os filhos, então era nisso que acreditávamos. Eu acreditava, pelo menos. Em nenhum momento me ocorreu que poderia ser uma doença, algo que ela não conseguia controlar, até mesmo motivo de vergonha. Deve ter parecido mais fácil parar de tentar, se afastar e manter distância por medo de arruinar os filhos. Mas, nossa, como nós sofremos por causa disso.

Nada é capaz de mudar a nossa infância, os anos perdidos sem uma mãe. A dor e o tormento de crescer acreditando que o simples fato de termos nascido, uma decisão que nem foi nossa, era motivo para ela nos odiar. Mas a dolorosa confissão do meu pai, essa informação nova e tão triste, muda muita coisa em como me sinto em relação a ela e na maneira como a vejo.

E na forma como enxergo a mim mesma também.

29

EVAN

Tem alguma coisa no ar. Estou com uma equipe em uma casa destruída pelo furacão que vamos reformar para vender e, desde a hora do almoço, os caras estão bem esquisitos. Toda hora vejo olhares furtivos na minha direção e percebo os cochichos. As pessoas ficam em silêncio quando eu apareço, mas estão o tempo todo me observando. É uma coisa bizarra, isso sim. Em filme de terror, é o tipo de cena que acontece antes de as pessoas possuídas por alienígenas se juntarem para se apossar de mais uma vítima indefesa. Juro por Deus, se alguém tentar enfiar uma sonda em mim ou vomitar na minha garganta, vou pegar uma marreta e mirar direto nas bolas.

No banheiro principal do andar de cima, flagro meu mestre de obras, Alex, debruçado sobre o celular junto com o cara que deveria estar instalando a banheira nova.

"Grady, você cobrou da gente umas trinta horas extras naquela obra da Poppy Hill", eu falo bem alto, e o cara da banheira toma um susto e enfia o telefone no bolso. "Como você acha que o Levi vai reagir se eu contar que você tá aqui coçando o saco e mexendo no celular?"

"Beleza, chefe. Sem problemas. A gente vai fazer tudo isso..." Grady aponta para a banheira, a pia e a privada, que esperam para ser instaladas. "Vai ficar tudo pronto hoje. Não se preocupe."

É incrível como as pessoas ficam mais cordatas quando o seu nome aparece no contracheque delas.

Para o mestre de obras, um cara mais jovem que eu chamei para esse trabalho, faço um gesto para vir comigo até o corredor. Entramos num dos quartos vazios, onde estreito os olhos para ele. "Que merda tá rolando com todo mundo hoje?"

Ele hesita em responder. Tira o boné, coça a cabeça, põe o boné de volta e o ajusta várias vezes, talvez torcendo para eu esquecer o que perguntei no meio-tempo. Fico em estado de alerta.

"O que foi, pô?", insisto.

"Pois é, hã, então..." Ah, pelo amor de Deus. "Bom, estão dizendo que a Genevieve foi presa. Por causa de cocaína ou algo assim."

"Quê?" Sinto um calafrio percorrer todo o meu corpo. "Quando?"

"Ontem à noite. O boato é que ela foi pega tentando vender um quilo de pó pra um agente disfarçado no calçadão, mas isso é papo furado. Pelo que eu ouvi do meu primo, que estava trabalhando num bar ontem à noite, um policial entrou lá e encontrou droga na bolsa dela, só que ela falou que a bolsa era de outra pessoa. Enfim, aquela tal de Trina apareceu procurando por ela logo em seguida."

Puta merda.

"Ninguém sabia se você já tinha recebido a notícia", Alex continua. "Então os caras..."

"Não, tudo bem." Faço um gesto para ele não se preocupar. "Só voltem ao trabalho de uma vez. E manda todo mundo guardar a porcaria do celular. Ninguém vai ganhar hora extra porque ficou de fofoca o dia todo."

Trina.

É claro.

Eu já devia imaginar. Sei melhor que ninguém o tipo de cagada que aquela garota é capaz de fazer. A raiva sobe pela minha garganta, direcionada principalmente a mim mesmo. Como eu fui achar que era uma boa ideia a Gen se aproximar dela? Principalmente com o Randall por aí todo putinho, tentando armar alguma. Se tivesse pensado no melhor para Genevieve, e não para mim, teria previsto que isso poderia acontecer.

Porra.

Não foi à toa que ela se afastou de mim. Esse desfecho era tão previsível que Gen só faltou me ameaçar com um taco de beisebol para me manter à distância. E, no fim, meu esforço para provar que ela estava exagerando e que nada de ruim aconteceria por ficarmos juntos só mostrou que ela estava certa desde o início. Eu estava tão concentrado em mostrar que tinha razão, em fazê-la mudar de ideia, que nem parei para refletir sobre quais seriam as consequências se as coisas dessem errado.

Que tipo de babaca consegue ser tão egoísta assim?

E não foi um incidente qualquer. Ela foi algemada. Provavelmente saiu escoltada do bar na frente de metade da cidade e centenas de turistas. Exibida como um troféu na delegacia e humilhada pelos mesmos escrotos que passaram a vida inteira falando que ela não prestava. Ela deve ter sentido vontade de sumir da face da Terra.

E a culpa foi minha.

Passei todo esse tempo tentando convencê-la de que eu seria bom para ela e que tornaria sua vida melhor. Que puta piada.

Só consegui sair da obra para ver a Gen horas depois. Durante o dia todo, fiquei agoniado, tentando decidir se ligava ou não, mas no fim concluí que ter essa conversa pelo telefone era um insulto ainda maior. Ou talvez eu seja um covarde, esperando que adiar a conversa me ajude a descobrir o que dizer para ela.

Quando paro em frente à casa dela, continuo tão perdido quanto antes.

Craig, o irmão mais novo de Gen, atende à porta. Com um olhar de quem diz *boa sorte*, ele aponta com o queixo para o andar de cima.

"Ela tá no quarto."

Eu bato algumas vezes e entro sem esperar pela resposta. Gen está dormindo de pijama e roupão, com o cabelo ainda molhado. Uma parte grande de mim me diz para ir embora. Deixá-la dormir. Quanto mais eu adiar isso, mais tempo tenho para encontrar o que dizer. Mas ela abre os olhos antes e me vê parado na porta.

"Desculpa", ela diz, meio grogue, encostando na cabeceira. "Eu não consegui dormir direito."

"Eu posso ir embora. Voltar mais tarde."

"Não. Fica." Ela encolhe os joelhos para abrir espaço para mim. "Imagino que a cidade toda já esteja sabendo, né?"

Ela não parece mal, considerando as circunstâncias. Um pouco zonza e pálida de cansaço, mas, de resto, intacta. Isso não ajuda a desmanchar o nó de culpa entalado na minha garganta.

"Você está bem? Ele tentou alguma gracinha?" Porque jogar um coquetel molotov pela janela do Randall ajudaria bastante a elevar o meu estado de espírito.

Ela sacode a cabeça. "Foi tranquilo. Não muito pior do que o Departamento de Trânsito, pra ser bem sincera."

"É só isso que você tem pra dizer? Que passou uma noite presa e que agora tem o humor de uma *sitcom* dos anos 1990?"

Um sorriso discreto surge nos lábios dela. É de cortar o coração. "Estou pensando em fazer uma turnê pelo circuito prisional e testar um material novo."

"Teve notícias da Trina?"

"Não." Gen dá de ombros. "Mas desejo sorte pra ela. Se for esperta, a essa altura já deve estar no México."

Quando abro a boca para responder, ela me interrompe.

"A gente pode falar de outra coisa? Mais tarde, tudo bem. Agora eu não quero nem pensar nisso. Foi um dia bem longo."

"Sim, claro."

Ela segura a minha mão e me puxa para eu me sentar ao seu lado. "Ei, eu não cheguei a comentar, mas a casa ficou ótima. Vocês fizeram um trabalho de primeira na reforma. Estou quase triste por terem terminado."

"Eu vou sentir falta de ver você de baby-doll de seda, só me vendo pegar no pesado."

Gen dá uma risadinha. "Você tem uma imaginação bem fértil."

"Ah, não era você? Devia ser outra morena de pernas compridas e um belo par de peitos."

Ela dá uma cotovelada nas minhas costelas. "O que estou dizendo é que, agora que acabou, meu pai vai pôr a casa à venda. Este aqui não vai mais ser o meu quarto. E está tudo tão bonito agora, é uma pena mudar."

"Este quarto traz ótimas lembranças." Entrar pela janela depois que todo mundo tinha ido dormir. Ajudá-la a fugir também.

"Kellan e Shane fumaram uma maconha velha que estava escondida embaixo das tábuas do closet." Dessa vez, o sorriso dela chega até os olhos. O som de sua risada é reconfortante e debilitante ao mesmo tempo. "Eles vomitaram muito, um tempão. Shane disse que estava ficando cego."

Sinto vontade de rir com ela e lembrar tudo que aprontamos aqui. Toda vez que tivemos que prender a respiração, transando debaixo das cobertas com a família dela a poucos passos de distância. O tempo todo com medo de que um dos irmãos pudesse aparecer e arrancar o meu pau se me pegasse em cima dela.

Mas só consigo pensar que, se as circunstâncias fossem outras, ela correria o risco de passar um bom tempo na cadeia por minha causa.

Só agora me dou conta de que algumas dessas lembranças — fugindo da polícia ou de alguém que tínhamos provocado, caindo de bêbados aos quinze anos, ficando muito loucos e matando aula — não parecem mais tão divertidas como na época do colégio.

"Meu pai quer a minha ajuda pra procurar outra casa. Sem a minha mãe, ele está meio sobrecarregado com tudo que precisa fazer."

Eu mal registro o que ela fala. Uma espiral de pensamentos me domina, enquanto avalio como ainda sou capaz de arruinar a vida dessa garota. Ela estava feliz quando voltou. Talvez não imediatamente, por causa do funeral e tudo mais. Mas se for para comparar a pessoa que apareceu naquela primeira fogueira na praia e a que está ao meu lado agora... Ela parece exausta. Sem forças. Alguns meses comigo bastaram para eu sugar todas as energias dela.

E não importa o malabarismo mental que eu faça, a conclusão é sempre a mesma: eu fiz isso com ela. E, se tiver a chance, vou fazer de novo.

"Inclusive, alguns dias atrás, eu passei em frente a uma casa na Mallard. Aquela azulzinha com as palmeiras. É mais nova. Eu dei uma pesquisada..."

"Gen." Eu fico de pé. "Escuta só, você estava certa."

"Hã?"

Estou agitado e começo a andar de um lado para o outro. Como fazer isso? Não quero parecer um babaca, mas talvez seja tarde demais para isso.

"Evan?" A preocupação na voz dela é perceptível.

"Eu devia ter te ouvido."

Porra, e por que não ouvi? Ela me deu um monte de chances de respeitar sua vontade e manter distância. Eu ignorei todos os avisos e fui direto para o precipício. Com um gesto lento, me viro para ela, sentindo toda a culpa e o arrependimento borbulhando em mim. O que ela fez para merecer alguém como eu?

"Sinto muito, Fred."

Ela fica alarmada. "Pelo quê?"

"Você estava certa. Não tem como dar certo. Você e eu."

"Evan." Um olhar de incredulidade deixa seu rosto pálido. "É por causa de ontem? Não foi você que pôs o pó na bolsa da Trina. Nem obrigou o Randall a me prender. Nada disso é culpa sua."

"Mas eu convenci você a ir. Essa responsabilidade é minha." Levanto a voz contra a minha própria vontade. Parece que perdi a capacidade de controlar o que estou pensando. A frustração acaba comigo. A raiva de mim mesmo por ter deixado isso acontecer. "Eu não faço bem pra você. Sinto muito por ter demorado tanto tempo pra perceber." Engulo em seco. Minha garganta dói. "O que você precisa é ficar bem longe de mim."

"Você não pode estar falando sério." Gen se levanta da cama com um pulo. "Eu entendo que você esteja se sentindo responsável, mas não foi culpa sua."

"Não faça isso." Eu me afasto quando ela tenta segurar meu braço. "Você passou a vida inteira inventando desculpas por mim."

Ela revira os olhos, bufando. "Não é isso que estou fazendo. Eu só estava com medo de sair com a Trina porque pensei que não fosse conseguir ficar sóbria do lado dela. Você confiou em mim e tinha razão. Eu não bebi nada ontem. Ela me ofereceu pó, e eu recusei. Todo o resto foi escolha minha. Eu continuei por perto, aceitei tomar conta da bolsa dela. Poderia ter vindo pra casa quando quisesse." Uma expressão determinada surge no rosto dela. "*Você* me protegeu durante a minha vida toda. Mas agora eu cresci, Evan. Não preciso mais que você se martirize."

Eu entendo o que ela está tentando fazer, mas não posso deixar. É assim que começa um hábito. Ela me perdoa dessa vez, depois na próxima. E na próxima. Até que, pouco a pouco, retoma o comportamento autodestrutivo que lutou tanto para abandonar. Ela sempre foi a melhor parte de nós dois.

Sou apaixonado por Gen. Mas prefiro nunca mais vê-la a ser o motivo para ela odiar a si mesma.

"Você devia ficar com o seu policial", digo a ela, com a voz falhando um pouco antes de recuperar a certeza. "Ele é um cara decente, capaz de qualquer coisa pra te fazer feliz. E uma influência muito melhor do que eu fui ou posso ser."

"Evan."

Vejo nos olhos dela quando se dá conta do que está acontecendo. E percebo que quer dar um jeito de impedir. Por isso, eu viro as costas.

"Evan!"

Saio do quarto e desço a escada. Vou praticamente correndo para a minha moto. Preciso ir embora daqui antes que eu perca a coragem. Sei que ela está me olhando da janela do quarto quando arranco e parto para longe. A dor começa antes mesmo de virar a esquina. Quando chego em casa, não consigo sentir nada. Não tenho certeza nem de que estou acordado.

Já está escuro quando vou me sentar no deque, mais tarde. As nuvens encobrem as estrelas e fazem o céu parecer baixo e sufocante. O barulho dos grilos e gafanhotos ecoam dentro da minha cabeça. Isso se chama estado de choque. Não estou totalmente presente no momento.

Uma cerveja gelada aparece no meu colo. Cooper puxa uma cadeira ao meu lado.

"Você foi ver a Genevieve?", ele pergunta.

Abro a minha cerveja e dou um gole. Não sinto gosto de nada. "Acho que terminei tudo com ela", murmuro.

Ele fica me olhando. "Você está bem?"

"Ah, claro."

No fim, eu teria poupado um monte de gente de muita coisa se tivesse dado ouvido aos dois. Coop não sabe porra nenhuma sobre a Gen, mas, por mais que eu deteste admitir, me conhece muito bem.

"Sinto muito", ele diz.

"Ela não é má pessoa." Todo mundo sempre pegou pesado demais com ela pelo simples fato de tentar curtir a vida. Talvez seja isso que desperte tanta inveja: a vontade de ser como ela. A maioria tem medo de mergulhar de cabeça nas experiências e viver de verdade. São só passageiros ou observadores passivos do mundo, deixando tudo acontecer. Mas Gen não é assim.

"Eu sei", Coop responde.

Quando ela foi embora, um ano atrás, não foi o fim. Nada foi dito. Ela sumiu, mas a nossa relação ficou suspensa no ar. Mesmo depois de meses e de todo mundo me dizer para entender o recado, eu não me conformava em deixar as coisas daquele jeito. Era só questão de tempo até ela voltar e nós retomarmos de onde paramos. Só que não foi assim que aconteceu. Ela mudou. E, apesar de não ter percebido, eu também. Tentamos retomar tudo, preenchendo as mesmas lacunas de sempre, mas o nosso encaixe não é mais o mesmo de antes.

"Você ama ela?"

Minha garganta se fecha a ponto de quase não conseguir respirar. "Mais do que qualquer coisa no mundo."

Só existe ela para mim. Mais ninguém. Mas isso não basta.

Cooper suspira alto. "Eu sinto muito. Tenho os meus problemas com a Gen, mas você é meu irmão. Não gosto de te ver sofrer."

Nós passamos por poucas e boas no último ano, sempre arrumando um motivo para brigar. É bem cansativo, sinceramente. E solitário. Mas em noites como essa eu lembro que, aconteça o que for, nós vamos sempre estar juntos.

"Nós precisamos ser irmãos melhores um pro outro", digo baixinho. "Sei que essa coisa com a mamãe te irrita, mas precisa rolar porrada toda vez que o nome dela aparece? Cara, eu não quero ter que fazer nada escondido de você. Não gosto de mentir quando vou sair nem de me esconder pra atender o telefone e você não escutar. Parece que estou pisando em ovos na minha própria casa."

"É, eu sei." Coop dá mais um gole na cerveja, virando a garrafa na mão enquanto a brisa fica mais forte e traz uma lufada de ar salgado da praia. "Passei tempo demais puto com ela, e acho que queria que você também ficasse. Não é legal estar sozinho nessa."

"Eu nem queria te fazer mudar de ideia. Sabia que você não ia aceitar ela de volta. E tudo bem. Até avisei pra ela não criar expectativa. Porra, eu falei que você ia falar pro FBI que ela enterrou o Jimmy Hoffa no nosso quintal se desse as caras por aqui."

Ele dá uma risada tensa. "A ideia não é ruim. Sabe como é, se for preciso chegar a esse ponto."

"Enfim, eu não pedi pra você ir lá comigo porque sei o quanto ela pisou na bola da última vez. Eu tinha pedido pra você dar uma chance pra ela, e o que rolou foi uma traição. Contra nós dois. E, sim, fiquei com medo de ser feito de trouxa de novo. Ainda estou. Acho que nunca vai passar. Mas é uma coisa que eu preciso fazer. Por mim."

“Eu fiquei pensando.” O olhar dele se volta para seus dedos, cutucando o rótulo molhado da garrafa suada. “E pode ser que eu até aceite pensar em falar com ela.”

“Sério?”

“Ah, é, foda-se.” Cooper vira o resto da cerveja. “Desde que você e a Mac também estejam junto. Qual a pior coisa que pode acontecer?”

Eu não apostaria em uma mudança de ideia assim tão radical. E duvido que tenha sido alguma coisa que eu disse. É mais provável que Mac tenha convencido Coop. Mas no fim dá no mesmo. Nós não temos muita gente na nossa família. E hoje acabamos de perder mais uma pessoa. Só estou tentando unir todo mundo o máximo possível para juntar os cacos. Se não conseguirmos parar de brigar nem a esse respeito, a coisa vai ficar bem difícil.

“Vou marcar com ela, então.”

“Mas já vou avisando”, ele diz. “Se ela estiver precisando de um rim, é o seu que a gente vai dar.”

30

GENEVIEVE

Continuo no chão, sentada no mesmo lugar desde que Evan foi embora. Com os olhos fixos na estampa do carpete e nas marcas da parede, tentando entender o que aconteceu. Volto para a cama, apago a luz e aperto com força a coberta em volta dos ombros, revendo a cena na minha cabeça. A frieza dele. O distanciamento do olhar dele, mesmo quando olhava para mim.

Sério mesmo que ele terminou comigo? Ontem eu diria que Evan seria incapaz de uma guinada como essa, tão cruel e repentina.

A lembrança da conversa que acabamos de ter é fragmentada, como se eu não estivesse totalmente presente no momento. Tento juntar os pedaços e ainda não consigo entender como acabei sozinha com essa dor me corroendo.

É diferente de quando eu fui embora no ano passado. Ele ainda estava aqui. O nosso conceito de lar é permanente. Está fixado na memória. É irremovível.

Então eu voltei e pensei que pudesse mantê-lo nesse mesmo lugar. Perfeito e preservado na lembrança. Para sempre o garoto com mais sorte do que juízo. Não me permiti levá-lo a sério ou vê-lo como uma pessoa complexa. Fazendo isso, eu não precisaria esclarecer de vez o que sentia por ele nem o que fazer a respeito. Definir o que acontece quando a baladeira e o bad boy viram adultos.

Agora ele tirou de mim essa oportunidade, tomou a mais difícil das decisões por nós dois. Só que eu não estava pronta. O tempo acabou, e agora estou aqui sozinha.

Por que ele faria isso comigo? Me trouxe para perto de novo, testou os meus limites e derrubou as minhas barreiras para, no fim, simplesmente se afastar?

Isso machuca, poxa.

Mais do que eu imaginava ser possível.

E não paro de pensar no que poderia ter sido diferente. E se eu não tivesse sido tão inflexível no começo? E se não tivesse imposto tantos obstáculos? Se tivesse sido mais aberta, a essa altura a gente já teria se acertado?

Não sei.

E nada disso me ajuda a dormir. Já é mais de uma da manhã e ainda estou olhando para o teto. Bem nesse momento, um barulho lá fora me desperta desse devaneio com um susto.

De início, não sei bem o que é. Um carro passando com o rádio alto? Os vizinhos? Por um breve instante, meu coração dispara com a possibilidade de Evan ter voltado.

Então, de repente, alguma coisa se choca contra a janela do meu quarto.

Um ruído bem alto. Fico paralisada de pânico por um instante, mas acendo o abajur da mesinha de cabeceira e corro para a janela, onde vejo um líquido espumante escorrendo pelo vidro e cacos de vidro marrom no parapeito. Uma garrafa de cerveja, pelo jeito.

"Sua vagabunda filha da puta do caralho!"

Lá embaixo, Rusty Randall mal consegue se manter em pé no gramado da frente da casa, com sua silhueta mal iluminada pela lâmpada da rua. Ele está cambaleando e grunhindo coisas quase ininteligíveis, a não ser por uma ou outra palavra.

"A vadia da minha ex-mulher..." Ele resmunga alguma coisa sobre *não me deixar nem ver os meus próprios filhos* e *na minha própria casa.*

Na cama, a tela do meu celular se acende, e corro para ver.

KAYLA: *Sei que está tarde, mas queria te avisar. Rusty passou aqui. Está bêbado e furioso. Tenta ficar bem longe, se puder.*

A casa de Kayla é aqui perto. Uma caminhada rápida no tour de rancor dele. Mais uma parada nesse passeio de ressentimentos. E logo hoje. Não estou nem um pouco a fim de aguentar a raivinha desse babaca.

E, por sorte, eu não preciso.

"Que merda é essa?" Craig entra no meu quarto, limpando os olhos, e vem ao meu lado na janela. "Foi esse aí que te prendeu?"

"É tudo culpa sua!" Randall grita de novo. "Sua vadia do caralho!"

Craig e eu nos viramos ao mesmo tempo quando ouvimos a escada ranger e a porta da frente se abrir. As luzes da varanda se acendem, iluminando a figura de Randall no jardim da frente. Um segundo depois, nosso pai aparece só de short e camiseta, com uma escopeta nas mãos.

"Eita. O papai tá puto", Craig murmura.

E ele não é o único. Ouvimos nossos irmãos descendo a escada em direção à porta. Billy, Shane e Jay aparecem logo atrás do nosso pai. Com quase dois metros de altura, Jay está com um taco de beisebol apoiado no ombro. Eu nem sabia que ele e Shane estavam aqui; Kellan provavelmente estava com alguma menina de novo.

Randall rosna palavras embriagadas para o meu pai. Não consigo ouvir direito, mas, pelos gestos, dá para entender do que se trata.

"Não me interessa se você é da polícia", meu pai diz, elevando o tom de voz. "Fora da minha propriedade."

Como Randall não se move, meu pai desliza o gatilho da escopeta para reiterar o que disse.

Randall recua e volta resmungando para o carro. A Sociedade Mexe com a Gente pra Ver o Que é Bom continua inabalável.

Craig e eu chegamos à varanda a tempo de ver o carro se afastar.

"É um escroto", Jay comenta, fazendo pose como se tivesse acabado de expulsar o Exército britânico inteiro com seu taco.

"Você devia ter metido uma bala no rabo dele, pai", Shane comenta, rindo, enquanto meu pai entra para guardar a arma em um lugar seguro.

"Ele tá dirigindo bêbado", Craig diz. "O delegado precisa saber disso."

"Vou ligar pra ele agora", meu pai diz antes de se virar para mim. "Você está bem, garota?"

"Estou, sim." Acendo a luz da sala de estar, e todos se espalham pelos sofás.

"A gente viu tudo lá de cima", Craig conta, com um sorrisão no rosto. "Tinha certeza de que você ia dar um tiro nele."

Meu pai se apoia no encosto de sua poltrona reclinável, com a cara fechada.

Eu tento controlar um acesso de raiva misturada com culpa. "Me desculpa, pai. Eu não imaginava que ele pudesse aparecer aqui. Ele já estava aí na frente quando chegou uma mensagem da Kayla, avisando que ele tinha passado na casa dela. Ela não deixou ele entrar."

"Ã-ham."

Depois de um tempo, ele dá a volta e se senta na poltrona de couro. "Acho que vou esperar mais um pouco antes de voltar a dormir, pra garantir que aquele imbecil não vai tentar mais nenhuma idiotice."

"Qual é a desse cara?" Craig pergunta. "Tipo, alguma coisa rolou, né?"

Billy olha para mim.

Já foi ruim o bastante ter essa conversa com o meu pai. Sem chance de contar tudo de novo para o meu irmão mais novo.

"Vocês tratem de voltar pra cama", meu pai diz para os meninos.

"Agora eu não vou conseguir dormir." Shane está quase quicando na ponta do sofá. "Tô pilhado. Vou ficar acordado também. Sentado lá na varanda com a arma, pro caso de ele voltar."

Jay revira os olhos e faz um aceno de cabeça para mim. "Vamos lá."

"Ah, qual é", Craig esbraveja. "Eu nunca fico sabendo de nada. Gen?"

Ele quer que eu conte, mas só encolho os ombros e digo: "Eu te conto quando você for mais velho".

Ele me mostra o dedo do meio. "Vacilona."

Jay puxa Craig pelo braço e chama os outros, arrastando Billy e Shane escada acima enquanto diz: "Hora de dormir, garotada".

Isso rende a ele mais dedos do meio e um "vai se foder". Eu fico com meu pai, só observando, com cautela. É preciso ressaltar que ele se manteve admiravelmente calmo o tempo todo, considerando que um perturbado estava gritando obscenidades para sua filha e jogando garrafas na sua casa. Apesar dos punhos cerrados indicarem que ele está doido para buscar a arma de novo, se limita a limpar a garganta com um ar ameaçador enquanto pega o celular.

"Vou ter uma conversinha com o delegado." Meu pai se levanta da poltrona e me dá um beijo na testa. "Vai pra cama, filha. Eu cuido disso."

Às vezes, uma garota precisa de um pai. E, nesse ponto, estou muito bem servida.

31

EVAN

Eu sonho com ela. É um devaneio daqueles de quando você está semiadormecido, depois de já ter aberto os olhos ao perceber a luz do sol no rosto. É mais uma lembrança de algo que nunca aconteceu, indistinto e fugaz, que desaparece antes que minha consciência consiga capturá-la. Mas, nessa imagem, nós estamos juntos e, quando acordo de vez, lembro que não. Eu terminei tudo com ela. E agora só me restam os sonhos.

Viro para o lado e pego o celular na mesinha para ver que horas são. A tela está cheia de mensagens de Gen. Demoro um minuto para entender, porque leio tudo na ordem inversa, então rolo a tela para cima para ler direito.

GEN: *Randall apareceu aqui ontem à noite.*
GEN: *Gritando na frente da minha casa.*
GEN: *Jogou uma garrafa de cerveja na minha janela.*

É essa mensagem que me desperta de vez.

GEN: *Meu pai colocou ele pra correr com uma escopeta.*
GEN: *Por favor, a gente precisa conversar.*

Levanto da cama e visto a primeira camiseta e a primeira bermuda que encontro.

GEN: *Eu não pediria se não fosse importante.*

GEN: *As coisas mudaram. Vai me ver no nosso ponto de encontro assim que ler essa mensagem. Você me deve pelo menos isso.*

Já estou me arrependendo do que fiz ontem, principalmente por tudo o que ela passou. Eu poderia ter agido melhor. Ter sido mais gentil. Agora ela parece estar com medo de ser ignorada, e essa nunca foi a minha intenção. Manter distância, sim. O suficiente para que a gente se acostume com a ideia de cada um viver sua vida. Para que ela possa seguir em frente sem a minha interferência. Mas ver que ela sentiu que precisa implorar pela minha ajuda? É uma sensação terrível.

Saio pela porta poucos minutos depois e arranco com a moto. Chego à trilha estreita entre as árvores que leva à praia deserta. Gen já está lá, com um short de bainha cortada e uma camiseta larga, sentada num cobertor perto do mar, observando as ondas.

"Oi", eu digo. "Você está bem? O que aconteceu?"

Ela não se levanta e me convida a sentar. "Tô bem. Sorte que não tinha nenhuma pedra por lá ou você também ia ter que trocar o vidro da janela."

"Tô falando sério." Observo seu rosto com atenção, mas ela parece bem mesmo. Só um pouco cansada. "Suas mensagens..."

"Pois é." Ela abaixa a cabeça. "Desculpa. Não era pra te assustar."

"Tudo bem." Gen olha para mim. "Quer dizer, tá tudo certo. Você precisava de mim, estou aqui. Sem problemas."

Depois de um suspiro, os ombros dela relaxam. Seus dedos desenham padrões aleatórios na areia enquanto ela conta o que aconteceu na noite anterior. O lunático na frente da casa dela. Ronan West saindo para enfrentá-lo no melhor estilo Dirty Harry.

"O meu pai ligou pro delegado e pediu pra conversar na delegacia. Fui lá assim que amanheceu, pra entrar com o pedido de medida protetiva. Fiz o boletim de ocorrência com o delegado Nixon quando trouxeram o Randall. Ele foi preso por dirigir bêbado e suspenso do trabalho." Um brilho de redenção passa pelos olhos dela. "Vão ter que fazer uma sindicância interna primeiro, mas meu pai falou que ele vai em cana."

"Ótimo." Já estava na hora. Até entendo que nada tivesse acontecido até agora, mas finalmente alguém está dando um jeito nesse cara. Espero que Gen consiga ficar em paz depois disso. "Agora você entende que tudo o que ele causou não era culpa sua?"

Ela me olha de canto de olho. "Acho que sim."

"Está se sentindo melhor?"

"Se tudo isso resolver mesmo a situação, claro. Sinceramente, já cansei de me preocupar com ele."

"Ele já te alugou mais do que merecia."

"Exatamente."

Fico feliz por ela me contar tudo e aliviado por ela estar bem. Se soubesse por outras pessoas, teria dado uma passadinha na casa do Randall, e ninguém ia ser capaz de me impedir. De qualquer forma, ela merece voltar a respirar aliviada. Essa história pesou demais para ela por mais de um ano.

Por mais que eu queira, sei lá, consolá-la e fazer companhia para ela, quanto mais tempo fico aqui, menos sei o que fazer ou como agir. Na prática dei um pé na bunda dela ontem, então imagino que ela não vá querer ficar mais tempo que o estritamente necessário.

"Certo, então eu já vou indo." Eu me levanto. "Vou te deixar em paz."

Ela se levanta comigo. "Ainda não terminei. Não te chamei só pra falar sobre o Randall."

Sinto um aperto no coração. Não sei se aguento mais uma conversa sobre nós dois, assim, na sequência. A de ontem à noite foi brutal. Mesmo agora, não sei como consegui ir embora de lá e não enlouquecer. Se tiver que repassar tudo, não sei se consigo manter a determinação. Eu nunca soube dizer não para ela.

"Parei pra tomar um café com o Harrison no caminho."

Então tá. Lá vamos nós.

Seguro uma gargalhada histérica. E eu aqui, pensando que ela me chamou para tentar voltar, depois de ser praticamente jogada nos braços de outro por mim ainda ontem. Que idiota. Gen está organizando a vida. Não precisa de um imbecil como eu dificultando as coisas. Mas isso é bom, na verdade. É melhor descartar de vez o otimismo e as ideias absurdas.

"Ele é um cara ponta firme", comento.

"É mesmo."

"Ainda assim é um bocó." Bom, acho que não consigo me controlar totalmente. "Mas é legal, educado. Provavelmente lava a roupa de acordo com as instruções da etiqueta, então você não precisa ter medo de que nada vá encolher."

Gen dá um sorrisinho e morde o lábio, virando a cabeça. "Você é bem esquisito às vezes."

"Mas os seus filhos vão ser baixinhos. A cabeça dele tem um formato meio estranho, pode ser hereditário. É melhor colocar logo pra treinar caratê, fazer boxe, sei lá. Com uma moringa daquelas, eles vão precisar saber se defender."

Ela sacode a cabeça, incomodada. "Quer parar?" Mas ainda está sorrindo. "Eu falei que não ia mais sair com ele."

Nossos olhares se encontram. "Por quê?"

"Porque..." O sorriso dela é tão contagiante que eu sorrio também. "Eu contei que sou apaixonada por Evan Hartley."

Começo a sentir a pulsação no meu rosto. Mas, de alguma forma, consigo manter a pose. "Que coisa estranha, eu conheço esse cara."

"Ã-ham." O brilho nos olhos dela é tão estranho que quase me assusta. "Demorei um pouco pra entender, mas no fim descobri que sempre fui apaixonada por ele, a vida toda."

Uma parte de mim que agarrá-la e chutar a cautela para o alto, mas nós chegamos a esta situação por um motivo.

"E o lance da droga da Trina? Você passou uma noite na cadeia por minha causa", lembro. "Se não fosse o Randall o responsável pela prisão ou se o seu pai não fosse amigo do delegado, a coisa ia ficar feia."

"Nada disso, nem vem." Ela ergue o dedo em riste. "Eu já resolvi que não vou aceitar esse argumento."

Ela é tão fofa, às vezes. "Ah, é?"

"Isso mesmo". Ela balança a cabeça. "Eu já falei: foi bom sair com a Trina. Você disse que eu precisava ver se conseguia me divertir sem perder o controle. E foi isso que aconteceu. Provei muita coisa pra mim mesma naquela noite. Como eu falei antes, o jeito como tudo terminou não foi culpa sua."

Minha cara entrega que não estou muito convencido, então ela continua.

"Você e eu sempre fazemos de tudo pra assumir a culpa pelo que acontece com o outro. E isso não ajuda a gente em nada."

"Estou até preocupado agora porque acho que você está certa", eu digo, contendo um sorriso.

"Eu precisava me convencer de que tinha mudado de verdade. Para mim, aquela noite me mostrou isso. E tudo aconteceu com você na minha vida. E quer saber? Você também mudou. Desde que eu te conheço, você parecia sempre querer provar alguma coisa pra alguém. Lutando contra o mundo todo em mil frentes, sempre dando o primeiro soco pra não correr o risco de ser pego de surpresa. Eu não vejo mais isso. Gostando ou não, Evan, você amoleceu agora que está mais velho."

"Minha nossa..." Eu levo a mão ao peito. "Agora você pegou pesado, Fred."

Ela dá de ombros. "É amadurecer que chama. Aceita e relaxa."

Não sei de onde vem essa energia, mas acho que estou curtindo. Ela parece feliz, cheia de vida. Com aquela chama impetuosa dentro dela. Como se fosse capaz de transformar areia em vidro com um piscar de olhos.

"A gente amadureceu como casal", ela continua. "Mas espero que não pare por aqui."

Eu sinto que estou vendado enquanto ela me conduz, uma sensação de medo e expectativa ao mesmo tempo. Gen está tramando alguma coisa, que pode ser ao mesmo tempo terrível e animadora. Como daquela vez que ela saltou do píer, mas agora ela me deu a mão.

"Eu já estou aqui faz um tempinho. E fiquei pensando..." Gen se aproxima de mim e põe a mão no meu peito. Meus músculos estremecem sob seus dedos. Nós dois sabemos o que o toque dela faz comigo. "Acho que você devia casar comigo."

Minha boca fica seca. "Como é?"

"E ter um monte de filhos."

"Um monte mesmo?" Meus dedos estão dormentes. O som do mar vira um zumbido no meu ouvido, e meu peito infla com uma alegria pura e incontida.

"Eu vou administrar o hotel da Mac, e você pode ficar em casa cuidando dos nossos sete filhos."

Ela fica em silêncio por um instante, me olhando por entre os cílios grossos.

E me entrega um pirulito vermelho.

"Se você quiser", ela diz com um jeito travesso, mas com sinceridade absoluta, "a proposta está feita."

Não sei nem como ainda estou em pé. Mas também não sou trouxa. "Sim, eu quero."

Puxando a minha camiseta com os dedos, ela se aproxima para colar os lábios nos meus. Fico atordoado por mais alguns segundos, mas logo meu cérebro volta a funcionar e eu a envolvo num beijo profundo. Essa mulher sensacional e inacreditável não faz ideia de onde está se metendo.

"Você vai até enjoar de tanto amor que eu tenho pra te dar", digo a ela, afastando os cabelos do seu ombro. "Vai ficar até com nojo."

"Isso eu pago pra ver." Ela inclina a cabeça, sorri para mim e tenta me beijar de novo.

"Escuta só." Eu a seguro. "Não me entenda mal, eu adorei o plano. Seja lá o que você tomou no café da manhã, continua tomando, mas que tal..." Porra, eu nem sei como dizer isso. "Sabe como é... O seu pai. E os seus irmãos. Certeza que eles têm uma cova escavada em algum lugar com o meu nome na lápide."

"E o seu irmão?", ela rebate. "Que diferença faz? Eles aceitando ou não. Você é o que eu quero. Tudo o que eu sempre quis. E acho que mereço isso."

"Bom, acho que o Cooper vai aceitar mais rápido do que você imagina."

Pela primeira vez na vida, consigo imaginar um futuro para além de alguns dias. Uma ideia de família e de segurança. Permanência. Eu e Gen, casados e absurdamente felizes. Estou tendo vislumbres de como seria acordar com alguém que não vai sair de fininho com os sapatos na mão.

"É sério mesmo que a gente vai fazer isso?", pergunto com a voz rouca. "Porque assim, se você acha que precisa de um gesto grandioso pra me ter de volta, era só mostrar o seu peito. Eu teria topado na hora. Sem pensar duas vezes." Eu mordo a bochecha. "Não quero que você ache que a gente precisa casar pra mostrar que a coisa é séria."

Ela abre um sorriso presunçoso. "Gato, eu sei que tenho você na palma da minha mão desde o sétimo ano."

"Sei." Com os braços em volta dela, deslizo as mãos até os bolsos de trás do short para apertar sua bunda. "Você acha que isso é um insulto, mas eu nem ligo. A minha masculinidade está intacta. Eu seguiria essa bunda pra qualquer lugar."

Dessa vez, quando ela tenta me beijar eu deixo. E eu me deixo levar de vez quando ela morde meu lábio. A essa altura, já perdi todo o juízo. Então, só o que eu faço é enlaçar suas coxas com os braços para segurá-la na altura dos meus quadris enquanto nos beijamos.

Como foi que eu achei que poderia viver sem isso? A pele dela nas minhas mãos. Seu gosto na minha língua. O meu coração batendo tão rápido que quase chega a doer quando ela enfia os dedos no meu cabelo e puxa. *Essa mulher.*

Quando Gen começa a respirar mais depressa, enroscando sua língua na minha, eu enfio a mão por baixo de sua blusa para agarrar seu peito. Ela se arqueia na direção do meu toque, se esfregando em mim. Estou com o pau duro, pressionando o zíper da minha bermuda, e ela roça os dentes no meu queixo com a barba por fazer e lambe meu pescoço.

"Espera." Gen abaixa as pernas e fica de pé. "Vamos lá pro carro."

Dou uma encarada nela. "Se um policial passar, dessa vez nós dois vamos passar a noite na cadeia. Você sabe, né?"

"Pode até ser. Mas tudo bem correr esse risco." Ela dá um beijo no meu rosto. "Não tem problema ser uma garota má às vezes, certo?"

Por mim, tudo bem. Porque eu quero tê-la de todas as formas possíveis.

Para sempre.

Epílogo

GENEVIEVE

Estou com a cara enfiada no armário de roupa de cama e mesa dos gêmeos, procurando uma toalha para a mesa de fora quando levo um susto ao ser agarrada por trás. As mãos passeiam pelas minhas costelas, sobem pela minha blusa, entram no meu sutiã e agarram meus seios. Sinto sua ereção se comprimindo contra a minha bunda.

"Eu quero você", ele murmura.

"E não cansa de dizer isso." É a quarta vez que ele me encurrala em algum lugar da casa, deixando claras suas intenções. "O jantar sai daqui a pouco."

Uma das mãos desliza para a minha barriga e entra no meu short. "Eu quero comer agora."

Um arrepio quente me percorre. Ele não está jogando limpo comigo. Desde que o noivado foi oficializado, não conseguimos ficar longe um do outro. A nova brincadeira favorita de Evan — que não me esforcei muito para interromper — é me seduzir em público até eu pedir um tempo.

Por enquanto, só consegui escapar por muito pouco.

"Eu já disse que te amo?", ele murmura, com os dedos escorregando para o meio das minhas pernas. "Principalmente essa parte."

"Principalmente?" Eu arranco sua mão de mim e me viro para encará-lo, com as sobrancelhas levantadas.

"Igualmente. Eu quis dizer igualmente. Assim como amo todas as..." Seus olhos percorrem meu corpo. "Todas as suas partes."

"Só por isso", eu solto o sutiã sem alças, que cai no chão, "vou jantar sem sutiã hoje."

"Ops." Mac aparece na ponta do corredor. Ela detém o passo e dá meia-volta. "Continuem. Finjam que eu não apareci aqui."

Com um sorriso diabólico, Evan pega meu sutiã e guarda no bolso de trás da calça. "Vou ficar com isso aqui."

De todas as coisas estranhas que ele já fez, essa é nova. "Por quê?"

"Você vai ver."

Todo satisfeito, ele se afasta.

Quando encontro a toalha, volto para a cozinha, onde Mac ajeita as travessas de comida em uma bandeja grande para levar lá fora. Jogo a toalha para Evan, para que possa arrumar a mesa no deque.

"E o placar?", Mac me pergunta.

"Sinceramente, já perdi a conta." Ponho a salada de batata em uma tigela grande e tiro as cenouras assadas do forno.

Vamos jantar ao ar livre hoje à noite. Vários amigos, além de Riley e da tia dele, já estão lá fora. Steph não para de falar que é nosso jantar de noivado, mas não é nada disso. Foi mais uma ideia de última hora de Evan, cuja impulsividade não foi domada por completo.

Ele esbarra em mim enquanto pega os talheres na gaveta. "Tô ganhando."

"Eu vou avisar mais uma vez..." Cooper anuncia, parando no meio da cozinha.

"Coop, para com isso." Mac revira os olhos e pega a bandeja de saladas.

"Não, eu quero deixar bem claro. Se eu descobrir que outra pessoa, além de mim, anda transando na minha cama, vou incendiar o colchão da pessoa no quintal."

"Cara." Evan dá risada. "Sério mesmo, por que você acha que eu ia querer fazer alguma coisa no seu quarto? Eu escuto o que você apronta lá."

Por isso, Mac dá um tapa no braço dele.

"Só pra você saber", Cooper responde, enquanto Evan pega um pedaço de pepino da tábua e enfia na boca. "Eu já transei com ela aí nesse balcão. Então fica à vontade."

"Credo." Evan estremece. "Eu sei que você me confunde com o espelho, mas cada um aqui tem o seu pau, cara. Guarda essas coisas pra você."

Ultimamente, a maioria das provocações são por nossa causa. São alfinetadinhas pela nossa alegria de recém-noivados. Que somos novos demais para casar e, quando percebermos, vamos estar cansados um do outro e soterrados em fraldas de bebê. Mas isso não nos abala. Como Evan disse para Cooper quando deu a notícia, nós sabemos que é para sempre. E sempre soubemos.

Mac e Evan vão para o deque, e eu pego as luvas térmicas no balcão, com um olhar atravessado para Cooper. Ele levanta uma sobrancelha quando percebe. "Que foi?", pergunta, desconfiado.

Eu abro o sorriso mais doce do mundo. "Ainda não ouvi o meu pedido de desculpas de hoje."

"Puta merda. Sério mesmo que você vai me cobrar isso?"

"Claro que vou."

Alguns dias atrás, nós dois fizemos uma caminhada na praia e conversamos para esclarecer as coisas. Evan e Mackenzie nem tiveram que insistir. Meu futuro cunhado e eu fomos maduros o suficiente para aparar as arestas por conta própria. Então, eu pedi desculpas por ter sido uma má influência para Evan, e ele por me emboscar na saída do trabalho para dizer que eu não prestava. Ele me ofereceu de volta o privilégio de sua amizade, e eu ri e falei que, se ele quisesse a *minha*, teria que se desculpar todos os dias até o casamento. Seja lá quando for. Hoje é o quarto dia do trato, e estou me divertindo demais.

"Certo." Cooper bufa de irritação. "Desculpa por ter mandado você sumir e por dizer que não somos amigos."

"Obrigada, Coop." Vou até ele e bagunço seu cabelo. "Isso é importante pra mim."

Mac volta a tempo de ver tudo e ri baixinho. "Pega leve com ele, Gen. Ele prometeu que vai ser bonzinho daqui pra frente."

Eu penso a respeito. "Tudo bem. Você está dispensado da sua obrigação de se desculpar", digo para Cooper.

Ele revira os olhos e vai lá para fora ajudar o irmão.

"Precisam de alguma coisa?" Alana aparece na porta de vidro, estranhamente prestativa. Ela quase arranca a tigela com a salada da minha mão.

Eu olho bem para ela. "Por que você está esquisita?"

Ao meu lado, Mac dá uma espiada no deque.

"Ela está evitando o Wyatt", Mac explica. "E ele está olhando feio pra cá agora mesmo."

Não sei se dou risada ou bufo de raiva. A minha vida amorosa enfim se resolveu, mas a dela está cada vez pior. "O que você fez pra ele agora?", pergunto.

Ela fecha a cara para mim. "Nada."

Mac levanta a sobrancelha.

"Tá bom." Alana solta o ar com força. "Vou fazer uma tatuagem nova no meu aniversário, semana que vem. Escolhi um desenho."

Estou confusa. "E daí?"

"E daí que não foi ele que fez."

Até prendo a respiração. "Não!"

Até Mac, que mora em Avalon Bay só há um ano, entende a gravidade da situação. Wyatt é o melhor tatuador da cidade. Procurar outra pessoa é uma traição.

"Eu tenho o direito de escolher quem quiser", Alana argumenta. "De preferência alguém que não pense que está apaixonado por mim."

"Acho que você não vai procurar o Tate também, então", Mac responde, e nós rimos.

Alana faz outra careta e deixa a salada de batata de lado. "Querem saber? Não vou mais ajudar. Odeio vocês."

Ela sai pisando duro, enquanto nós continuamos rindo. Pela porta de vidro, vejo ela passar por Wyatt para falar com Steph e Heidi do outro lado do deque, onde tenta usar o gradil para se camuflar.

"Cada rolo em que a gente se mete", Mac comenta, ainda rindo.

Nós saímos e começamos a arrumar as travessas na mesa. As bebidas estão em outra mesa dobrável, e a cerveja, nos coolers no chão. Cooper vai ver como está a carne na churrasqueira, enquanto Evan chega com uma pilha de guardanapos e arruma ao lado dos talheres.

"Cadê o Riley?", ele pergunta, olhando em volta.

Aponto para o quintal lá embaixo, onde Riley e Tate conversam animadamente sobre barcos. Liz, a tia dele, está por ali também, mexendo no celular.

"Ele me contou que tá a fim de uma garota da aula de biologia", murmuro para Evan, apontando com o queixo para seu irmão mais novo postiço.

"Ah, a Becky? Ele me contou."

"Becky? Não, ele disse que o nome dela era Addison." Fico de queixo caído. "Ai, meu Deus. Esse moleque vai virar um galinha."

Evan abre um sorriso orgulhoso. "Que bom. Deixa ele ciscar um pouco por aí. Ele é novo demais pra ficar amarrado."

Eu solto um suspiro e, quando vou responder, uma movimentação estranha chama minha atenção. Respiro fundo.

"Que merda é essa?", sussurro para Evan.

Ele continua sorridente. "Harrison!", ele grita para o policial de calça cáqui e camisa polo que se aproxima do deque pela lateral da casa. "Que bom que você veio!"

Ele convidou *Harrison*? E está chamando pelo nome dele, em vez de um apelidinho passivo-agressivo?

"Evan", eu rosno baixinho. "O que foi que você fez?"

"Relaxa, linda", ele sussurra de volta. "Pensa em mim como um cupido, espalhando o amor por toda parte."

Que porra de conversa é essa? Mal tive tempo de registrar essa baboseira e ele já sumiu, correndo escada abaixo em direção ao recém-chegado. Resolvo me mexer e vou atrás dele, me preparando para a contenção de danos. Qual o tamanho do estrago? Impossível determinar.

Chego a tempo de ver Evan dar um tapinha no ombro de Harrison e dizer: "Tô querendo apresentar vocês dois há um tempão".

Vocês dois?

Pisco algumas vezes, surpresa, enquanto meu noivo maluco leva Harrison até a tia de Riley e faz as apresentações. Harrison e a tia Liz? Isso é... genial, tenho que admitir. Passado meu choque inicial, concordo que essa deve ser a melhor formação de casal de todos os tempos. Quase fico decepcionada por não ter pensado nisso primeiro.

"Liz é, tipo, a melhor enfermeira do mundo", Evan diz. "Pelo menos foi o que ouvi falar de todas as pessoas da área que eu conheço."

Eu seguro o riso e resolvo contribuir. "E o Harrison uma vez tirou um jacaré do telhado à unha", conto.

Evan levanta as sobrancelhas. "Sério? Cara, essa eu preciso ouvir..."

"Outra hora", eu me intrometo, segurando-o pelo braço. "A gente precisa terminar de servir a comida primeiro. Licença."

Com isso, deixamos o ligeiramente atordoado Harrison e a bem-humorada Liz à própria sorte.

“Porra, cupido”, eu murmuro quando voltamos à cozinha. “Essa foi muito bem pensada. Eles são perfeitos um pro outro.”

Evan balança a cabeça com gosto. “Né?”

Estou pegando os molhos e condimentos que faltam na geladeira quando a campainha toca.

“Eu atendo”, ele diz, saindo em disparada.

Ponho os potes de ketchup e mostarda no lugar e limpo as mãos antes de ver quem chegou.

Parada na porta, está Shelley Hartley. Eu não vejo a mãe deles há... nem sei quantos anos. Mas ela está bem. Parece que está se cuidando. Em vez de loiro tingido, seu cabelo está castanho-escuro natural. A pele parece saudável, e o jeans e a blusinha cobrem tudo que é preciso cobrir.

Da última vez que perguntei, Evan disse que não estava pronto para nos aproximar. Mas agora parece que está.

“Eu fiz uma torta.” Ela estende uma forma embrulhada em papel alumínio. Mas seu sorriso desaparece. “Tá bom, não é verdade. Eu comprei no mercado e troquei a embalagem. Mas já é um começo, né?”

Evan está claramente tentando não rir. “Tá ótimo, mãe.” Ele dá um beijo no rosto dela e a convida para entrar. “A gente agradece.”

Cooper está na sala de estar quando ela entra. Ele se oferece para pegar a torta, mas, em vez de sorrir ou dar um beijo na mãe, só consegue dar um aceno de cabeça. “Obrigado”, ele fala, seco. “Foi muita gentileza sua.”

Pela cara de alívio que ela faz, já é mais do que Shelley esperava.

“Mãe, você lembra da Genevieve, né?” Evan me puxa para a frente.

“Claro que sim. E, minha nossa, como você está linda!” Ela me dá um abraço apertado. “Evan me contou do noivado. Estou muito feliz por vocês”, ela diz, me segurando pelos braços com as duas mãos. Ela olha para o filho com um sorriso estranhamente presunçoso. “Está vendo, meu amor? Não falei? As minhas previsões amorosas nunca falham.” Ela se vira de novo para mim. “Eu sempre gostei de ver vocês juntos. Mesmo quando eram pequenininhos. Eu dizia: ‘ele vai casar com essa menina um dia, se tiver algum juízo na cabeça’.”

Fico com um pequeno nó na garganta. “Que fofo.”

“Nossa, os filhos de vocês”, ela exclama, arregalando os olhos. “Vocês vão ter filhos lindos. Não consigo nem imaginar.”

Ainda nem temos data para o casamento, e Shelley já está pensando nos netos. Não que a ideia seja enrolar muito, mas, com a inauguração do Beacon chegando, estou meio sem tempo.

De qualquer forma, acho que o meu pai ainda está em negação. Um pouco chateado por eu ter pedido Evan em casamento sem conversar com ele primeiro — e bem assustado por perceber que sua única filha não é mais uma garotinha. Para completar, Craig vai para a faculdade na semana que vem. Billy e Jay garantem que, no dia do casamento, ele já vai ter superado. Quer dizer, se o Evan sobreviver ao trote que Shane e Kellan planejaram para ele desistir do casamento ou sumir do mapa. Mas tenho fé que ele vai aguentar. Por bem ou por mal, estamos juntando essas duas famílias, e isso tem consequências. Se precisar rolar um pouco de sofrimento, que seja.

Depois dos cumprimentos, vamos todos para fora e começamos a fazer os pratos. É um almoço bem casual. Harrison e Liz parecem se dar bem, e estão tão distraídos conversando e sorrindo que até se esquecem de comer. Nossos amigos se recostam no gradil para comer em pé. Riley devora dois cachorros-quentes e salada de repolho na escada do deque.

Enquanto isso, os gêmeos estão na mesa comigo, Mac e a mãe. Evan aperta a minha mão por baixo da mesa. Ele estava ansioso nos últimos dias. Tenso. Eu não estava entendendo, mas agora, vendo a alegria nos olhos dele, percebo que este é um grande momento. Reunir os gêmeos e a mãe na mesma mesa exigiu muito tempo e paciência. Apesar dos caminhos diferentes que trilhamos para chegar até aqui — e por causa disso —, todos conseguimos uma segunda chance.

Uma brisa fria sopra no deque e levanta os guardanapos. O tempo está começando a mudar em Avalon Bay com o final do verão. Sinto um arrepio nos braços, e um leve calafrio na espinha. Então, percebo que tem vento demais entrando na minha blusa. Levanto os olhos e, quando vejo o sorriso presunçoso de Evan, lembro que estou sem sutiã. No meu primeiro jantar com a mãe dele. E os meus faróis estão acesos.

Evan marca uma pontuação no ar.

Eu caí direitinho na armadilha. "Então é assim que vai ser, é?", murmuro baixinho.

Ele puxa a minha mão e beija meus dedos. "Sempre."

Agradecimentos

Algumas histórias são mais difíceis de contar do que outras, e tem aquelas que são uma grande alegria passar para o papel. Este livro se encaixa nessa última categoria — curti cada momento em que o escrevia e dava vida a Genevieve e Evan. A história deles é de redenção, perdão, segundas chances e a dificuldade de deixar o passado para trás e inventar uma versão melhor e mais saudável de cada um. Sou muito grata a todos que me ajudaram a criar o mundo de Avalon Bay e a fazer este livro chegar a vocês.

Minha editora Eileen Rothschild e a equipe de craques da St. Martin's Press: Lisa Bonvissuto, Christa Desir, Beatrice Jason, Alyssa Gammello e Jonathan Bush por mais uma capa incrível.

Kimberly Brower, agente extraordinária e fanática por *Felicity*, assim como eu.

Ann-Marie e Lori, da Get Red PR, por ajudar a divulgar o livro e a série Avalon Bay.

A todos os leitores, resenhistas, blogueiros, instagrammers, tweeters, booktokkers e apoiadores dos meus livros: eu não conseguiria fazer meu trabalho sem vocês, que têm minha gratidão eterna.

E, para todas as ex-garotas más que existem por aí, saibam que as segundas chances e os recomeços estão sempre ao seu alcance.

TIPOGRAFIA Adriane por Marconi Lima
DIAGRAMAÇÃO Vanessa Lima
PAPEL Pólen Natural, Suzano S.A.
IMPRESSÃO Gráfica Bartira, junho de 2023

A marca FSC® é a garantia de que a madeira utilizada na fabricação do papel deste livro provém de florestas que foram gerenciadas de maneira ambientalmente correta, socialmente justa e economicamente viável, além de outras fontes de origem controlada.